팔선문

정봉준 新무협 판타지 소설

FANTASTIC ORIENTAL HEROES

# 팔천문 8

정봉준 新무협 판타지 소설

초판 1쇄 찍은 날 § 2014년 1월 17일
초판 1쇄 펴낸 날 § 2014년 1월 24일

지은이 § 정봉준
펴낸이 § 서경석

편집부장 § 권태완
편집책임 § 정수경

펴낸곳 § 도서출판 청어람
등록번호 § 제1081-1-89호
등록일자 § 1999. 5. 31
어람번호 § 제2-2451호

주소 § 경기도 부천시 원미구 심곡2동 163-2 서경B/D 3F (우) 420-822
전화 § 032-656-4452 팩스 § 032-656-4453
http://www.chungeoram.com
E-mail § chungeoram@chungeoram.com

ISBN 978-89-251-3676-9 04810
ISBN 978-89-251-1923-6 (세트)

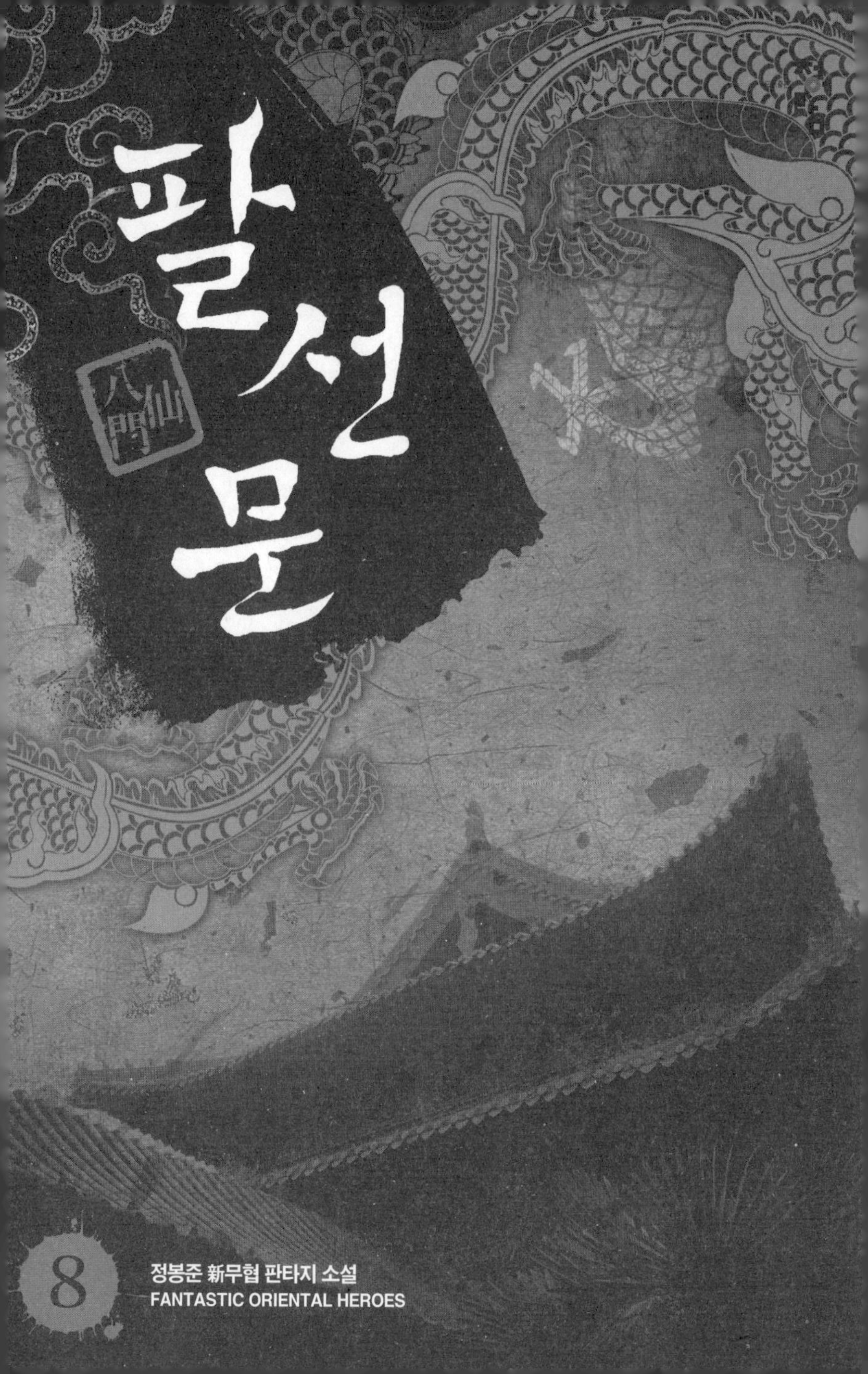
팔선문
八仙門
8
정봉준 新무협 판타지 소설
FANTASTIC ORIENTAL HEROES

# 目次

적무양, 팔선문 장문인이 되다

남경은 강소성의 성도이자 육조의 고도라 불리는 도시다.

많은 나라의 도읍지로서 그 흔적을 남겼던 만큼, 중원 문화의 중심지라 일컬어도 가히 부족함이 없는 도시다.

때문에 길거리를 오가는 사람들은 한결같이 품위가 넘쳤고, 그들의 복장 역시 멋지고 세련되었다.

그런 첨단 도시에 시골에서 갓 상경한 듯한 추레한 몰골의 일행이 들어섰다.

오가는 사람들과 전혀 어울리지 않는 지저분한 복장과 때에 찌든 꾀죄죄한 얼굴. 힘없이 터벅터벅 내딛는 걸음걸이까지 모든 것이 주변과 어울리지 않는 모습이다.

그 괴리감에 근처를 지나가던 사람들이 흠칫 놀라며 발길을 돌려 버린다.

다른 사람들의 반응에는 아랑곳하지도 않고, 앞만 보고 걸어가던 일행의 선두가 멈칫 발길을 멈춘다. 그의 시선은 길가에서 국수를 파는 좌판에 닿아 있다.

꿀꺽.

침을 넘기는 소리가 멀리 있는 국수 장수에게까지 들릴 정도로 크게 흘러 나왔다. 침 넘기는 소리에 고개를 돌렸던 국수 장사가 얼굴이 타오를 것같이 뜨거운 시선에 인상을 팍 쓴다.

"에이. 재수가 없으려니. 개시부터 거지새끼들이 꼴아보고 지랄이야?"

국수 장사는 걸쭉한 욕지거리를 뱉으며 구정물 한 바가지를 쫙 뿌린다.

길가에 뿌려진 구정물은 직접적으로 사람에게 튀기진 않았지만, 가까이 오면 이렇게 된다는 것을 알리듯 위협적이었다.

마른침만 삼키던 사내는 아쉬운 눈길을 한 번 던지고는 다시 앞으로 걸어 나갔다.

뒤를 따르던 흑인이 불만 어린 목소리로 말을 걸었다.

"대장! 대체 뭐 하러 여기까지 온 거예요?"

"말했잖아. 보금자리 찾으러 왔다고."

"그러니까 그 보금자리라는 게 어디 있는 거냐고요?"

"여기 있다니까!"

귀엽게 생긴 여자아이가 기대감 어린 눈을 초롱초롱하게 빛내며 묻는다.

"아저씨. 그럼 거기 가면 밥 잔뜩 먹을 수 있어요?"

"그, 그럴걸?"

자신감 없는 대답에 여자아이의 고개가 힘없이 떨어뜨리어진다. 단발에 미소년 같은 여인이 의심 섞인 눈길을 던지며 물었다.

"혹시 전에 갔었던 기루에 가려는 거 아니야? 예전에 아저씨네 문파가 있었다던 청수장이라는 곳 말이야."

정곡을 찔렸는지 사내가 움찔한다. 여인이 한숨을 쉬며 고개를 저었다.

"하아. 거긴 벌써 팔렸잖아. 이제 거긴 아저씨네 집이 아니라고."

"다 생각이 있으니까, 나만 믿고 따라와."

"대장 말 믿었다가 잘된 경우가 별로 없었지만, 그래도 전 대장을 믿어줄게요."

"이 자식. 니가 지금 그런 말 할 입장이냐?"

소리 지를 힘도 없는지 밋밋한 어투다.

그러나 짧은 비난 속에 담긴 우여곡절은 결코 밋밋하지 않았다.

'내가 저 녀석 말에 넘어가다니. 정신이 나갔었던 게 틀림없어.'

뒤늦은 후회로 한숨짓는 사내는 바로 유검호였다.

섬서성을 떠나올 때까지만 해도 말끔하던 일행이었다.

아마 원래의 계획대로 관도를 통해 평범하게 왔다면 여전히 말쑥했을 것이다.

문제는 길을 떠난 첫날 밤, 흑도비가 호들갑을 떨며 찾아왔을 때부터 시작되었다.

"대장! 대장! 대마왕이 사라졌어요! 누구 만나러 갔대요."

흑도비가 말하는 대마왕이 누구인지는 굳이 추측하려 들지 않아도 알 수 있었다.

'영감은 자기가 저렇게 불리는 걸 알고 있을까?'

엉뚱한 호기심을 떠올리고 있을 때, 흑도비가 다시 말했다.

"지금이 기회예요!"

"기회?"

유검호가 멀뚱멀뚱 보며 묻자 흑도비는 답답하다는 듯 가슴을 치며 소리쳤다.

"빨리 도망치자고요. 제가 주변을 돌아봤는데, 최소한 인근 백 리 안에는 없었어요."

그 말에 유검호도 정신이 번쩍 들었다.

기어코 달라붙는 적무양을 떼어놓을 방법이 없어 반쯤 포기하고 있던 차였다. 그 정도로 멀리 가 있다면 충분히 도망칠 수도 있을 것 같았다.

'그러고 보니 영감 뒤를 쫄쫄 따라붙던 놈들도 사라졌군.'

적무양이 달라붙은 이후, 한시도 쉬지 않고 따라붙었던 마도맹 정보원들의 기척도 사라졌다.

유검호는 벌떡 일어났다. 절호의 기회였다.

적무양은 자신들의 목적지를 모른다. 그가 마도맹의 정보력을 사용하여 일행을 찾으려면 족히 반년은 걸릴 것이다.

'반년이 어디야?'

그렇지 않아도 적무양은 몸이 근질근질한 눈치다.

'며칠 더 지나면 태무신공에 대해 이것저것 물어보겠지.'

적무양은 천하의 모든 무공을 알고 있다고 자부하는 천재다.

그라면 유검호가 별 생각 없이 흘리는 정보만으로도 금방 대응법을 만들어낼 수 있다. 일단 대응법을 만들어내면 슬슬 몸을 풀 것이고, 조금 더 지나면 가볍게 연습 비무나 하자며 꼬드길 것이다.

연습 비무를 통해 어떻게든 패하지 않을 확신이 생기면 그때부터는 실전 이상의 치열한 대결을 해야만 한다.

그간의 경험으로 미루었을 때, 다른 전개가 펼쳐질 가능성은 전무하다.

유검호로서는 단기간이라도 적무양과 떨어지고 싶을 수밖에 없었다.

게다가 적무양이 반년 안에 찾아올 수 있을지도 확실치 않다. 넓은 듯하면서도 좁고, 좁은 듯하면서도 또 넓은 곳이 바로 중원 아니던가?

단 하나, 마음에 걸리는 것은 그것을 제안한 사람이 흑도비라는 점이었다. 평소라면 그 찜찜함을 그냥 넘기지 않았을 것이다. 하지만 흑도비에 대한 불신감도 적무양에게서 벗어난다는 유혹 앞에서는 너무도 사소하게 보였다.

냉철하고 철두철미한 적무양이 유검호에 관한 일에 단순해지듯, 무겁기로 태산 못지않은 유검호의 엉덩이도 적무양에게서 벗어나는 일에 관해서는 가랑잎처럼 가벼워지는 것이다.

거기에 흑도비가 결정적인 한마디를 첨가했다.

"대장. 제가 벌써 뒷산에 도주로까지 다 확보해 놨어요. 저만 따라오시면 아무리 어르신이라도 못 쫓아올 거예요."

자유에 눈이 먼 유검호는 이성적인 판단을 할 수 없었다.

"가자!"

그 한마디가 바로 일행의 불행을 알리는 신호탄이 되었다.

도주로를 모두 확보해 놓았다던 흑도비는 그들을 이름 모를 산속으로 이끌었다.

그의 말로는 일행이 있던 곳에서 멀리 떨어지기 위해 가장 효율적인 길이라 했다. 정말 미리 탐색이라도 했는지, 흑도비는 앞만 보고 거침없이 나아갔다.

군대를 진두지휘하는 용맹한 장수처럼 뒤 한 번 돌아보지 않고 걸어가는 흑도비가 든든하기까지 했다.

그런 든든함은 그들이 인적 없는 산길을 걷고 있다는 사실을 사소한 문제로 여기게 만들었다.

휘영청 떠 있던 달이 고개를 숙이고, 단풍처럼 새빨간 태양이 고개를 내밀 때가 되었을 때.

흑도비는 처음으로 걸음을 멈추었다.

그리고 저 멀리 먼동을 보고 크게 웃으며 한다는 말이.

"아하하하하. 대장! 우리 길 잃어버린 것 같아요!"

너무도 당당한 고백에 유검호는 잠시 할 말을 잊어버렸다.

이내 개의치 않는다는 듯 따라 웃었다.

"아하하하하. 괜찮아. 우리 기왕 잃어버린 김에 하나만 더 잃어버리자."

"아하하하. 뭐를요?"

"니 어깨 위에 달린 거!"

그로부터 반 시진. 유검호는 자신의 헛된 믿음이 가져온 결과를 반성하며 흑도비를 두들겨 팼다.

흑도비에게 처절한 응징을 가하고 나니 어느새 날이 환하게 밝아 있었다. 그에 유검호는 안심했다.

"불행 중 다행이로군."

아무리 초행의 산이라도 환한 대낮에는 길을 찾기 수월하리라 여긴 것이다.

하지만 그것은 흑도비를 너무 만만하게 본 것이다.

흑도비가 끌고 들어간 산은 단순한 마을 뒷산 수준이 아니었다.

발길 닿는 족족 기암괴석이 가득했고, 길가에는 아득한 절벽이 늘어서 있었다. 게다가 산세 또한 가파르기 짝이 없어 쉽사리 오르내리기도 여의치 않았다.

겨우 기암괴석에서 벗어나 두 발 붙이고 다닐 수 있을 만한 길로 들어섰다 싶으면, 빽빽하게 우거진 숲이 모든 빛을 차단했고 나무들이 미로처럼 솟아 있어 방향조차 짐작할 수 없게 만들었다. 마치 진법의 고수가 만든 절진 같았다.

일행은 자연이 만들어낸 천연의 절진 속을 헤매고 또 헤맸다. 어느 곳을 가든 비슷비슷한 풍경이었다.

그쯤 되자 유검호는 슬슬 안주하기 시작했다.

"여기 드러누워 지내다 보면 길 아는 사람 한 명 정도는 지나지 않겠어? 급할 것도 없는데, 그때까지 쉬면서 기다리자."

스스로를 설득하며 드러누워 버리는 유검호였다.

아마 강은설이 지그시 밟으며 독촉하지 않았다면 일행은 아직도 산속에서 야숙을 하고 있었을 것이다.

강은설의 선두 하에 겨우 산을 빠져나오자 닷새가 지나 있었다.

닷새 동안 산속을 헤맨 탓에 일행의 몰골은 상거지가 따로 없었다.

게다가 그토록 고생해서 산을 내려온 일행이 처음으로 마주친 얼굴이 바로 적무양이었다.

적무양은 산 밑에서 그들을 기다리고 있었다.

"크큭. 산책은 잘했느냐?"

음흉한 웃음을 흘리며 묻는 적무양의 모습에 유검호는 힘이 빠져 대답할 생각도 들지 않았다.

그때부터는 더 이상 도망칠 엄두도 내지 못하고 남경에 도착하게 되었다.

유검호는 자신들과 달리 너무나 말끔한 적무양을 힐끗 보았다. 적무양의 얼굴에 묻어 있는 의기양양한 표정을 보자 한숨이 절로 나왔다.

"제길. 미끼가 너무 강했었어."

그가 아무리 귀가 얇다지만, 적무양만 아니었으면 흑도비에게 넘어가는 일은 없었을 것이다.

흑도비의 말은 한밤중의 닭 울음소리보다도 가치 없다는 사실을 다시 한 번 되새기게끔 만드는 일이었다.

기운 없는 발걸음을 내딛으며 길을 가다 보니 어느새 그들 일행이 도로변 중앙을 점령하다시피 했다.

그들 일행이 풍기는 음울한 분위기에 사람들이 기피했기 때문이다.

"쳇. 우리가 무슨 전염병 환자라도 된 것 같군."

"대장. 그런데 배고프지 않아요?"

"안 고파!"

그러나 배에서는 입과 다른 대답이 흘러나온다.

꼬륵.

사실 배는 진작부터 고팠었다.

산을 헤맬 때부터 뱃가죽이 등가죽과 상봉하기 직전이었다.

다른 일행들은 굶주림을 참다못해 휴식을 취할 때마다 이리저리 돌아다니며 식용이 될 만한 열매나 풀떼기라도 뜯어 먹었지만, 유검호는 귀찮음에 아무것도 먹지 않은 탓이다.

정히 배가 고파 죽을 것 같으면 눈 먼 짐승이라도 한 마리 잡아다 먹을 생각이었는데, 그놈의 산에는 그 흔한 날짐승 한 마리 보이지 않았다.

참고 참다 보니 산을 내려오게 되었고, 결국 음식물이라곤 접해보지 못했다.

그런 실정에도 흑도비와 동감하기 싫은 마음에 부정부터 해버린 것이다.

그때 뒤에서 그의 것보다는 작지만, 뜻은 더욱 분명한 소리가 들려왔다.

꼬르륵.

소리가 들린 곳을 본 유검호는 다시 한숨을 내쉬었다.

소린이 자그마한 배에 손을 얹고 무안한 표정을 짓고 있었기 때문이다.

"배… 많이 고프냐?"

끄덕끄덕.

물어보나 마나 한 질문이었다.

그래도 소린은 양심은 있었기에 대답은 하지 않고 고개만 움직인다. 양심 없는 놈은 소리부터 질렀다.

"배고파요!"

묻지도 않은 놈이 되레 소리쳐 대답한다. 유검호는 인상을 썼다.

"어쩌라고? 주먹밥이라도 쳐 넣어 주리? 아니면 꿀밤이라도 줄까?"

주먹을 들어 보이자 흑도비는 움찔하며 목을 움츠렸다.

강은설이 지친 얼굴로 끼어들었다.

"우리 벌써 열흘째 굶다시피 했잖아. 뭔가 먹긴 먹어야 할 것 같아."

'쳇. 니들은 풀 쪼가리라도 주워 먹었지.'

유검호는 불만을 속으로 삼켰다. 말해봤자 좋은 소리 못 들을 것이 뻔했다. 게을러서 못 먹은 거 아니냐는 타박만 들을 것이다.

"돈 좀 남아 있냐?"

약간의 기대감 어린 질문에 강은설은 힘없이 고개를 흔들었다.

"우리가 돈 쓴 적은 있어도 번 적은 없잖아. 그나마 남아 있던 건 산속에서……."

강은설은 말을 하며 흑도비를 힐끔 보았다.

그녀의 시선에 흑도비는 움찔하며 딴전을 피운다.

"또 저놈이 문제군."

겨우 길을 찾아 산을 내려가는 중에 커다란 연못을 발견했다. 연못이라기보단 호수에 가까울 정도로 깊고 넓은 곳이었다.

다들 허기진 배를 물로 채우느라 급급한 가운데 흑도비가 뜬금없이 돈주머니를 달란다.

유검호라면 절대 주지 않았을 거다. 하필 돈을 관리하고 있던 것은 강은설이다. 그녀는 순순히 돈주머니를 건네주었다. 길을 찾아 들뜨기도 했고, 설마 돈 쓸 곳 없는 산중에서 뭘 어쩌겠냐는 생각도 있었을 거다.

흑도비를 과소평가한 결과는 참담했다.

풍덩.

돈주머니는 짧고 경쾌한 소리를 내며 연못 깊이 빠져 들었다.

흑도비는 기겁하는 강은설에게 해맑게 웃어 보이며 이렇게 말했다.

"사저. 걱정 마. 곧 산신령님이 나타나서 은화하고 금화를 들고 나올 거야. 우리 것은 철전이었다고 신령님한테 정직하게만 말하면 세 개 다 가질 수 있어! 우리 그걸로 도성에 가면 맛있는 거 사먹자!"

너무 자신만만해서 강은설도 잠시 혹할 뻔했다.

그러나 말을 하는 흑도비의 시선이 아무것도 없는 허공을 향해 있는 것을 보고 말았다.

그녀는 비명을 지르며 연못에 뛰어들려 했다.

유검호가 말리지 않았다면 정말로 돈주머니를 건지러 뛰어들었을 것이다.

그나마 몇 푼 남아 있었던 재산은 그렇게 허무하게 연못 속에 빠져 들었다.

흑도비의 만행을 떠올리자 또 울화가 치밀었다.

'그래도 상식이라는 것이 조금은 남아 있었는데…….'

지난 며칠간 수시로 귀신이 들리더니 이제는 미친 짓도 아주 대놓고 해버린다.

'돈주머니 대신 저놈을 빠뜨리고 오는 거였는데.'

때늦은 후회를 삼킬 때, 강은설이 기운 빠진 목소리로 말했다.

"아저씨가 어떻게 좀 해봐. 집 살 계획도 있었다면서? 당장 먹을 것도 급하고, 좀 씻기도 해야 될 것 같아."

강은설은 안쓰러운 눈으로 소린을 보았다.

옷은 닳아 해져 무릎과 팔꿈치가 드러나 보였고, 얼굴에는 시커먼 땟국물이 말라붙어 있다.

돌봐줄 사람 하나 없는 기아 난민처럼 형편없는 몰골.

산속에서 열매니 뭐니 따오겠다면서 이리저리 돌아다닌 탓이다. 워낙 활동성이 좋은 소린이었기에 으레 그러려니 했는데, 산을 내려오고 보니 같이 산속을 헤맨 어른들보다 더욱 꼴이 엉망이었다.

거기다 어린아이라는 점과 인형처럼 예쁜 외모까지 더해지자 애처로움이 극에 이르렀다. 마치 상처 입은 새끼 새처럼 가련해서 동정심 많은 사람은 보기만 해도 보듬어 안고 싶어질 지경이다.

겉으로 보이는 광경만으로는 일행이 어린아이를 혹사시키는 나쁜 어른들로 오해받지나 않으면 다행이다.

그렇지 않아도 일행을 보는 주민들의 시선이 곱지 않다.

강은설의 말대로 제대로 씻겨 놓지 않으면 곧 관아에 신고라도 당할 것 같았다.

"쳇. 어쩔 수 없군. 이건 최후의 수단으로 남겨 놓으려고 했는데."

유검호는 투덜거리며 품에서 작은 전낭을 꺼냈다.

전낭을 본 강은설이 어처구니없다는 표정을 지었다.

"뭐야? 비상금을 숨겨 놓고 있었던 거야?"

"어휴. 대장은 역시 음흉하다니까. 아마 속에 능구렁이 백 마리 정도 들어차 있는 게 분명해. 이리 줘보세요. 제가 연못에 던져서 백 배로 불려… 커억."

유검호는 주먹으로 산신령 운운을 조기에 막아버렸다.

나뒹구는 흑도비를 외면하고 전낭을 거꾸로 들어 올린다.

땡그랑.

전낭을 탈탈 털자 보잘것없는 철전 두 개가 떨어져 내렸다. 잠시 전낭을 주시하며 다른 수확물을 기대하던 강은설이 기가 막혀 물었다.

"겨우 그거야? 동전 두 개?"

동전 두 개는 길거리에서 파는 국수 한 그릇도 사먹기 힘든 돈이다. 최후의 수단이라고 꺼낸 것이 고작 동전 두 개라는 사실에 강은설은 힘이 쭉 빠졌다.

"어휴. 믿을 사람을 믿었어야지. 할 수 없네. 굶어 죽을 수는 없으니 어디 부잣집 가축이라도 한 마리 잡아와 봐."

강은설의 말에 유검호가 짐짓 근엄한 표정으로 말한다.

"어허. 본문은 역사와 정통이 깊은 명문이야. 그런 문파의 제자가 고작 좀도둑질이라니. 문주의 체면에 누를 끼칠 짓은 참아 달라고."

"누를 끼칠 체면은 있고?"

"당연하지. 오면서 내 소문 자자하던데, 못 들었냐?"

"어떤 소문? 팔선문주가 천하의 개차반이라 위아래도 모르고 제멋대로 군다는 소문? 아니면 볼일 보고 엉덩이 닦는 것도 귀찮아할 정도로 게으른데, 어쩌다 운 좋아서 절세무공 하나 얻은 거 가지고 유세 부린다는 소문? 그것도 아니면 여자라면 어린아이에서부터 곧 죽을 노파까지 가리지 않고 덤벼드는 악질 변태라는 소문? 어떤 걸 말하는 건데?"

모두 시중에 떠돌고 있는 유검호에 대한 소문들이다.

천하의 적무양을 꺾은 인물에 대한 것 치곤 지나치게 치졸한 내용들.

아마 다른 사람이 적무양을 꺾었다면 하루아침에 신과 동격의 존재가 되었을 것이다.

그에 관한 이야기도 모두 전설적인 이야기로 탈바꿈되어 퍼져 나갔을 테고, 사람들은 행동 하나하나에 의미를 부여하여 숭배를 했을 것이 틀림없다.

그런데 유검호는 숭배는 고사하고, 듣기 민망한 소문만이 퍼지고 있었다.

만인의 앞에서 적무양을 꺾은 만큼 실력을 의심하는 자는 아무도 없었다. 다만, 그의 인격과 성격에 많은 하자가 있다는 증언이 속속들이 나타나고 있을 뿐이었다.

더욱 기가 막힌 것은 악의적인 소문의 상당 부분이 진실에 기반을 두었다는 점이다.

'분명 날 잘 알고 있는 사람이겠지?'

누군지 대강 짐작은 갔다. 소문을 퍼뜨린 이유도 대충 알 것 같았다.

'날 완전 제멋대로인 개망나니로 만들어놓으셨군.'

유검호가 개망나니라면 무림맹에서 포섭하지 못한 변명도 정당화할 수 있을 것이다.

─그놈 원래 그런 놈이요.

그 한마디면 될 테니까.

덤으로 유검호와 인연이 있다는 사실의 희소성 역시 더욱 높아진다.

─사부였던 내 말 아니면 안 들을 거요.

뻔히 보이는 수작임에도 무림맹의 원로들은 감히 거스를 엄두를 내지 못할 것이다.

그만큼 유검호의 능력은 대단했으니까.

소문의 진원을 유추하는 것만으로도 대강의 전개를 그릴 수 있었다.

물론 그래 봤자 유검호는 그들이 정치 놀음을 하든 말든 신경 쓰고 싶은 생각은 없었다.

지금처럼 문주로서의 위엄을 잃게 하지만 않는다면 말이다.

'쳇. 언제 한번 가서 따져야겠어.'

유검호가 문천기에게 원망의 화살을 돌렸다. 멀찍이 동떨어져 있던 적무양이 능글맞은 웃음을 흘리며 말을 걸어왔다.

"보아하니 재정에 꽤나 어려움을 겪고 있는 것 같구나. 어떠냐? 내가 조금 도와주랴?"

"흥. 일 없소. 영감한테 빚을 질 바에 강도질을 하고 말지."

강은설이 끼어들며 물었다.

"체면 깎이는 일은 하면 안 된다며?"

"저 영감한테 빚지는 것보다는 체면 좀 깎이는 게 훨씬 낫지. 나중에 돈 대신 영혼이라도 달라고 할 늙은이거든."

"큭. 쓸모없는 네놈 영혼 따위 거둬서 어디다 쓰려고? 어쨌든 필요 없다니 어쩔 수 없구나. 난 식사나 하러 가야겠다. 혹여 마음이 변하면 찾아오거라."

적무양은 그대로 몸을 돌려 가장 가까이 보이는 객잔으로 가 버린다.

강은설은 그의 뒷모습을 부러운 듯 바라보다가 물었다.

"정말 뭔가 믿는 구석이 있는 거지? 쥐뿔도 없으면서 배짱부리는 건 아니지?"

그녀의 얼굴에는 의심 섞인 표정이 노골적으로 드러나 있었다. 유검호는 인상을 쓰며 대답했다.

"문주를 못 믿다니. 불쾌하군. 나만 믿어. 도둑질이나 파렴치한 영감한테 신세 안 지고도 다 해결 방법이 있다고."

유검호는 자신만만하게 소리치며 철전 두 개를 집어 들었다.

흑도비가 한 점 의혹 없는 얼굴로 말을 보탠다.

"그럼요. 전 대장만 믿어요. 대장은 언제나 완벽하잖아요. 얼토당토않은 도박만 아니면 무슨 일이든 성공할 수 있을 거예요.

아, 이야기가 나와서 말인데. 설마 도박을 하겠다는 건 아니겠죠? 물론 전 당연히 아닐 거라 믿어요. 대장도 양심이 있는데."

말은 아닐 거라면서 눈빛은 이미 경멸을 담고 있다.

유검호는 움찔하며 대답했다.

"하, 하하. 당연히 아니지. 도비 이놈. 날 너무 막돼먹은 놈으로 봤구나? 내가 남은 재산으로 도박 따위를 할 리가 없잖냐?"

말을 하며 강은설의 눈치를 슬금슬금 살핀다. 그 모습, 영락없이 집문서 빼돌려 도박판 가려다 마누라에게 걸린 놈팡이다.

강은설은 어처구니없어 쏘아붙였다.

"도둑질하지 말라면서 도박을 하겠다고?"

"아, 아니 꼭 도박을 하겠다는 건 아니고. 단지, 사람이 네 명이나 되니까 먹고 자고 쉬려면 돈이 많이 들잖아. 게다가 우리 문파 보금자리도 마련해야 되고. 그러니 이런 푼돈으로 일확천금을 노릴 수 있는 방법은 도박밖엔 없다고."

"그럼 생각이 있다던 게 고작 노름으로 돈을 따겠다는 거였어? 도박 하나 믿고 우릴 여기까지 끌고 왔다는 말이야?"

강은설의 눈빛이 점점 사나워진다.

반드시 와야 한다는 말에 고생고생해서 남경까지 왔다.

거의 거지나 다름없는 꼴로 도착했는데, 고작 한다는 말이 도박으로 돈을 따서 집을 사겠단다.

그나마 믿음이 생길 만한 모습을 보여주기라도 했으면 모른다.

험한 환경에서 자라온 강은설이다. 어설픈 도덕심 따위 내세우고 싶지도 않다.

'급한 상황에 가릴 것이 뭐 있어? 남한테 큰 해만 안 끼치면 그만이지.'

그런 강은설이 유검호를 노려보는 이유는 단 한 가지다.

유검호의 노름 행각은 실패한 전례가 있다는 점이다. 그것도 두 번이나.

그런 인물이 또다시 도박에 눈을 들이려 하고 있으니 당연히 믿을 수가 없었다.

강은설의 불신 가득한 시선에 유검호는 땀을 삐질삐질 흘리며 변명했다.

"그, 그때는 내가 몸 상태가 안 좋아서 그렇게 된 거였다고. 이번엔 진짜야. 내가 말하지 않았었나? 이래 봬도 선상의 도신이라 불렸다고. 이번엔 정말이니까 한번 믿어봐."

유검호는 자신의 할 말만 쏟아내고는 후다닥 달려갔다.

발이 안 보이게 달리면서도 입은 연신 자신만만한 말을 내뱉는다.

"맘 놓고 아무데나 들어가서 제일 비싼 걸로 시켜 먹고 있으라고. 이 문주님께서 금덩이를 싸들고 가서 계산해 줄 테니. 물론 적 영감이 간 곳은 빼고."

마지막 말이 들렸을 때는 이미 유검호의 모습은 사라졌다.

강은설은 한숨을 쉬며 흑도비에게 물었다.

"정말 도박을 잘하긴 했어?"

흑도비는 고개를 끄덕이며 대답했다.

"잃고 나서 깽판 하나는 잘 쳤었지."

"선상의 도신인가 뭔가 하는 별명은?"

"돈만 잃으면 난리를 피워서 다들 같이 안 하려고 했었거든. 그걸 기권패라면서 자기가 전부 이겼다며 그런 말을 만들어내더라고."

강은설은 한숨을 쉬며 소린의 손을 잡았다.

"소린아. 가자."

그녀의 발걸음은 적무양이 들어간 식당을 향했다.

혼자 남겨진 흑도비는 잠시 유검호가 사라진 방향을 보며 혼잣말을 했다.

"대장. 내가 대장 믿고 있는 거 알죠?"

그리고는 이내 강은설에게 소리친다.

"사저. 나도 같이 가!"

그로부터 이각 후.

소린이 식당 밖으로 쪼르르 달려 나온다.

잠시 주변을 두리번거리거니 식당 앞에 쪼그리고 앉아 땅을 긁적이고 있는 유검호를 발견한다. 소린은 놀라지도 않고 말했다.

"아저씨. 언니가 결과는 안 물어볼 테니 그냥 들어오시래요."

"그, 그럴까?"

유검호는 고개를 푹 숙이고 식당으로 들어갔다.

\*　　　\*　　　\*

식당은 꽤나 큰 곳이었다.

점심 무렵이 꽤 지났는데도 손님이 많아 빈자리가 보이지 않았다.

그런데도 일행은 식당 안의 가장 넓은 탁자를 떡하니 차지하고 앉아 있었다. 식탁 위에는 이미 많은 음식들이 올라 있었고, 점소이가 계속해서 음식을 내오는 중이었다.

식탁을 가득 채운 음식을 보자 유검호는 눈살을 찌푸렸다.

"야. 적당히 시켰어야지. 빈속에 이렇게 기름기 많은 음식 많이 먹으면 탈난다고."

한창 고기를 뜯고 있던 강은설이 눈을 치켜세우며 말했다.

"침 닦고 앉아서 먹기나 해."

유검호는 기다렸다는 듯 자리를 차지하고 앉아 양손에 음식을 주워 들었다. 입 안 가득 음식을 채워 넣으며 궁금했던 것을 묻는다.

"그런데 여기 외상도 된다던?"

"여기 주인이 우릴 언제 봤다고 외상을 해주겠어?"

"그럼 계산은?"

강은설은 자리 한쪽을 힐끗 보며 대답했다.

"당연한 걸 왜 묻고 그래?"

그녀가 보는 곳엔 적무양이 거만하게 다리를 꼬고 앉아 있었다. 유검호의 얼굴이 금세 똥 씹은 표정이 된다.

"제길. 어쩐지 뒷맛이 쓰더라니."

"이렇게 된 거 태상문주인지 뭔지 그거 그냥 쥐버려."

남의 일 말하듯 무성의한 말투다.

"뭐? 이깟 음식 몇 접시에 직위를 팔라는 소리냐? 우리 문파

그렇게 막돼먹은 문파 아냐! 나름대로 전통과 역사가 있는 명문 이라고!"

강은설은 한심하다는 듯 대꾸했다.

"역사와 전통이 밥 먹여주진 않잖아. 이렇게 먹어놓고 무전 취식이라도 하려고?"

일행의 앞에 차려져 있는 음식은 이십인 분은 족히 되는 양이 었다. 싼 음식들만 시켰어도 식대깨나 나올 것 같았다.

식당 주인은 벌써부터 입구를 지키고 서서 일행을 예의 주시 하고 있었다.

적어도 유검호가 지닌 역사와 전통으로는 식당 주인의 의심 어린 눈초리를 돌릴 수 없을 것이 분명했다.

그에 더해 적무양이 은근한 투로 제안해 온다.

"네깟 녀석이 문주로 있는 문파에 그리 큰 가치가 있겠느냐 만, 네 고민을 없애기 위해 한 가지 더 베풀도록 하지. 네가 원한 다던 그 장원, 내가 사주마."

"웃기지 마쇼. 영감이 돈이 어디 있다고? 영감 나보다 더 가 난하잖아. 사실 여기 음식 값도 힘으로 해결할 생각 아니오?"

"흥. 위신이 있지. 내가 고작 밥값 떼먹으려고 힘을 쓸 것 같 으냐?"

"안 그랬던 적도 있었소?"

"크흠. 그거야 내 부하들이 없었을 때 이야기지. 이곳은 중원 이 아니냐?"

중원에는 그를 숭배하는 마도맹이 있다는 말이다.

유검호는 뭔가 깨달았다는 듯 바깥을 힐끔 보았다.

일행을 주시하고 있던 기척이 움찔하는 것이 느껴진다.

마도맹에서 연락책으로 붙여놓은 인물이다.

"역시 그때 사라졌던 게 부하들한테 돈 뜯으러 갔던 거였군. 아마 밖에 있는 녀석에게 돈을 가져오라고 시켰겠지? 쯧쯧. 창피하지도 않소? 어린애도 아니고. 보모 붙이고 다니면서 용돈이나 타 쓰고 말이야."

유검호와 흑도비를 설레게 했던 외출 사건을 말하는 것이다.

"난 그냥 가진 돈 좀 있냐고 물어봤던 것뿐이다. 제 놈이 혼자지레짐작하고 금싸라기를 가져다 바치는 것을 어쩌란 말이냐? 게다가 꼬리를 붙이고 다니는 것은 네 녀석도 마찬가지 아니더냐? 그 이상한 콩을 까먹으면서 무림맹의 종자들을 안내하고 있다는 걸 모르는 줄 아느냐?"

천리선향두 이야기다. 유검호는 틈만 나면 그것을 까먹어댔다. 갈진천은 사람이 절대 맡을 수 없다고 했지만, 적무양의 감각을 속일 수는 없었다.

천리선향두 이야기가 나오자 유검호는 움찔하며 변명했다.

"그, 그건 다른 이야기지. 이건 꼬리 때문이 아니라 정력증강… 험험. 뭐 어쨌든 꼬리 이야기는 비긴 셈 칩시다."

"용돈이라는 말도 마찬가지다. 내가 아니었으면 지금 마도맹이 이렇게 클 수 있었을 것 같으냐? 마도맹에 속한 녀석들은 아직도 사교로 몰려서 도망 다니느라 정신이 없었을 게다. 중원 땅에서 떳떳하게 터전을 일구며 살아갈 수 있게 해주었으니, 결국 마도맹의 금탑은 내가 만들어준 것이나 다름없는 것 아니냐? 내가 쌓은 금탑에서 몇 개 빼다 썼기로서니, 누가 감히 뭐라 할 수 있단 말이냐?"

유검호는 기가 막힌다는 듯 대꾸했다.

"영감이 한 일이라고 해봤자 주먹 들고 협박한 것밖에 더 있겠소? 그런데……."

말을 흐리는 유검호의 얼굴에 은근한 기대감이 떠올랐다.

"금탑이라니? 마도맹 재산이 그렇게 많소? 저번에 수뇌급들 보니까 별로 부자같이 안 생겼던데?"

금탑이라는 말에 마음이 흔들렸음이 대번에 티가 난다.

적무양이 의미심장하게 웃으며 대답했다.

"종교들의 집합체 아니더냐?"

유검호는 알 만하다는 듯 고개를 끄덕였다.

세상에서 눈먼 돈이 가장 많이 모이는 곳이 종교 단체다.

그런 종교 단체들이 모여서 만들어진 곳이 마도맹이니, 자금이 어느 정도인지 따지는 것은 무의미한 일이었다.

적무양이 마도맹의 자금을 쓸 수 있다고 가정한다면, 장원을 사준다는 말이 그저 빈말은 아닐 것이다.

굳건하던 유검호의 눈빛이 크게 흔들렸다.

그러나 이내 유혹을 떨쳐 내듯 고개를 저으며 소리쳤다.

"그, 그래도 안 돼! 태상문주라니. 그건 나보다 높다는 거잖아. 세상 어느 문파에 문주보다 높은 직위가 있어?"

유검호의 대답에 적무양은 어이없다는 듯 두 손을 들어 보이며 자리에서 일어났다.

"정 그렇다면 어쩔 수 없구나. 그럼 난 내가 먹은 것만 계산하고 나갈 테니 너희가 먹은 것은 알아서 하려무나."

적무양이 전낭을 꺼내며 일어나자 입구를 지키고 있던 식당 주인이 반색을 하며 계산대로 달려간다.

"어떻게 좀 해봐."

강은설이 인상을 쓰며 유검호를 닦달했다.

적무양은 일행 중 유일하게 돈이라는 사회 가치적 척도를 몸에 지녔다. 그가 가버리면 일행은 고스란히 무전취식범으로 전락하고 만다.

'제기랄. 사부한테 갔을 때 돈 좀 받아올 걸 그랬나?'

물론 그래 봤자 결국 일확천금의 헛된 꿈에 희생되어 지금쯤 생판 모르는 도박꾼에 의해 기생들 치마저고리 푸는 데 사용되고 있었을 것이다. 그래도 조금만 더 있었으면 하는 아쉬움이 남는 것은 어쩔 수 없다.

유검호가 아무 말도 하지 못하자 강은설은 한숨을 쉬며 고개를 저었다.

"에이. 나도 모르겠다. 아저씨가 문주니까 알아서 해결하겠지. 아저씨하고 도비 사제는 무공도 세니까 어떻게든 할 수 있을 거야."

'제길. 무공이 밥 먹여주냐?'

법규라는 제도와 돈이라는 물질적 가치 앞에서는 천하제일의 무공도 소용없다.

물론 강은설 말대로 유검호와 흑도비가 있는 이상 최악의 상황은 피할 수 있을 것이다. 주인이 입구를 지키고 있다지만, 여차하면 힘으로 뚫고 나가면 그만이니까.

문제는 그렇게 하면 남경에 자리를 잡는 데 지대한 악영향을 끼칠 것이라는 점이다.

남경은 유검호에게 있어 고향이나 다름없는 곳.

고향까지 와서 양심에 어긋나는 짓을 하고 싶지는 않았다.

'그렇다고 대책 없이 여기저기 손 내밀 수도 없는 노릇이고.'

무림에 퍼지고 있는 유검호의 명성은 하늘을 찌를 지경이다.

그에게 줄을 대기 위해 안달인 문파가 이루 헤아릴 수 없을 정도. 지금의 유검호라면 길을 걷다 가장 먼저 눈에 띄는 문파에 찾아가서 손만 내밀어도 금덩이 몇 개 정도는 쥘 수 있을 정도였다.

생각만 있다면 음식 값은 물론이고 청수장도 수월하게 구입할 수 있다. 삶의 태도만 바꾼다면 말이다.

하지만 유검호에게 유유자적한 인생관을 버리라는 것은 다른 사람으로 변신하라는 말과 같다.

한 끼 식대와 인생관. 애초에 비교 대상이 아니다.

이권에 찌든 무림인들 사이에 끼어드느니, 차라리 적무양에게 빚을 지는 것이 훨씬 낫다.

유검호는 마지못해 입을 뗐다.

"젠장. 수석원로 같은 건 어떻소?"

적무양이 걸음을 멈추고 돌아본다.

유검호는 자신감 없는 목소리로 덧붙였다.

"아니면 대장로라든가."

적무양은 코웃음을 치며 대꾸했다.

"흥. 나보고 뒷방 늙은이 직책이나 맡으라는 게냐?"

"그렇다고 문주보다 높은 직위를 줄 순 없잖소?"

유검호의 볼멘소리에 적무양이 수염을 쓰다듬으며 수긍한다.

"그것도 일리는 있군. 그럼 태상문주 대신 방주는 어떻겠느냐?"

"방주? 우린 팔선문인데? 팔선방을 만들고 싶은 거요?"

적무양이 인상을 찌푸리며 짜증스럽게 말했다.

"그놈 참 까다롭구나. 주겠다는 거냐 말겠다는 거냐?"

"쳇. 좋소. 그럼 영감은 장문인을 하시오."

"호오. 내게 문파를 넘기겠다는 말이냐?"

"아니지. 문주는 계속 내가 할 거요. 영감은 그냥 장문인만 하시오."

문파의 최고 어른이면서 책임자를 높여 부르는 말이 장문인이다. 그것을 돌려 말하면 문파의 주인이라는 뜻으로 문주라고 부르기도 한다.

결국 문주나 장문인이나 낱말 하나 차이.

엎치나 메치나 똑같은 것을 굳이 다르다고 차별하는 격이었다. 적무양은 어처구니없다는 듯 물었다.

"그건 또 어느 나라 족보란 말이냐?"

"아, 영감이 원하던 감투 얻었으니 된 거 아니요? 영감은 어른 대접 받으니 좋고, 나는 그대로 문파 주인 하니 좋잖소? 더 이상 무슨 방법이 있단 말이오?"

유검호는 되레 짜증을 냈다.

그는 더 이상 양보할 수 없다는 의지를 강하게 내비쳤다.

굳어 있던 적무양의 얼굴에 실소가 번졌다.

"두고두고 욕 얻어먹기 딱 좋은 문파 계보로구나. 네가 불명예를 자초하여 덮어쓰겠다는데, 말릴 이유는 없지. 좋다. 수락하마."

그렇게 해서 팔선문은 또 한 명의 수장을 두게 되었다.

그것도 천하인의 지탄을 한 몸에 받고 있는 천하제일 마두를.

"쳇. 하다하다 문주 직책까지 팔아먹게 되다니. 조사들이 알면 무덤 뒤집어엎고 뛰쳐나오겠군."

조사들까지 갈 필요도 없다.

당장 문천기만 해도 같이 죽자고 들 것이다.

유검호 스스로 생각해도 심하긴 했다.

하지만 어쩔 것인가?

강은설의 말대로 역사와 전통은 밥을 먹여주지 않는다.

거기다 무엇보다 문파의 구성원들.

흑도비, 강은설, 소린의 반응. 문파에 수장이 하나 더 생긴 충격적인 사건이 벌어지고 있는데도 아무런 관심조차 없다.

그저 손에 들린 음식을 먹느라 정신이 없다.

애초에 그들은 적무양이 장문인이 되든 말든 신경도 쓰지 않았다. 어차피 같이 다니게 된 이상, 같은 문파면 어떻고 아니면 어떠냐는 것이 그들의 생각이었다.

소속이라는 것을 중요시여기는 무림인들의 관점에서는 도저히 상상할 수도 없는 일이었다. 하지만 그들에겐 너무도 자연스러운 사고관이다.

문주를 떠받들 문도들부터 그런 반응이었으니 굳이 직책을 아끼고 싶은 생각도 들지 않았다.

'대충 맛만 보여줬다가 파문시켜 버리면 되지, 뭐.'

아마 적무양의 성격이라면 파문시키기 전에 질려서 나가 버릴 것이다. 유검호는 그렇게 될 것이라 믿어 의심치 않았다.

유검호는 속으로 적무양이 나가기를 빌면서도, 얼굴은 짐짓 위엄 있는 표정으로 말했다.

"어쨌든 문파의 주인은 나니까, 절대 함부로 행동하는 일은 없어야 할 거요. 만약 저번처럼 기분 내키는 대로 사람을 해치면, 문주의 권한으로 과감하게……."

파문을 시킨다고 말을 하려 할 때였다.

투욱.

묵직한 소음을 내며 떨어지는 전낭 하나.

얼추 보기에도 사람 얼굴만 한 크기다. 안에 철전만 들어 있어도 액수가 꽤나 될 것 같다. 혹여 은자라도 들어 있다면 낡은 장원 하나쯤은 사고도 남았다. 적무양의 자신만만한 태도로 봐서는 전낭을 채우고 있을 구성물은 틀림없이 은자일 것이다.

꼴깍.

절로 침이 넘어간다. 으름장을 주기 위해 꺼내려던 파문이라는 단어가 쏙 들어간다.

돈주머니를 확인하지도 않았는데, 찝찝하던 기분이 싹 가셨다. 그때 시커먼 손 하나가 좋은 기분을 망치려 든다.

"헤헤. 대장. 이번에는 저 한 번만 믿어보시라는……."

우드득.

유검호는 슬금슬금 기어가는 손을 상쾌하게 반대 방향으로 꺾어주고는 전낭을 집어 들었다.

손이 뚝 떨어질 정도의 무게감에 세상을 다 가진 것 같았다.

슬쩍 열어보니 예상대로 반짝거리는 은자가 가득했다.

"으하하하. 이거 놀랐소. 영감한테 이런 호탕한 면이 다 있다니."

유검호는 십오 년 만에 처음으로 적무양이 괜찮은 사람일지도 모른다는 생각을 했다.

적무양은 유검호의 반응을 예상했다는 듯 다시 자리에 가 앉는다.

"여기서 천천히 기다릴 테니, 청수장인지 청소장인지 구입하고 오거라. 설마 거기까지 같이 가줘야 하는 것은 아니겠지?"

"하하. 날 뭐로 보는 거요? 조금만 기다리시오. 시세의 절반 가로 사버리겠소."

유검호는 들뜬 기분으로 나가려 했다.

그때 식사를 마친 강은설이 그를 불렀다.

"아저씨. 같이 가!"

따라나서는 강은설의 모습에 유검호는 눈살을 찌푸렸다.

마치 감시하기 위해 나서는 것 같았기 때문이다.

"뭐야? 날 못 믿는 거야?"

불만 섞인 유검호의 물음에 강은설은 강렬한 불신의 눈빛을 보내며 대답했다.

"그럼 믿으라고?"

지은 죄가 있는 유검호로서는 그 시선을 피할 수밖에 없었다.

"험험. 그거야 자금을 늘릴 방법이 그 수밖에 없었으니 그랬던 거고. 지금은 돈도 충분하잖아."

"딴마음 안 품으면 같이 가도 상관없잖아. 또 물건 흥정하는 것도 내가 아저씨보다는 잘하니까 같이 가는 게 훨씬 좋잖아."

"네게 상계의 신성이라 불렸던 과거를 보여주지 못하는 게 한이로군. 좋아. 정 못 믿겠다면 같이 가지. 그리고 두 사람은 동작 그만. 너희는 그냥 여기서 기다려."

막 자리에서 일어나려던 흑도비와 소린이 움찔하며 다시 엉덩이를 붙인다.

도깨비는 없었다

유검호는 강은설과 함께 청수장으로 향했다.

가는 내내 유검호는 콧노래를 흥얼거렸다.

중간에 도박판이 벌어지고 있다는 소리를 듣고 귀를 쫑긋거리다가 강은설에게 핀잔을 듣기는 했지만, 어쨌든 기분은 좋았다.

남경이 고향이라면, 청수장은 그의 집이었다.

어렸을 때부터 쭉 자라온 곳이었기에, 항상 그리워했었다.

그렇기에 팔선문의 터전을 찾기로 했을 때 가장 먼저 떠올랐다. 아니, 그 외의 다른 곳은 아예 생각하지도 않았다.

굳이 일행의 불만을 감수하면서도 남경까지 온 이유가 그 때문이다.

장원을 되살 만한 돈이 없다는 것이 가장 큰 고민이었는데,

다행히 잘 해결되었다.

큰 고비를 쉽게 넘기자 모든 일이 술술 풀릴 것 같았다.

유검호는 오랜만에 들뜬 기분을 만끽하며 청수장으로 향했다. 저 멀리 고색창연한 대문을 보자 벌써부터 가슴이 두근거렸다.

비록 지금은 청수루라는 기루가 되었지만, 본래 청수장은 유서가 깊은 장원이었다.

문천기는 팔선문의 시조가 처음으로 문파를 건립한 이래, 단한 번도 터를 옮긴 적이 없다고 했었다. 전각들 역시 자잘한 공사를 제외하고는 크게 허물고 다시 지은 적이 없었다고 하니 못해도 수백 년은 족히 되었을 것이다.

주인이 바뀔 때마다 이름이 바뀌기도 하고, 사는 사람들이 변하기도 했지만, 장원은 항상 그 모습 그대로였다.

이곳에 터를 잡은 선조도 이토록 오랫동안 보존되리라고는 생각지 못했을 것이다. 아마도 시선의 후예 중 한 명이 선대의 유지를 이어가기 위해 가장 조용하고 눈에 띄지 않는 곳에 터전을 잡은 때문이리라.

덕분에 장원을 되찾기는 수월해 보였다.

현재 청수장은 기루로 쓰이고 있다. 기루가 도성의 변두리, 찾기 힘든 곳에 위치해 있었으니 손님들 발길이 잦을 리가 없었다.

천하절색의 기녀라도 머물고 있지 않는 한, 남정네들이 기억하기도 어려운 골목 사이를 헤집고 찾아갈 이유가 없는 것이다.

그렇기에 유검호는 장원 주인을 설득할 자신이 있었다.

어차피 장사도 안 되는 기루, 시세대로만 쳐주어도 고민 없이 팔 것이다.

그런 생각으로 청수루 대문에 도착했다.

예상대로 한산했다. 아직 시간이 이른 탓도 있지만, 지나치는 개미 새끼 한 마리 없었다.

'좋았어!'

유검호는 일이 잘 풀릴 것이라는 확신을 가지고 안으로 들어가려 했다. 그런데 굳게 닫힌 대문이 열리지를 않는다.

"어?"

기루도 엄연히 장사를 하는 곳.

장사집이 대낮에 문을 잠그고 있는 경우는 드물다.

더욱이 기루는 술과 웃음을 팔기에 다른 곳보다 더욱 문이 개방되어 있어야 정상이다.

그런데도 대문은 굳게 잠긴 채 열리지를 않는다.

더 이상 힘을 줬다가는 대문이 부서질 것 같았다.

"뭐야? 이 집 장사 안 해?"

유검호는 술 먹고 주정 부리는 중늙은이처럼 고래고래 소리치며 대문을 쾅쾅 두들겼다.

안에서는 여전히 반응이 없었다.

반응은 뒤에서 왔다.

"아저씨. 여기 좀 봐."

쿡쿡 찌르며 부르는 것은 강은설이다.

의아하여 그녀가 가리키는 곳을 본 유검호의 눈이 휘둥그레졌다.

청수루라는 현판이 걸려 있던 곳. 그곳에 새로운 현판이 걸려 있었다.

—북마금제도(北魔禁制島).

힘이 넘치는 필체에 고급스러워 보이는 목재.

얼핏 보기에도 범상치 않아 보이는 현판이다.

현판 아래쪽에는 새빨간 뱀 문양이 새겨져 있다. 보기만 해도 섬뜩한 문양이다. 단지 그뿐이라면 기분 나쁘게만 보였을 것이다. 그런데 특이하게도 작은 주먹 하나가 뱀의 등을 찍어 누르고 있었다.

주먹 문양이 더해지자 사악한 뱀이 주먹에 찍혀 발버둥치는 것같이 보인다. 덕분에 섬뜩하던 문양이 귀여워 보이기까지 했다.

현판을 본 유검호는 인상을 쓰며 감상평을 말했다.

"뭐야? 이 유치한 그림은?"

유검호가 현판을 이리저리 살펴보고 있을 때.

끼이익.

낡은 문소리와 함께 대문이 살짝 열린다.

열린 문 사이로 늙수그레한 노인 하나가 얼굴을 내밀었다.

노인은 유검호를 발견하고는 의아하여 묻는다.

"뉘쇼?"

유검호는 더욱 의아한 표정으로 되받아주었다.

"그러는 노인장은 뉘쇼?"

두 사람은 잠시 상대를 살피며 대치했다.

지루한 침묵 가운데 주고받는 쓸데없는 오기 담긴 눈빛.

상대가 먼저 대답하기를 바라는 무언의 요구였다.

결국 체력이 달리는 노인이 견디다 못해 먼저 입을 열었다.

"난 여기 관리하고 있는 사람인데. 젊은이는?"

"난 집 사려고 온 사람이오."

유검호의 대답에 노인은 어리둥절해하며 말한다.

"집 안 파는데?"

"그건 주인하고 이야기할 문제고. 여기 주인 있으면 좀 보잔다고 전해주시오."

"출타하셔서 언제 귀가하실지 모르오."

"거 장사하는 사람이 어딜 그리 싸돌아다닌데? 어디로 간지는 아쇼?"

유검호의 물음에 노인의 눈매가 살짝 좁혀진다.

"나갔다면 나간 줄 알지, 뭘 그리 꼬치꼬치 캐물으쇼?"

"호오?"

종전에는 뚱한 표정이라 몰랐는데, 이제 보니 꽤나 날카로운 인상이다. 게다가 은연중에 풍겨오는 싸늘한 기운. 벌레가 기어다니듯 몸이 근질거리고 얼굴이 따끔거리면서 등줄기에 소름이 오싹 끼치게 만든다.

일반적인 무림인들의 것과는 비할 수 없는 진득한 살기였다.

노인의 살기에 뒤에 서 있던 강은설이 주춤거리며 물러섰다.

유검호가 코를 벌렁거리며 그 앞을 가로막았다.

"허참. 무슨 놈의 기루 관리인이 피 냄새를 풀풀 풍겨? 이 안에서 무슨 연쇄살인이라도 벌이고 있는 거 아냐?"

노인이 무공을 지니고 있다는 것은 처음 봤을 때부터 알고 있었다. 하지만 그가 내비친 살기는 전혀 예상 밖이었다.

그것은 손에 수많은 피를 묻혀본 자만이 만들어낼 수 있는 것이다. 그 사실은 노인을 경계 대상으로 보게 만들었다.

생명을 많이 죽여봤다는 것. 그것만큼 무서운 상대는 없다.

만약 유검호에게 무공이 강한 자와 살인을 많이 해본 자 중에 한 명을 상대하라면 망설임 없이 무공이 강한 자를 택할 것이다. 전자는 수련을 위한 무술을 익히지만, 후자는 죽이기 위한 살술을 익히기 때문이다.

노인처럼 평소에 혈향이 드러나지 않을 정도라면 무공 고하와 상관없이 무조건 경계해야 할 인물이다.

아마 흑도비가 이 자리에 있었다면 살기를 느끼자마자 일단 주먹부터 날리고 봤을 것이다.

그 정도로 위험해 보이는 인물이 평범한 기루의 관리인 노릇이나 하고 있다고는 생각하기 힘들었다.

'노인들은 때리기 싫은데. 고향 와서도 노인 공경은 물 건너 갔군.'

유검호는 여차하면 단호히 손을 쓰려 했다.

괜히 한눈팔다간 뒤에 있는 강은설이 위험한 상황에 처할 수도 있기 때문이다.

그런데 뜻밖에 노인의 살기가 사그라진다.

"기루? 여기 기루 아닌데?"

"몇 달 전에 왔을 때만 해도 기루였소만?"

"그거야 몇 달 전 이야기고. 한 달 반쯤 전에 우리 아가씨, 아니 도주님이 사서 별장으로 쓰고 계시오."

"젠장. 고새 팔렸다니. 어쨌든 그 도주인지 뭔지 하는 사람하고 이야기나 좀 해봐야겠으니, 위치 좀 알려주쇼."

"왜 자꾸 도주님의 행방을 캐묻는 게지?"

위치 이야기에 노인의 눈매가 재차 가늘어진다. 가라앉았던 살기가 다시 느껴진다.

"거 노인네가 의심 한번 많네. 말했잖소. 집 좀 사려 그런다고."

"이렇게 외딴 곳의 허름한 장원을 사려고 일부러 찾아왔다고? 그 말을 믿으라는 거요?"

노인의 살기가 극에 달했다. 마땅한 변명을 토해내지 않으면 곧장 손을 쓸 기세다.

유검호는 노인의 예민한 반응이 귀찮았다.

'그냥 때려눕히고 심문할까?'

그러나 심문을 한다고 들어먹을 인물 같지가 않았다. 더욱이 괜히 노인을 건드렸다가 도주라는 여자의 심기를 건드리면 장원을 팔지 않겠다고 버팅길지도 모른다.

유검호가 잠시 갈등하고 있을 때 강은설이 끼어들었다.

"여기가 원래 이 아저씨 살던 곳이라서 그래요. 어렸을 때 떠났다가 십오 년 만에 돌아왔는데, 고향집이 그리워서 다시 사려는 거예요. 다른 목적 같은 것은 없으니까 의심 푸세요."

그녀의 설명에 노인은 강은설을 힐끔 본다. 예리한 눈빛이 강은설을 훑고 지나갔다. 마치 속내를 샅샅이 파헤치는 것 같았다.

잠시 강은설을 탐색하듯 살핀 노인의 표정이 한결 누그러졌다.

그녀의 얼굴을 보고 진실이라 판단한 모양이다.

노인은 다시 유검호에게 시선을 돌리며 말했다.

아직 의심이 완전히 풀리지 않았는지 퉁명스러운 어조다.

"그게 진짜라면 사정은 딱하게 되었소. 그래도 도주님이 팔려고 하진 않을 게요. 워낙 똥고집… 이 아니라 자기 주관이 강하신 분이거든."

"알았으니 위치나 좀 알려주쇼."

뭔가 생각하던 노인이 순순히 입을 연다.

"하긴, 상관없겠지. 저기 큰 길을 따라 쭉 가다보면 환성다루라는 찻집이 있을 게요. 거기로 가보시오."

"진작 좀 알려주지. 그게 무슨 금싸라기 정보라고 그렇게 싸들고 계셨던 거요? 어쨌든 알려줘서 고맙소이다."

유검호는 감사인지 시비인지 모를 말을 내뱉고는 돌아섰다.

막 걸음을 옮기려는데 노인이 한마디 덧붙인다.

"알려는 주는데, 나 같으면 거기 안 갈 거요. 괜히 가서 나한테 했던 것처럼 말했다간 젊은 나이에 북망산 구경할 테니."

유검호는 피식 웃으며 어깨 너머로 대꾸했다.

"늙은 양반이 걱정도 팔자시네. 우리가 알아서 할 테니 신경 끄쇼."

"쯧쯧. 인생 아까운지 모르는 젊은이들이로구먼."

노인은 혀를 차며 문을 닫고 들어가 버렸다.

"끝까지 찝찝한 소리만 하는 노인이군."

유검호는 대수롭지 않게 넘기며 그곳을 떠났다.

노인이 알려준 길을 따라 걸어가다 보니 커다란 건물 하나가 눈에 띈다. 환성객잔이라는 간판이 걸려 있는 건물인데 일 층은 식당이고, 이 층에는 찻집이 있었다.

그것을 본 강은설이 의외라는 듯 찻집을 손가락질했다.

"어? 저기 아까 우리가 밥 먹었던 곳 아냐?"

환성다루는 바로 일행이 식사를 했던 곳 이 층에 있었던 것이다.

그런데 두 사람이 떠나올 때와 달리 식당 건물 앞에는 많은 사람들이 모여 있었다. 여기저기 웅성거리며 분잡함을 이루고 있는 것을 보면 필시 무슨 일이 벌어지고 있는 모양이다.

"무슨 일이지?"

강은설은 의아하여 사람들 사이를 비집고 들어갔다.

구경꾼들이 빙 둘러싸고 있는 가운데, 찻집 앞의 공터에 어린아이 둘이 어울려 싸우고 있는 것이 보였다.

싸움 장면을 본 강은설은 놀라며 외쳤다.

"엇? 소린아."

사람들의 이목을 끌며 싸움을 벌이고 있는 아이 중 한 명은 소린이었던 것이다.

강은설의 외침에도 소린은 못 들었는지 싸움에만 집중을 했다.

그 작은 몸이 통통 튀어 오르며 움직일 때마다 허공에 잔상이 가득 만들어진다.

무림에서 고수 소리를 듣는 자들도 잔상을 남길 정도로 빠른 인물은 거의 없다는 것을 감안하면, 소린의 몸놀림은 나이 대를 초월한 것이었다.

그러나 상대는 그런 소린을 일방적으로 몰아붙이고 있었다.

나이는 소린과 비슷해 보이는 소녀였는데, 특이하게 궁중에서나 입을 법한 화려한 궁장을 입었다. 마치 궁궐에서 갓 나온 공주님같이 치렁치렁한 장신구를 줄줄이 달고 도도한 표정으로 소린을 공격하고 있었다.

궁장 소녀의 무기는 특이하게 이 장에 달하는 길쭉한 채찍이었다. 채찍은 무슨 가죽으로 만들었는지, 피처럼 붉은색을 띠었다.

쒜애액!

소녀가 손을 한 번씩 흔들 때마다 소름끼치는 소음을 발산하며 소린을 내리친다.

소녀는 키보다 훨씬 긴 채찍을 휘두르는데도 전혀 어려움이 보이지 않았다. 채찍은 마치 살아 움직이듯 이리저리 꿈틀거리며 모든 방위에서 소린을 공격해 간다.

소린은 민첩한 움직임으로 채찍을 피해내고는 있었지만, 매 공격마다 위태로워 보였다.

쒜애액! 파앙!

소름끼치는 소리를 내며 날아간 채찍이 빈 허공을 치자 귀를 후벼 파는 폭음이 터진다.

그 위력과 파괴력은 어린아이의 것이라고 얕볼 수 있는 것이 아니었다.

철골장한이라도 정통으로 맞으면 주저앉을 것 같았다.

몸집 작은 소린이 견뎌낼 수 있을 리가 없었다.

그 위험한 광경에 강은설은 참지 못하고 몸을 날리려 했다.

그녀의 무공이 소린보다도 미천하긴 했지만, 그래도 소린이 다치는 것을 보고만 있을 수는 없었다.

그러나 강은설은 생각처럼 몸을 날릴 수가 없었다.

쾅.

굉음을 내며 그녀의 발치에 꽂히는 시커먼 지팡이 때문이었다. 지팡이는 재질을 알 수 없었지만 매우 단단하고 묵직해 보였다. 대가리에는 용인지 뱀인지 알 수 없는 조각이 달려 있었고, 끝으로 갈수록 뾰족해진다.

흔히 용두괴장이라 불리는 지팡이다.

용두괴장은 어찌나 세게 던졌는지 끝부분이 반 자 이상 땅에 박혀 있었다.

강은설은 놀라며 고개를 들었다. 용두괴장이 날아온 방향을 향해서다. 이 층 다루의 창가에서 손을 내밀고 있는 노파 하나가 눈에 띄었다.

나이를 짐작하기 힘들 정도로 주름이 가득한 노파였다.

얼굴은 가면이라도 쓴 듯 무표정했고, 눈동자를 찾기 힘들 정도로 가느다란 눈에는 예리한 빛이 번뜩였다.

그 작은 눈에서 쏟아져 나오는 빛이 강은설에게 경고하고 있었다.

―끼어들면 죽는다.

노파와 눈이 마주치자 강한 공포감이 엄습해 왔다.

예전 같았으면 그대로 주저앉아 버렸을 것이다. 하지만 이제는 심리적 공포감에 대항할 수가 있었다. 많은 일을 겪으며 단련이 된 탓이다.

강은설은 깊은 심호흡을 한 번 하고는 앞으로 나서며 소리쳤다.

"애들이 싸우고 있는데 어른들이 안 말리고 뭣들 하는 거예요?"

그녀의 말에 구경꾼들이 어이없는 표정을 짓는다.

평범한 아이들의 싸움이었다면 진작 뜯어 말렸을 것이다.

하지만 저들은 어리다고는 하지만, 누가 봐도 무림 고수 간의 대결이었다.

돌바닥을 깨부수는 채찍을 아무렇지도 않게 휘두르는 소녀나, 그것을 한 대도 맞지 않고 피해내는 소린이나 모두 평범함과는 거리가 멀었다.

그런 싸움을 어떻게 말린단 말인가?

게다가 이 층에서 싸움을 내려다보고 있는 노파 또한 두려운 존재였다. 노파는 '나 무서운 사람이다.'는 티를 꽉꽉 내고 있었다.

냉막한 인상을 잔뜩 구긴 채 누가 나서려고만 하면 위협감을 풀풀 풍기며 경고를 준다. 이 판국에 어느 간 큰 인물이 감히 나설 수 있겠는가?

사람들에게는 그런 상황에 나선 강은설이 이상해 보였다.

노파 역시 거두었던 시선을 다시 보낸다.

자신의 경고를 무시했다는 사실이 매우 의외였던 모양이다.

그러나 이내 강은설의 무공이 별 볼 일 없다는 것을 파악하자 눈살을 찌푸렸다. 주름 덮인 노파의 입이 달싹인다.

"대륙에는 주제 파악 못하는 종자들이 많구나."

성대 다친 까마귀가 우는 듯 귀에 거슬리는 목소리였다.

그 소리에 사람들이 인상을 쓸 때였다.

휘익.

노파의 모습이 사라졌다.

"어엇?"

구경꾼들이 놀라며 노파의 행방을 찾았다.

노파는 이미 강은설의 머리 위를 덮치고 있었다.

손을 갈고리처럼 웅크리고 강은설의 머리를 찍어 누르려는 모습이 마치 먹잇감을 덮치는 맹금류와 같다.

강은설은 급히 방어 자세를 취하며 대응하려 했지만 노파의 공격을 막아낸다는 것은 불가능해 보였다.

무쇠 같은 노파의 응조수가 강은설의 머리를 낚아채려는 순간. 노파가 뛰어내린 건물 일 층에서 검은 그림자가 뛰쳐나왔다.

쉬익.

노파의 움직임도 사람들의 눈이 따라잡기 힘들 정도로 빨랐지만, 새로 나타난 인물의 것은 그보다 더욱 빨랐다.

노파가 손을 내뻗는 짧은 시간에 검은 그림자의 주인은 벌써 강은설의 앞으로 끼어들고 있었다.

파파곽.

한순간에 십여 번의 격타음이 터져 나왔다.

뚫으려는 응조수와 걷어내는 주먹의 대결이었다.

격돌이 끝나자 노파의 몸이 허공에 뜬 채 뒤로 밀려났다.

"으음."

노파는 나직한 신음을 토하며 땅에 내려섰다.

격돌전과 같은 신색은 그다지 손해를 보진 않았음을 알려주지만, 얼굴은 딱딱하게 굳어 있었다. 상대가 자신보다 늦게 움직였음에도 모든 공격을 막아냈기 때문이다.

그 말은 상대가 그녀보다 빠르다는 말이다.

노파는 일전의 소감을 한마디에 담아 내뱉었다.

"대단하군."

"헤에. 할망구도 대단한걸? 주먹이 다 시큰시큰거려."

건방진 말투로 받아치는 것은 바로 흑도비였다. 그 말에 노파의 얼굴이 꿈틀거린다. 그러나 흑도비의 실력을 감안한 탓에 쉽사리 행동하진 못한다.

흑도비의 뒤에 가려져 있던 강은설이 그를 밀쳐내며 말했다.

"지금까지 뭐하고 있었어? 소린이 싸우는데 구경만 했던 거야? 아, 소린이!"

흑도비에게 따지려던 강은설은 급히 고개를 돌렸다.

소린이 위험한 상황이었던 것이 생각난 것이다.

그러나 격전은 이미 끝이 나 있었다.

소린을 노리고 파고들던 채찍은 허공에 멈춰 있었다.

갑자기 나타난 손이 채찍 끝을 움켜잡고 있었기 때문이다.

흑도비가 그 손의 임자를 가리키며 말했다.

"괜찮아. 벌써 대장이 나섰어."

채찍을 잡고 있는 것은 바로 유검호였다.

강은설이 노파와 상대하고 있는 사이에, 유검호는 벌써 아이들의 싸움을 말리고 있었던 것이다.

흑도비와 강은설의 반응에 고개를 돌렸던 노파가 헛바람을 들이켰다.

"헛, 언제?"

두 아이의 싸움터는 노파의 등 뒤였다.

그 사이에 끼어들었다는 것은 노파의 배후를 장악했다는 말이나 다름없다. 그럼에도 노파는 유검호의 움직임을 전혀 감지해 내지 못했다. 그 말은 유검호가 언제든지 마음만 먹었다면 노파를 제압할 수 있었다는 뜻이다.

노파의 얼굴이 부들부들 떨렸다. 무감정하던 얼굴에 처음으로 표정이 드러났다.

분노와 수치심, 그리고 강자에 대한 호승심이 한데 어우러진 표정이다.

유검호는 그런 표정을 많이 봐왔다. 아마 조금만 있으면 싸우자고 달려들 것이다. 그런 귀찮은 싸움을 자초할 유검호가 아니었다.

유검호는 사전에 자신의 기척을 지워 노파의 기파를 흘려버렸다. 노파가 투지를 키울 여지를 미리 차단해 버린 것이다.

노파는 유검호의 존재감이 흐릿해지자 당황한 기색이 역력했다.

유검호는 그녀에 대한 관심을 꺼버리고, 객잔 일 층을 힐끗 보았다.

창가에 걸터앉아 느긋하니 전황을 즐기고 있는 적무양의 모습이 보였다. 일의 전후는 알 수 없었지만, 사태의 중심에 적무양이 있었으리라는 것은 보지 않아도 알 수 있었다.

[영감이 부추겼지?]

유검호의 확신 담긴 전음에 적무양은 어깨를 으쓱하며 고개를 젓는다.

[무슨 소리인지 모르겠구나.]

잡아떼는 적무양을 잠시 노려보았지만, 결국 물증을 잡을 수는 없었다.

유검호는 소린과 채찍 소녀에게 시선을 돌렸다.

두 사람을 보고는 한심하다는 듯 혀를 차며 말했다.

"쯧. 새파란 것들이 백주대낮에 어른들 앞에서 싸움질이라니. 벌써부터 인생 그렇게 막 살면 나중에 커서 어떻게 되려고 그러냐?"

유검호의 질책에 소린은 씩씩거리면서도 고개를 푹 숙이며 잘못을 인정했다.

반면 소녀는 되레 인상을 쓰며 고함을 친다.

"닥쳐! 네까짓 게 뭔데 나한테 훈계야? 손을 갈기갈기 찢어버리기 전에 빨리 북마혈사편이나 놔버려!"

소녀는 말을 하면서도 내내 채찍을 잡아당겼다.

채찍은 겉보기에는 매끄럽기 그지없었으나, 실제로는 매우 거친 가죽이었다.

보통 사람 같았으면 벌써 손이 엉망진창이 되었을 것이다.

소녀는 쓴맛을 보여줄 심산으로 채찍을 이리저리 잡아당기며 기교를 부렸다.

그러나 유검호의 손은 무쇠보다 단단했다.

소녀가 땀을 뻘뻘 흘리며 용을 썼지만 채찍은 꼼짝도 하지 않왔다.

오히려 유검호가 손을 살짝 당기자 소녀의 몸이 당겨진다.

소녀는 끌려가지 않기 위해 엉덩이를 뒤로 빼고 악다구니를 썼다.

"이 자식아! 놔! 내 채찍에서 더러운 손을 떼란 말이야!"

어린아이답지 않은 거친 말투만 빼면 철없는 아이가 부모에게 떼를 쓰는 모습이다.

마음씨 좋은 부모라면 짜증이 치솟아도 잘 다독거려 주었을지 모른다. 하지만 안타깝게도 유검호는 소녀의 부모가 아니었다.

"이거 애새끼 말투가 왜 이 모양이야? 대체 교육을 어떻게 받은 거야? 어른 된 입장에서 그냥 놓아둘 수 없겠군."

유검호는 채찍을 쥐고 있던 손을 한 바퀴 휘감았다.

휘익.

멀찍이 떨어져 질질 끌려가던 소녀의 몸이 대번에 떠오른다.

"꺄악!"

소녀의 입에서 처음으로 아이 같은 비명이 터져 나왔다.

아기 새처럼 작은 체구가 유검호에게 안겨진다.

강철 같은 팔 근육이 느껴지자 소녀의 얼굴에 공포가 떠올랐다.

"뭐, 뭐하는 거야?"

그러나 유검호는 소녀에게 일일이 대꾸하지 않았다.

그저 손을 들어 소녀의 볼기를 내리칠 뿐이다.

뻐억.

풍성한 치마폭을 짓누르며 내리쳐지는 손바닥. 살집 많은 엉덩이를 내리쳤는데, 둔탁한 소리가 터져 나온다. 마치 몽둥이로 후려친 것같이 커다란 소리다.

소녀는 뼈까지 전해오는 통증에 입을 떡 벌렸다.

너무 아파 비명조차 지르지 못하고 눈물만 찔끔거리는데 유검호의 손이 다시 들린다.

"버릇없는 애한테는 매가 약이지."

소녀는 기겁하여 고함을 질렀다.

"아악. 이 새끼야! 하지 마! 파파! 이 자식 좀 죽여줘!"

소녀의 비명에 노파가 흉신악살 같은 얼굴을 하고 달려든다.

"할멈은 그냥 거기 계시고."

유검호는 노파를 보지도 않고 자신의 허리춤을 툭 쳤다.

쉬잉.

그의 손길에 흑암이 화살처럼 쏘아져 나갔다.

"헉!"

노파는 대경하여 두 손을 사납게 휘둘렀다.

절정의 응조수가 진로를 가로막자 흑암이 주춤한다.

그러나 이내 거력을 쏟아부으며 응조를 밀어내 버린다.

앞으로 나가려던 노파는 오히려 뒤로 밀려나게 되었다.

노파의 구원이 무산되자 소녀는 절망 어린 얼굴로 소리쳤다.

"사부님! 사숙님! 살려주세요! 이 흉악한 변태 새끼가 절 죽이려 들어요! 하나밖에 없는 후계자가 죽게 생겼다고요!"

그 말에 유검호는 실소를 흘렸다.

"어린놈이 누구보고 변태래? 그리고 엉덩이 몇 대 맞는다고 안 죽는다고."

말과 함께 유검호의 손이 다시 내리쳐진다.

뻐억.

"꺄아악!"

한 번 맞아본 것도 경험이라고, 이번에는 비명이라도 나온다.

유검호의 손이 세 번째로 들려졌을 때다.

"그만해, 이 새끼야!"

거친 욕설과 함께 거구의 여인 하나가 떨어져 내렸다.

쿠웅.

착지음은 둔하고 육중했다. 하지만 몸놀림은 전혀 둔중하지 않았다. 발이 땅에 닿자마자 유검호에게 돌진하는 모습이 흡사 족제비처럼 날렵하고 민첩했다.

얼핏 보기에도 흑도비 못지않은 거구였으나 그런 움직임을 보일 수 있다는 것이 놀라울 지경이다.

거구 여인은 순식간에 유검호를 덮치며 일권을 내질렀다.

후우웅.

큼지막한 주먹에서 발출되는 권압이 심상치가 않다.

"호오. 대단한걸?"

유검호는 감탄하며 응수하려 했다.

그때 또 하나의 거구가 끼어들었다.

"곰녀! 대장한테 가려면 나를 먼저 거쳐야지."

유검호의 앞을 막아선 것은 바로 흑도비였다.

흑도비는 그 짧은 시간에 별명까지 만들어 부르며 의기양양하게 손을 내뻗는다.

그런데 우스꽝스럽게도 흑도비가 내민 것은 손바닥이다.

장법을 쓴 것도 아니다. 그저 주먹을 감싸겠다는 듯 아무런 기교 없이 내민 손바닥이었다. 그것은 여인의 권력을 순전히 힘만으로 받아내겠다는 뜻이다.

자신 못지않은 체구와 몸놀림을 보자 호승심이 생긴 모양이었다.

살벌한 권풍을 몰고 오는 권공을 단순히 손바닥 힘으로 막아낸다는 것은 맨살로 칼날을 막겠다는 것이나 마찬가지.

하지만 흑도비의 얼굴은 자신만만했다.

거구녀를 힘으로 완전히 제압해 버릴 수 있다는 자신감이었다.

여인의 힘이 강해봤자 얼마나 강할까 하는 것이 그의 표정에 그대로 드러나 있었다.

유검호의 머릿속에 '흑도비라면 어쩌면' 이라는 생각이 막 떠올랐을 때.

두 사람의 힘이 격돌했다.

빠악!

귀가 따가울 정도의 충격음이 터져 나왔다.

그와 동시에 울려 퍼지는 단발마의 비명 소리.

"꾸웨에엑!"

흑도비는 처절한 비명을 지르며 튕겨져 나갔다.

일반인의 두 배 정도 되는 거구가 단 일격에 삼 장이나 날아간 것이다.

거구녀는 단번에 흑도비를 날려 보내고도 전혀 흔들리지 않왔다.

오히려 더욱 거센 기세로 유검호에게 반대쪽 주먹을 내리쳐왔다.

그녀는 마치 유검호의 머리를 단박에 박살 내겠다는 듯 살기가 등등했다.

맥없이 날려지는 흑도비를 보며 한숨을 쉬던 유검호가 그녀의 주먹을 보았다.

가까이에서 본 그녀의 주먹은 거대한 바윗덩이 같았다.

보는 사람을 움츠러들게 만드는 덩치와 주먹. 거기에 성난 맹수와 같은 기세가 더해지자 절로 위압감이 생겨난다.

그 공포스러운 주먹에 유검호가 뒤로 살짝 물러난다.

도망치려 한다고 판단했는지 거구녀의 주먹이 더욱 속도를 더한다.

그 순간. 물러나는 것 같던 유검호가 언제 그랬냐는 듯 거구녀의 주먹을 향해 전진한다.

불과 반 장 떨어진 간격. 짧디짧은 간격을 천 장 먼 거리처럼 진퇴하며 파고든 것이다.

그와 함께 유검호의 손이 거구녀의 주먹을 덮는다.

조금 전에 흑도비가 했던 것과 같이 별다른 기교 없이 내뻗은 손. 그러나 앞서 흑도비의 것과는 달랐다.

유검호의 손은 무쇠라도 박살 낼 것 같은 거구녀의 권세를 한 손에 감싸 안았다. 가공할 파괴력이 담긴 권력과 부딪쳤는데도 소리조차 나지 않았다. 마치 부드러운 천이 돌멩이를 휘감는 것 같았다.

"어림없다!"

자신의 힘이 사라지는 것을 느낀 거구녀가 땅을 내리찍었다.

강하지만 둔탁했던 권압이 송곳처럼 뾰족하게 변했다.

주먹을 감싼 손을 뚫어버리려는 것이다.

한 점에 모아진 권압이 유검호의 손을 노렸다.

두꺼운 철벽이라도 단번에 꿰뚫릴 것 같은 집중력이다.

그러나 막상 유검호의 손바닥에 닿자 그녀의 의지와 다르게 다시 둔중함으로 바뀌었다.

당황한 거구녀가 주먹을 밀어버린다. 유검호를 멀찍이 떨어뜨리려는 의도였다. 흑도비를 날려 보냈던 거력이 유검호에게 전해졌다.

주르륵.

가공할 힘에 유검호의 손이 뒤로 밀려났다.

그런데 기이하게도 주먹을 잡은 손은 사정없이 밀려나면서도 그의 몸은 오히려 앞으로 나아간다.

거구녀의 주먹을 잡은 손이 어깨까지 밀렸을 때, 그는 그녀의 품에 안겨들듯이 파고들었다.

유검호는 거구녀의 목전에 바짝 얼굴을 들이밀고 웃었다.

씨익.

그의 웃음을 본 거구녀가 흠칫한다.

그녀의 얼굴에는 곤혹스러운 기색이 역력했다.

자신이 만들어낸 힘이 마음대로 제어가 되지 않자 평정심을 잃은 것이다.

거구녀는 그저 본능적인 몸짓으로 유검호를 뿌리치려 했다.

그러나 그녀가 몸부림을 치기 직전. 기다렸다는 듯 유검호가
발을 내리쩍었다.

쿠웅.

강력한 진각에 지진이 난 것처럼 땅이 울린다.

동시에 어깨까지 밀려났던 손이 앞으로 쭉 뻗어진다.

마치 상대의 힘을 잔뜩 끌어모았다가 일거에 방출하는 것 같
았다.

콰르르.

강력한 힘이 거구녀를 덮쳤다.

그녀는 힘으로 대항하려 했으나 엉겁결에 받아내기에는 너무
도 거대한 힘이었다. 거구녀는 버티지 못하고 튕겨지듯 날아갔
다. 조금 전에 흑도비가 날려졌던 것과 비슷한 광경이었다.

단지 다른 것은 흑도비는 상대의 힘에 의해 날려진 것이고,
거구녀를 날려 보낸 것은 그녀 자신의 힘이었다는 점이다.

이화접목을 이용한 절묘한 수법에 의해 그녀는 자신이 가한
공격을 고스란히 돌려받은 것이다.

스스로의 힘에 당한 거구녀는 삼 장이나 날려진 뒤에야 나동
그라지듯이 땅에 내려설 수 있었다.

간신히 몸을 바로 세운 거구녀는 여력을 완전히 해소하지 못
하고 정신없이 뒷걸음질 쳤다.

쿵쿵쿵.

뒷걸음질 치는 그녀의 걸음소리는 첫 등장 때보다 훨씬 무거
웠다.

완전히 멈춰 선 거구녀의 얼굴이 시뻘겋게 달아올랐다.

그녀가 타오를 듯한 분노를 쏟아붓기 위해 몸을 날리려는 찰나.

눈앞에 손 하나가 나타났다. 닿을 듯 말듯 가까운 거리에 나타난 손. 별 볼 일 없어 보인다. 그저 보통 사람들보다 굳은살이 조금 더 많다는 것을 제외하면 특별할 것이라고는 조금도 없는 손이다.

그럼에도 그 어떤 내력을 지닌 손보다 강하고 거대해 보였다. 그녀의 권공을 받아낸 손이기 때문이다.

거구녀는 허탈한 표정으로 손의 주인, 유검호를 보았다.

그녀는 유검호가 언제 따라와 손을 내밀고 있었는지 짐작도 하지 못했다.

움직임을 완전히 놓쳐 버린 것이다.

결투 중에 상대의 움직임을 놓쳤다는 것은 목숨을 잃었다는 말이나 마찬가지. 유검호에게 살의가 조금이라도 있었다면 그녀의 얼굴은 피투성이가 되어 있었을 것이다.

실로 변명할 나위 없는 패배였다.

거구녀는 땅을 박차기 위해 들어 올렸던 발을 힘없이 내려놓았다.

거구녀의 얼굴에 숨길 수 없는 수치심이 떠올랐다.

너무도 무력하게 패했다는 사실에 자존심이 상한 것이다.

그리고 그보다 더욱 참을 수 없는 것은 유검호가 전력을 다하지도 않았다는 점이다.

거구녀는 침중한 얼굴로 유검호를 노려보았다.

유검호의 뒤편으로 한 자루 검과 시름하고 있는 노파의 모습이 겹쳐 보인다.

수치심에 달아올랐던 거구녀의 얼굴이 와락 구겨졌다.

유검호는 왼손으로 소녀를 꼼짝 못하게 제압한 채, 오른손으로 그녀를 상대했었다. 그것도 모자라 뒤쪽에는 그녀도 쉽게 여기지 못하는 노파를 검 한 자루 던져서 막아내고 있었다.

결국 유검호는 그녀와 소녀, 노파 세 명을 혼자서 상대했던 것이다. 그것도 전혀 위급함 없는 여유로운 표정으로.

거구녀는 그 사실을 깨닫자 씩씩거리며 소리쳤다.

"모욕하는 것이냐?"

가만히 있을 때는 덩치와 어울리지 않게 곱상하고 순박해 보이는 얼굴이었는데, 인상을 쓰며 윽박지르자 맹수와 같이 사나워 보였다.

그러나 유검호는 무덤덤하게 손을 거두며 되물었다.

"내가 뭘?"

"왜 끝까지 손을 쓰지 않고 사정을 봐준 것이냐? 이렇게 상대를 모욕하는 것도 중원 무림인들의 방식인가?"

"중원 무림인들 방식이 뭔지는 모르겠고. 난 이런 쓸데없는 일 하나하나에 피를 봐야 직성이 풀릴 만큼 옹졸하지가 않거든."

"중원의 무인들은 명예를 중시한다고 들었다. 나 또한 명예를 중시하는 무인! 목숨을 구걸하고 싶은 생각 따위 없다. 승자답게 마지막을 선사해라!"

거구녀의 얼굴에는 비장함까지 떠올랐다.

정말로 죽음이라도 각오한 것 같았다.

"말끝마다 중원 무림인이 어쩌니 하는데 말이야."

유검호는 귀찮은 표정으로 손을 들어 올렸다.

쉬익.

흑암이 유유히 날아와 착지한다.

노파는 자신을 한껏 괴롭히다 제멋대로 날아가 버리는 흑암을 질린 얼굴로 바라보았다.

유검호는 노파의 시선을 담고 있는 흑암을 허리에 끼워 넣으며 말을 이었다.

"난 댁들이 생각하는 무림인에 대한 환상 따위 충족시켜 주고 싶은 생각 없다고. 그리고 봐준 건 줄 알았으면 고맙다고 인사하고 냉큼 돌아갈 일이지, 무슨 좋은 꼴을 보겠다고 따지는 거지? 내가 더 강하니까 댁들을 전부 죽이거나 다치게 만들어야 명예를 지켜주는 건가?"

"당연하지! 패자에게 깔끔한 최후를 선사하는 것이야말로 승자의 미덕 아닌가?"

그녀의 말에 유검호는 어이없이 웃으며 대꾸했다.

"싸움 한 번 졌다고 죽어야 되면 나는 이미 수백 번 죽었겠군. 이봐. 죽음은 깔끔하지 않다고. 대체 어디서 무슨 말을 듣고 이러는지 모르겠지만, 그런 사고방식으로 돌아다니면 얼마 안 가서 '살' 자 들어가는 그럴싸한 별명 하나 생기게 될 거야."

거구녀의 실력은 유검호도 감탄할 정도로 절륜했다.

무림에 그녀를 꺾을 수 있을 만한 실력자는 많지 않다.

패자는 죽여야 명예가 지켜진다는 생각을 바꾸지 않는 한, 그녀와 부딪쳐서 살아남을 수 있는 인물은 거의 없을 것이다.

거구녀의 얼굴에 이해할 수 없다는 표정이 떠올랐다.

유검호의 말이 단순한 조롱이 아님을 느낀 것이다.

그때 노파가 화를 내며 소리쳤다.

"망언을 삼가라! 파렴치하게 인질이나 잡고 싸운 주제에 무슨 헛소리를 하는 것이냐?"

노파의 주름진 살이 분노로 푸들푸들 떨렸다. 유검호가 소녀를 인질로 삼아 거구녀를 우롱했다고 여기는 듯했다.

그녀를 힐끗 본 유검호는 들고 있던 소녀를 던지며 말했다.

"목숨 아까운 줄 알라는 말이 왜 망언인지 모르겠군. 어쨌든 이 꼬맹이는 혼 좀 난 것 같으니 도로 가져가시지."

소녀는 입에 거품을 물고 기절해 있었다.

대결 중에 발산된 중압감을 견디지 못한 것이다.

거구녀는 아무 말 없이 소녀를 받아 들고 명문혈에 장심을 붙였다.

"으음."

이내 의식을 잃었던 소녀가 신음을 흘리며 깨어났다.

"사숙님!"

눈을 뜨자마자 거구녀를 보고는 와락 안겨 들어 서럽게 울어댄다.

"으아아아앙. 사숙. 그 변태 같은 자식이… 흐흑. 그 자식 어떻게 되었죠? 물론 찢어 죽였……."

울면서 칭얼대던 소녀가 거구녀의 침묵에 말을 흐렸다.

소녀는 이상한 분위기를 느꼈는지 슬그머니 고개를 들었다.

나른함이 가득 담겨 있는 눈이 그녀를 내려다보고 있었다.

"히익!"

소녀는 비명을 지르며 두 손으로 입을 틀어막았다.

그 모습에 유검호가 씩 웃으며 손을 흔들었다.

"버릇없는 꼬마. 정신 좀 드냐?"

유검호가 손을 들자 소녀는 움찔하며 목을 움츠렸다.

"거참. 누가 보면 내가 아동 학대라도 한 줄 알겠네. 솔직히 소리만 컸지 별로 아프지도 않았잖아?"

충격에 비해 소리가 과도하게 컸던 것은 사실이다.

유검호가 소녀를 겁주기 위해 소리를 거창하게 냈기 때문이다. 하지만 아프지 않았을 거라는 말은 사실이 아니다.

아직도 욱신거리는 엉덩이가 진실을 호소하고 있었다.

소녀는 억울하다는 듯 눈물을 글썽이며 고함쳤다.

"아팠어! 죽을 만큼 아팠다고! 숙녀 엉덩이나 손대는 파렴치한 놈아!"

"아직 혼이 덜 났나 보군. 예절 교육 좀 더 받을래?"

"시, 싫어!"

소녀는 기겁하여 거구녀의 품에 얼굴을 숨겼다.

거구녀가 인상을 쓰며 유검호를 노려보았다.

"넌 사람을 조롱하는 것이 취미인가?"

"그럴 리가. 난 그런 악취미를 가질 만큼 부지런하지 않다고."

"그럼 영이에게 왜 이런 짓을 하는 거지?"

영이라는 것은 소녀의 이름인 듯했다.

유검호는 당연하다는 듯 답했다.

"뭐긴 뭐야? 애가 버릇이 없어서 혼 좀 내준 거지. 그리고 말이 나와서 말인데. 애들이 백주대낮에 싸우고 있는데 보호자들이 말리지는 못할망정, 나와보지도 않는 건 문제가 있는 거 아닌가?"

"무인들의 대결은 신성한 것. 나이가 많다 해서 끼어들 수는 없다. 게다가 먼저 공격한 것은 그쪽의 계집애였다. 공격을 받았으니 갚아주는 것은 당연한 일 아닌가?"

여인이 소린을 노려보며 쏘아붙인다. 유검호는 어처구니없다는 듯 웃어 버렸다.

"하하. 우리 꼬맹이가 먼저 때렸다고? 허참. 살다 보니 별 이상한 소리를 다 듣는군. 우리 꼬맹이는 길 가다 머리에 새똥을 맞아도 손으로 슥슥 닦고 웃어넘기는 순둥이라고. 그런 애가 싸움을 걸었다니. 차라리 쥐가 고양이한테 덤볐다고 하시지?"

유검호는 얼토당토않다는 듯 비웃었다.

그때 나동그라졌던 흑도비가 후다닥 달려오더니 멀리서도 들리는 귓속말로 소곤거린다.

"대장, 꼬마 사저가 선빵 날린 거 맞아요."

"선빵? 그게 뭔데?"

"먼저 쳤다고요."

그 말에 유검호는 눈을 휘둥그렇게 뜨고 소린을 보았다.

"진짜 네가 먼저 쳤냐?"

소린은 아무 말도 못하고 고개만 푹 숙였다.

그에 여인의 품에 안겨 있던 소녀가 기세등등하여 소리친다.

"그것 봐! 그 계집애가 먼저 때렸단 말이야! 그런데 왜 나한테

만 지랄하는 거야?"

소녀가 욕설과 함께 따지고 들자 유검호는 인상을 팍 썼다.

그 기세에 소녀는 다시 목을 움츠린다.

단번에 소녀를 조용히 시킨 유검호는 소린에게 다시 물었다.

"어떻게 된 건지 말해봐. 네가 누굴 먼저 때릴 리가 없잖아."

소린은 우물쭈물하며 대답했다.

"그게… 저 애가 갑자기 와서 제 머리에 먹물을 부으려고 해서… 참으려고 했는데 몸이 먼저 반응해 버렸어요."

"으잉? 머리에 먹물? 그건 또 무슨 소리야?"

유검호는 의아하여 고개를 돌렸다. 그의 시선이 닿자 소녀가 당당히 대답한다.

"그 계집애 생김새! 그거 변방의 도깨비들한테 납치돼서 그렇게 된 거잖아. 그 모습이 무림의 협객들한테 걸리면 목이 잘린단 말이야. 그래서 불쌍해서 먹물로 가려주려고 했는데, 계집애가 은혜도 모르고 내 엉덩이를 걷어찼다고! 어디 한번 내가 잘못했다고 말해보시지?"

"도, 도깨비? 목이 잘려?"

그 말에 유검호는 기가 막혀 입을 떡 벌렸다.

소린의 생김새가 중원인들과 다르긴 했다.

짙은 갈색 머리에 새하얀 피부. 거기다 눈동자는 푸른색이다.

이질적인 외모인 것은 분명하다. 하지만 그렇다고 도깨비라 부를 만한 모습은 아니다.

조막만 한 얼굴에 큼지막한 눈, 어린 나이에도 오뚝한 콧날과 연분홍빛 입술은 벌써부터 미녀의 자질이 충분히 보인다.

산속을 돌아다니며 제대로 씻지를 못해 머리가 제멋대로 떡이 졌고, 얼굴에는 때가 덕지덕지 묻은 데다 옷은 여기저기 헤져 있었음에도 천성적인 귀여움은 조금도 감춰지지가 않았다.

아무리 뜯어 봐도 흉측한 도깨비는커녕 미소녀의 영역에서한 치도 벗어날 수 없는 외모였다.

유검호는 황당함을 그대로 드러내며 흑도비를 보고 물었다.

"도비야. 쟤가 미친 거지? 내가 이상한 거 아니지?"

흑도비 역시 어리둥절한 표정으로 대답한다.

"그, 글쎄요. 어르신한테 무림에 그런 규칙이 있다는 이야기는 못 들은 것 같은데. 아무래도 쟤가 이상한 것 같은데요?"

유검호는 고개를 끄덕이며 소녀에게 소리쳤다.

"야. 정신 나간 애도 네가 이상하다잖아! 대체 그런 얼토당토않은 이야기는 누구한테 들은 거냐?"

소녀는 전혀 머뭇거림 없이 노파를 가리키며 말한다.

"내가 울 때마다 파파가 그랬단 말이야. 자꾸 울면 변방의 도깨비가 와서 잡아간다고. 파파가 말해줬던 도깨비 모습이 딱 저랬어. 쟨 분명히 자꾸 울어서 도깨비한테 잡혀갔다 온 거야!"

유검호의 벌린 입이 주먹이라도 들어갈 만큼 커진다.

멍하니 소녀를 보던 유검호가 고개를 절레절레 저으며 소린에게 말했다.

"야. 쟤 아무래도 좀 이상한 애 같다. 그냥 똥 밟았다 치자."

그 말에 노파가 화를 낸다.

"이놈! 감히 누굴 미친 사람 취급하는 것이냐?"

"그럼 저게 정상이요?"

유검호는 소녀를 손가락질하며 소리쳤다.

소녀는 유검호의 반응을 이해할 수 없다는 듯 눈을 동그랗게 뜨고 바라보고 있었다.

노파가 무안함을 감추려는 듯 헛기침을 하며 말했다.

"흠흠. 물론 아기씨가 알고 있는 지식이 잘못된 것은 사실이다. 하지만 그렇다 하여 호의를 베풀려는 아기씨를 공격한 것은 저 아이의 잘못! 서로의 시시비비를 결투로 푸는 것 또한 중원의 법도라 들었다. 그런데 네놈들은 어찌 법도를 무시하고 결투 중에 끼어든다는 말이냐?"

유검호가 어이없어 하며 그 말에 대답하려는데 소녀가 충격 받은 듯 비틀거리며 말한다.

"파, 파파? 도깨비 없어? 도깨비란 건 진짜 없는 거야?"

소녀의 물음에 노파는 곤혹스러운 표정으로 대답했다.

"네. 없습니다. 아기씨가 하도 울어서 제가 거짓말 좀 했습니다."

"으아앙! 난 그거 때문에 밤에 화장실도 제대로 못 간단 말이야!"

소녀는 좌절한 얼굴로 바닥에 주저앉아 서럽게 울어댔다. 노파는 당황하여 급히 소녀를 달래려 했다.

"아기씨. 울지 마세요. 자꾸 울면 변방의 도깨비가 잡아가요."

소녀가 울 때마다 습관적으로 하던 말이 또 나온 모양이다.

그 말에 소녀가 빽 소리친다.

"거짓말! 도깨비 없다며?"

소녀가 울먹이며 쏘아붙이자 노파는 쩔쩔매며 아무 말도 하지 못했다. 유검호가 한심하다는 듯 혀를 찼다.

"쯧쯧. 잔인한 할망구. 어린애한테 쓸데없는 이야기나 해서 이상한 지식이나 집어넣더니, 이제는 동심까지 부숴 버리는군."

유검호의 비아냥거림에 노파의 얼굴에 참을 수 없는 분노가 떠올랐다.

"닥쳐라! 이게 다 네놈 때문이다!"

휘익.

노파가 일갈하며 손을 뻗자 강은설의 발치에 꽂혀 있던 용두괴장이 날아와 잡힌다.

용두괴장을 잡은 노파는 유검호를 향해 몸을 날렸다.

흑암에 한 차례 호되게 당했으면서도, 주눅 든 기색이 없다.

유검호 때문에 소녀를 실망시켰다는 분노 때문이다.

노파의 신법은 실로 대단했다.

한순간에 유검호와의 거리를 압축하며 짓쳐든다.

멀찍이 떨어진 용두괴장을 허공섭물로 단번에 끌어당긴 것과 축지에 가까운 신법은 노파의 내공이 절정의 경지에 도달했음을 알려준다.

하지만 그런 대단한 무공을 지니고서도 노파는 제대로 능력을 펼쳐 보일 수가 없었다. 하필 이곳에 그녀를 능가하는 강자가 몇 명이나 더 있었기 때문이다.

그 가운데 가장 성질 급한 인물이 그녀를 막아섰다.

"이야아아압! 도비 님의 진정한 힘을 보여주마!"

흑도비는 알 수 없는 괴성을 지르며 노파를 막아서더니 정신

없이 주먹을 내질렀다.

콰콰콰콰쾅!

권압에 공기가 산산이 터져 나가며 폭음이 터진다.

앞서 거구녀의 권공에 조금도 뒤지지 않는 위력이었다.

갑작스럽게 나타난 가공할 권력에 노파는 대경실색하여 용두
괴장을 내뻗었다. 그러나 흑도비의 권풍은 노파가 감당해 내기
엔 너무 강했다.

우지직!

무쇠처럼 강해 보이던 용두괴장이 폭풍에 휩쓸린 잔가지처럼
맥없이 꺾여 나갔다.

"크윽!"

노파는 신음을 흘리며 반 동강 난 용두괴장과 팔로 몸을 보호
하려 했다. 하지만 성한 무기로도 막지 못한 공격이었다. 이미
기세가 꺾인 상태로 막아낼 수 있을 리가 없었다.

권풍에 휩쓸린 노파의 몸이 가랑잎처럼 떠올라 거구녀를 향
해 밀려난다.

거구녀는 손을 뻗어 노파의 등을 받쳐주었다.

주룩.

그러나 거구녀는 노파의 몸에 실린 힘을 한 번에 해소하지 못
하여 반 걸음 물러나야만 했다.

거구녀마저 밀어붙이고서야 땅에 발을 내딛은 노파가 정신을
차리고 급히 몸을 돌린다.

"아가씨! 괜찮습니까?"

"난 괜찮아. 할멈은?"

거구녀의 대답에 노파는 안도의 숨을 내쉬었다.

"저도 괜찮습니다."

"그런데 저자들은……."

거구녀는 유검호와 흑도비를 보며 말을 흐렸다.

유검호에게 패한 것만으로도 충격적인 일이었는데, 그 하수인으로 보이는 흑도비조차 만만치 않은 상대임을 알게 되자 당황스러웠던 것이다.

'그러고 보니 저자는 내게 당했는데 아무렇지 않아 보이는구나.'

그녀의 힘을 받아냈다면 죽지는 않았더라도 최소한 운신이 불가능해야 정상이었다.

그런데 일격을 당한 흑도비는 너무도 멀쩡했다.

땅에 나동그라지자마자 용수철처럼 벌떡 일어나 달려오기까지 했었다.

유검호에게 정신이 팔려 의식하지 못하고 있었던 흑도비의 존재감이 새삼 부각되었다.

그녀의 시선을 느낀 흑도비가 기다렸다는 듯 소리쳤다.

"곰녀! 아깐 내가 여자라고 봐줬다가 당한 거였어! 그러니 제대로 다시 한 번 붙어 보자!"

아까 당한 것이 심히 억울했던 모양이다.

충격은 고사하고 오히려 전보다 더욱 팔팔하게 날뛰는 모습에 거구녀는 당혹스러움을 금치 못했다.

유검호가 한심하다는 듯 혀를 찼다.

"쯧쯧. 싸움에 제대로가 어딨냐? 죽고 나서도 다시 한 번 싸우자고 떼쓸래?"

그의 타박에 흑도비는 기어들어 가는 목소리로 변명했다.

"힘이 저렇게 셀 줄은 몰랐다고요. 저게 어딜 봐서 여자 주먹
이에요?"

"그럼 이화접목이라도 좀 배우든가."

"그런 건 힘없는 사람들이나 배우는 거고요."

흑도비는 중얼거리며 딴청을 피운다.

이화접목과 같이 복잡한 원리의 무공은 그가 취약한 부분이
었다. 흑도비는 천성적으로 단순했기에 무언가를 머리로 이해
하고 연구한다는 것은 무리였다.

그렇기에 천하의 모든 무공을 알고 있다는 적무양에게 직접
무공을 배우면서도 오직 타격법만을 배웠다.

지켜보던 유검호가 다른 것도 배워보라 권해도 요지부동이었
다. 그 단순함을 비꼬면 늘 하는 변명이 남자는 오직 주먹이고,
남의 힘을 이용하는 기교 따위는 힘 약한 여자나 하는 짓이라는
말이었다.

그런데 이번에 여자를 상대로 그렇게 자신 있어 하던 근력에
서 밀리자 변명이 궁색해질 수밖에 없었다.

'세상 오래 살고 볼 일이라더니, 별로 오래 산 것 같지도 않은
데 저 녀석이 여자한테 힘으로 눌리는 일을 보게 되는군. 세상
은 참 오묘하단 말이야.'

흑도비가 태어나고 자란 곳에서 여자는 항상 남자가 보호해
줘야만 하는 약한 존재였다. 사냥이나 전투 같은 육체적인 능력
이 가장 우선시되는 곳이기 때문에 자연스레 만들어진 인식인

듯했다.

어렸을 때 떠나오긴 했지만, 흑도비 역시 부족의 가치관을 머릿속 깊이 간직하고 있었다.

그런 인식을 지니다 보니 육체적인 능력에 관련해서 은연중에 여자를 무시하는 경향까지 있었다. 그런 사고관 때문에 골치 아픈 일도 많이 벌어졌고 유검호에게 구박도 많이 받았지만, 흑도비는 생각을 바꾸지 않았다.

그의 생각이 잘못되었음을 증명할 수가 없기 때문이다.

당연한 것이 흑도비는 타고난 신체 능력이 인간이라기보다 야수에 가까웠다.

오랜 세월 전 세계를 돌아다녀봤지만, 흑도비보다 힘이 센 사람은 거의 보지 못했다.

인간의 범주에 간신히 턱걸이 할 수 있는 유사인종, 즉 흔히 괴물이라 불리는 존재들 중에서는 찾아볼 수도 있었지만, 그들과 비교를 한다는 것 자체가 이미 상식의 범위를 한참이나 벗어난 것이었다.

중원에 여고수가 많다는 말에도 흑도비는 콧방귀만 꼈다. 여자가 무공을 쓰든 말든 자신보다는 약하다는 절대적인 자신감이 있었기 때문이다.

그런데 이곳에서 그의 자신감을 산산이 부서지게 된 것이다.

물론 실제로 흑도비가 전력을 다한 것이 아님은 사실이다.

하지만 유검호가 겪어본 거구녀의 괴력은 흑도비가 전력을 다하더라도 쉽게 꺾일 것 같지 않았다. 절묘한 수법으로 패퇴시키긴 했지만, 주먹을 받아낸 손바닥이 욱신거려 왔을 정도다.

한 번 당해본 흑도비라면 그런 사실을 잘 알고 있을 것이다.

그래서 그는 유검호의 질책에 아무 말도 못하고 먼 산만 바라보는 것이다.

유검호는 그의 속내를 훤히 들여다보았다.

필시 겉으로는 아무렇지도 않은 척하지만, 사실 속으로는 창피해서 어쩔 줄 몰라 하고 있을 것이다.

'최소한 십 년은 놀려먹을 수 있겠군.'

유검호는 흐뭇하게 웃으며 고개를 돌렸다.

거구녀 역시 흑도비에게서 눈길을 돌려 그를 보고 있었다.

눈이 마주치자 거구녀는 흠칫한다.

어수룩해 보이는 유검호에게 만만치 않아 보이는 흑도비가 꼼짝 못하는 것을 봤기 때문이다.

그녀는 유검호가 사실은 매우 무서운 인물일지도 모른다는 생각을 얼굴에 노골적으로 드러냈다.

유검호는 오해를 풀어준다는 것조차 귀찮게 느껴졌다. 그는 거구녀의 경계심 가득한 시선을 대충 받아 넘기며 입을 열었다.

"애들 싸움에 누가 더 잘못했는지 따지고 싶진 않으니, 이쯤에서 끝내지?"

유검호로서는 이 싸움이 마음에 들지 않았다.

물론 그가 싸움을 반대하는 성격은 아니다.

비록 평화주의자이긴 했지만, 애들은 싸우면서 큰다는 말도 어느 정도 옳다고 여겼다.

그래서 일전에 소린이 무림세가의 자제들과 싸운다는 소리를 들었을 때도 굳이 참견하진 않았었다.

상대가 무림인의 자제들이라곤 했지만, 결국 어린아이 싸움 수준을 벗어나지 못했기 때문이다.

어린애들 주먹다짐이야 심하게 다쳐 봤자 흉터 한두 군데 생기는 정도였으니, 참견할 필요가 없다고 여겼었다.

하지만 지금 이 싸움은 달랐다.

싸움의 원인부터가 너무도 어처구니없는 것이었다.

싸움 방식은 더욱 말도 안 된다.

척 보기에도 무시무시하기 짝이 없는 병기를 제멋대로 휘두르며 살수를 아무렇지도 않게 쓰는 싸움이라니. 그것은 유검호가 생각하는 어린아이들의 투닥거림 수준을 훨씬 벗어난 것이었다.

무인들 간의 생사결을 방불케 하는 살벌한 싸움.

'아무리 애들은 싸우면서 큰다지만, 생명이 왔다 갔다 한다는 건 말이 안 되잖아?

유검호는 더 이상의 싸움은 용납할 수 없다는 듯 고개를 저으며 말을 이었다.

"그래도 더 해보겠다면, 그때부턴 애들 싸움이 어떻게 어른 싸움 되는지를 보게 될 거야."

끝내지 않겠다면 직접 손을 쓰겠다는 말. 반쯤은 협박이 담긴 말이었다.

그 말에 거구녀의 인상이 구겨진다.

평소 성격이라면 앞뒤 가릴 것 없이 달려들었을 것이다.

하지만 유검호에게서 발산되는 기운이 너무도 섬뜩하다.

한 발이라도 떼면 피를 볼 것 같은 예감이 강렬하게 전해졌다.

혼자만 피를 보는 것이라면 거리낄 것이 없을 테지만, 유검호의 살기는 노파와 소녀에게까지 미치고 있었다.

두 사람은 전혀 느끼지 못하고 있는 것 같았지만, 그녀는 알 수 있었다.

만약 싸움이 벌어지면 가장 먼저 다칠 것은 그 두 사람이 될 것임을.

거구녀의 이마에 식은땀이 흘렀다.

싸움이 벌어진 후에 벌어질 참담한 결과가 그려졌기 때문이다.

무공이 뛰어나기 때문에 느낄 수 있는 거대한 기운이 그녀를 아무것도 할 수 없게 만들었다.

거구녀가 땀만 뻘뻘 흘리고 있자, 소녀가 이상하다는 듯 그녀를 보았다.

그러는 중에 유검호가 다시 입을 연다.

"그럼 알아들은 것으로 믿지. 다시 보는 일은 없었으면 좋겠군. 얘들아. 그만 가자. 우리 지금 이러고 있을 시간 없어. 빨리 찾아야 할 사람이 있다고."

유검호는 더 이상 신경 쓰지 않겠다는 듯 돌아섰다.

굴욕적이라 할 수 있는 상황이었지만, 거구녀는 그를 잡지 못했다. 지금의 그녀에게서는 처음 등장할 때와 같은 투지와 기세를 조금도 찾아볼 수 없었다.

이미 유검호의 기세에 완전히 압도당해 버린 상태였기 때문이다.

무형의 힘으로 상대를 압박하고 억누르는 것은 유검호의 성격에 맞지 않는 일이었다. 하지만 이런 무의미한 싸움에 언제까지나 시간을 낭비하고 싶지 않았기에 마음에 들지 않는 방법을 쓴 것이다.

거구녀가 비록 드물게 강하긴 했지만, 유검호의 기세에 대항하기엔 턱없이 부족했다.

'별 시답잖은 일 때문에 괜히 시간 낭비했네.'

유검호의 머릿속에는 한시바삐 장원 주인을 찾아 집을 되찾는 일로 가득 차 있었다.

싸움도 말렸고 상대도 침묵시켰으니, 더 이상 이곳에 붙잡혀 있고 싶은 생각은 없었다.

그가 막 발을 떼려 할 때였다.

기죽어 있던 소녀가 신경질적으로 고함쳤다.

"사부님! 이 변태 자식 좀 혼내주세요! 이 자식이 사숙하고 저를 농락하고 그냥 도망치려 한다고요!"

"농락? 도망? 아무래도 넌 예절 교육 좀 더 받아야겠다."

유검호는 걸음을 멈추고 흑암에 손을 가져갔다.

그때 서늘한 목소리가 들려왔다.

"거기까지!"

복마금제도

객잔 이 층. 거구녀가 뛰어내렸던 곳에서 하늘색 옷자락이 휘날렸다. 화려한 옷자락을 흩날리며 모습을 나타낸 것은 눈이 부실 정도로 아름다운 미녀였다.

허공을 뛰어내리는데도 무게감이라곤 전혀 느껴지지 않았고, 온 사방에는 청량한 향기마저 퍼지는 것 같다.

마치 인세에 하강하는 선녀와 같았다.

그 아름다움에 사람들은 넋을 잃고 그녀를 보았다.

여인은 단지 등장만으로 모든 이의 시선을 빼앗아 버렸다.

땅에 내려선 여인은 사람들의 시선에 조금도 신경 쓰지 않는 듯 무표정한 얼굴로 팔을 살짝 휘두른다. 치렁치렁하게 늘어선 소매를 정리하는 듯한 동작이다.

그 순간.

쉬이익.

피보다 진한 혈사 한 마리가 독아를 드러내며 쏘아진다.

섬뜩한 적색을 띠고 날아간 혈사는 단번에 유검호의 팔을 물어뜯으려 했다.

그 쾌속함은 감히 눈으로 쫓을 수 없을 정도로 빨랐다.

단순히 빠를 뿐만 아니라 매우 은밀하기까지 했다.

선녀같이 아름다운 여인이 느닷없이 그런 독수를 쓸 것이라고는 예상하기 힘들었다.

그녀가 암수를 쓰고 나서도 대부분의 사람들은 무슨 일이 벌어졌는지조차 깨닫지 못하고 있었다.

미리 대비를 하고 있었다 해도 막아내기 어려운 공격.

혈사의 독아가 성공을 자랑하듯 번들거리는 붉은 몸체를 꿈틀거린다.

그러나 혈사는 목적을 이루지 못했다.

유검호가 흑암을 들이밀었기 때문이다.

앞에 갑자기 시커먼 몽둥이 같은 검이 나타나자 혈사는 다급히 방향을 바꾸었다.

빙글.

빛살같이 날아들던 혈사가 검신을 우회하더니 유검호의 측면을 노렸다.

갑작스러운 상황임에도 원래부터 선회할 작정이었던 것처럼 움직임에 조금의 군더더기도 없다.

하지만 방향을 바꾼 혈사의 앞에는 기다렸다는 듯 유검호의 손이 기다리고 있었다.

혈사가 미처 반응을 보이기도 전.

덥석.

강철 같은 손이 우악스럽게 혈사의 모가지를 낚아챘다.

파르르.

혈사가 거칠게 몸을 떨어대며 몸부림친다.

위아래로 파닥거리기도 하고 창처럼 맹렬히 회전하기도 한다. 하지만 유검호의 손은 미동조차 않았다.

손이 상하기는커녕, 오히려 혈사를 옭아매는 힘만 더욱 강해졌다.

제풀에 지친 혈사가 축 늘어진다.

움직임을 멈추고 나자 혈사의 정체가 드러났다.

혈사는 실제 뱀이 아니라 소녀가 쓰던 것과 같은 붉은 채찍이었다. 그 움직임이 워낙에 생동감이 있고 자연스러워 뱀처럼 보였던 것이다.

채찍이 살아 있는 뱀처럼 보일 정도였으니, 그것을 다루는 여인의 공부가 소녀와는 비할 수 없이 높다는 것은 당연지사.

"채찍 솜씨를 보니 제법 여왕님 기질이 보이는걸? 이 꼬맹이가 그래서 이렇게 건방진 건가?"

그의 말에 여인의 고운 아미가 찌푸려졌다.

의미를 분명히 알진 못했지만, 뭔가 자신을 조롱한다고 여긴 모양이다. 도톰하게 솟은 붉은 입술이 달싹거리며 청아한 목소리가 흘러나왔다.

"개새끼."

미녀의 입에서 나왔다고는 믿기 어려운 거친 욕설.

욕설을 한 장본인이 여인이라는 사실을 깨달았을 때, 그녀는 이미 땅을 박차고 있었다.

핑그르르.

여인의 몸이 회전한다. 선녀가 꽃잎을 뿌리듯 우아한 모습이다. 모두가 여인의 아름다운 도약에 눈을 뺏긴 동안 여인의 옥수가 혈편을 휘감았다.

채찍이 휘감기며 짧아진 만큼 유검호의 몸이 앞으로 쏠렸다.

몸을 끌어당기는 가공할 힘에 유검호의 발이 주르륵 끌려 나갔다.

연약한 여인이 만들어낸 힘이라고는 믿을 수 없는 거력.

버티는 듯하던 유검호의 발이 땅에서 떨어졌다.

공중에 떠오른 몸은 채찍이 잡아당기는 대로 여인을 향해 날아갔다.

그 속도가 채찍이 날아간 것보다 더욱 빠르다.

채찍이 잡아당기는 힘을 이용하여 스스로 몸을 날린 탓이다.

유검호의 속도는 점차 빨라져 나중에는 채찍보다 몸이 앞섰다. 마치 채찍을 타고 여인에게 접근하는 것 같다.

이제는 누가 누구를 끌어당기는 것인지조차 알 수 없다.

겉으로 볼 때는 선 두 개가 앞서거니 뒤서거니 하는 정도로밖에 보이지 않는다.

육안으로 확인하기 힘들 정도의 쾌속함.

하지만 여인은 전혀 당황하지 않고 주먹을 내지른다.

마치 기다리기로 했다는 듯 자연스러운 권격.

스르르륵.

옷자락을 뚫고 내뻗는 주먹은 아기 고양이의 것처럼 작고 말랑말랑해 보인다. 보드라운 주먹을 꼭 쥐고 살포시 내지르는 것이 흡사 연인에게 앙탈을 부리는 것 같았다.

그러나 그 작은 주먹이 만들어내는 소음은 그저 앙탈 수준이 아니다.

콰르르릉.

귀청이 찢어질 듯한 뇌성이 울려 퍼졌다.

마른하늘에 날벼락이라도 떨어진 것 같다.

소리만 들어도 심상치 않은 권력이다.

권영이 닿기도 전에 숨 막히는 압력이 먼저 밀려들 정도다.

단순히 위력뿐만이 아니다. 초식 또한 심오하기 짝이 없다.

단 한 번 주먹을 내질렀을 뿐인데, 마치 수천 번을 휘두른 것처럼 허공 가득 권영이 그려진다.

평범하기 짝이 없는 주먹질이, 어느새 천하의 절초로 탈바꿈한 것이다.

그야말로 무초식이 만 초식을 만들어낸 격.

무의에 굶주린 사람들이 본다면 실로 다시 볼 수 없을 장관으로 손꼽을 것이다.

천하에 다시없을 위력이 담긴 권초.

하지만 그런 절초 앞에 유검호는 아무런 감흥조차 내보이지 않고 무성의하게 발을 들어 올린다.

타타타탁.

유검호의 발이 세차게 권영을 두들겼다.

마치 개가 뒷발로 구덩이를 파듯 친숙한 발길질이다.

격식도 초식도 없는 발길질. 단 하나 특이한 점이 있다면 빠르다는 점이다. 어찌나 빠르게 발을 놀리는지 유검호의 허리 아래부터는 아예 형체조차 보이지 않았다. 허공에 그려지는 빼곡한 발그림자가 그 빠르기를 입증한다.

한순간에 여인의 권영을 모두 뒤덮고도 남을 만큼의 발그림자가 만들어졌다.

격식 없는 발길질과 권법의 극의를 담은 절초. 실로 어울리지 않는 상대가 격돌했다.

파파파팡.

경쾌한 타격음이 연달아 터졌다. 묵직한 주먹 하나에 가벼운 발길질이 몇 차례씩 쏟아지는 소리다.

맹렬히 피어오르던 권영이 소낙비 맞은 불길처럼 버티지 못하고 꺼져간다.

절정의 위력을 뿜내던 권초가 흙 묻은 발의 투박한 발길질에 파훼되고 있는 것이다.

콰앙!

마지막 충돌을 끝으로 허공 가득 만개했던 권영이 모두 사라졌다.

채찍에 끌려 왔던 유검호는 충돌로 생성된 힘을 이용하여 다시 본래 서 있던 곳으로 돌아갔다.

유유히 날아서 복귀하는 그의 모습은 산보라도 다녀온 듯 평온해 보였다.

직전에 큰 충돌을 겪은 사람이라고는 생각할 수 없는 모습. 충격의 여파라고는 전혀 찾아볼 수 없었다.

땅에 내려설 때 역시 마찬가지. 백지장 떨어지듯 소리 없이 착지하는데 먼지 하나 피어오르지 않는다.

유검호는 아무 일도 없었다는 듯 태연한 얼굴로 앞을 보았다.

여인이 무표정한 얼굴에 이채를 띠고 그를 보고 있었다.

"호오. 대단한데?"

유검호는 그녀를 보고 감탄했다.

그녀가 제자리에서 한 걸음 정도 물러서 있는 것을 보았기 때문이다.

얼핏 보면 본래의 위치로 돌아온 그에 비해 여인이 손해를 본 것 같았다.

하지만 유검호는 충돌시의 힘을 전혀 거스르지 않고 몸을 날리는 데 이용했다. 반면, 여인은 그 힘을 고스란히 몸으로 받아내야만 했다.

두 사람에게 반탄된 힘은 동일했으나, 유검호는 그 힘에 편승했고 여인은 그것조차 힘으로 받아내 버린 것이다.

그러고도 고작 한 걸음 정도밖에 물러서지 않았을 뿐만 아니라 충격을 받은 기색조차 없었으니 그 뚝심에 감탄하지 않을 수가 없었다.

유검호의 칭찬에 여인도 고개를 끄덕이며 응답한다.

"너 역시."

짧게 동의하는 여인의 얼굴에는 진심이 묻어 있었다.

유검호가 자신의 공격을 자연스럽게 받아낸 것이 매우 의외였던 듯하다.

두 사람이 서로에 감탄하고 있을 때, 거구녀와 노파가 그녀에게 다가왔다.

"언니. 괜찮아?"

"도주님. 다치신 곳은 없으십니까?"

두 사람의 걱정스러운 질문에 여인은 고개를 끄덕였다.

"괜찮다. 너희는?"

"우리도 무사해. 다만 미영이가……."

거구녀는 소녀를 보며 말을 흐렸다.

소녀는 아까 거구녀에게 그랬던 것처럼 여인의 품에 뛰어들어 하소연을 늘어놓고 있었다.

"사부님! 저 변태 새끼가 우릴 농락했어요. 반드시 찢어 죽여서 우리가 만만한 사람들이 아니라는 걸 대륙인들에게 알려야 해요!"

여전히 입이 험한 소녀였다.

하지만 여인은 거구녀처럼 부드럽지(?) 않았다. 자신에게 매달리는 소녀를 냉정한 눈으로 지켜보더니 손을 들어 올린다.

퍼억!

소녀의 머리가 사정없이 꺾어진다.

여인이 뒤통수를 후려갈긴 것이다.

어찌나 매몰차게 후려쳤는지, 소녀가 죽지 않았는지 걱정이 될 지경이다.

다행히 소녀는 생각보다 튼튼했다. 어디 다친 구석 없이 멀쩡히 고개를 들어 올린다.

맞은 데가 많이 아픈지 두 손으로 부여잡고는 원망스러운 표정으로 여인에게 소리친다.

"이씨! 왜 또 때려요?"

불만을 호소하는 것이 익숙한 것을 보면 한두 번이 아니었던 모양이다. 소녀의 불만에 여인은 차갑게 물었다.

"패배란?"

소녀는 당황한 듯 더듬거리며 대답했다.

"주, 죽음이요."

"그런데 넌 왜 살아 있지?"

옆에서 듣기만 해도 섬뜩한 질문이다. 그런데도 소녀는 기죽지 않고 말대꾸를 한다.

"전 아직 어리잖아요. 열 살만 더 먹으면 제가 이길 수 있다고요. 그리고 사숙이랑 파파도 졌단 말이에요."

그 말에 옆에서 전전긍긍하던 거구녀와 노파가 움찔한다.

여인의 시선이 그들에게 돌려졌다.

"그렇군. 너희는 왜 살아 있지?"

거구녀가 기어들어 가는 목소리로 대답했다.

"적에게 목숨을 구걸해 살아 있어. 하지만 저자는 평범한 자가……."

유검호가 대단한 적수라는 것을 설명하려 했지만, 여인이 말을 잘라 버린다.

"패자가 할 말이 있어?"

냉정한 말에 거구녀는 입을 다물었다.

그녀가 생각해도 궁색한 변명이라 여긴 것이다.

거구녀는 울 것 같은 표정으로 노파에게 도움을 요청했다.

노파가 굳은 표정으로 입을 열었다.

"적에게 목숨을 구걸해 도주님의 심기를 상하게 만들었으니 실로 면목이 없습니다. 노신이 비록 도주님, 아니 큰 아가씨가 젖을 떼기도 전부터 업어 키우다시피 했고, 온갖 궂은일은 모두 도맡아 했다지만! 그 작디작은 공로를 어찌 아가씨의 크나큰 명예에 비할 수 있으리까? 보잘것없는 이 목숨! 단매에 끊어 아가씨의 명예를 지켜드리겠습니다. 노신의 소망은 단 하나. 이 늙은 목숨 끊어 아가씨가 목적을 달성하시는 데 티끌만큼이나마 도움이 되었으면 하는 바람뿐입니다. 그럼 충성스러운 노신의 최후를 지켜봐 주십시오."

구구절절이 읊조리는 목소리에 비장미가 넘친다.

하지만 말과 달리 얼굴은 죽음을 앞둔 사람 같지 않게 의기양양하다. 마치 이래도 죽으라고 시킬 수 있냐고 묻는 듯한 표정이다.

노파의 말과 표정에 여인은 한숨을 쉰다.

"할멈이 죽었으면 좋겠다는 말은 아니었어. 아이들이 싸움에 지고도 떼를 쓰기에 꾸짖은 것뿐이야."

여인은 등장 이후 가장 길게 말을 했다. 노파가 업어 키웠다는 말이 거짓은 아닌 모양이다.

그나마 달래는 말조차도 무뚝뚝한 것을 보면 천성이 그런 듯했다.

잠시 그들의 대화를 듣고만 있던 유검호가 고개를 절레절레 저었다.

'애하고 늙은이는 도깨비 타령이나 해대면서 엄한 꼬맹이나 잡으려 들고, 스승이라는 여자는 목숨을 아무렇지도 않게 생각

하다니. 어디서 나타난 별종들인지는 모르겠지만, 오래 상대해서 좋을 일 없겠군.'

상식이 통하지 않는 이들은 다른 사람들을 힘들게 한다.

멀리 갈 것도 없이 바로 위에 웃으며 구경하고 있는 적무양이 그 말을 몸소 실천해 오고 있지 않은가?

그런데 네 여자, 그중에서도 여인은 적무양을 능가하는 별종이었다. 몇 마디 들어보지 않았는데도 벌써부터 피로함이 몰려온다. 계속 상대했다가는 정신적 피로만 누적될 것 같았다.

다행히 여인은 유검호에게 적대감을 표하지는 않고 있었다.

본래 무심한 성격인 것인지, 아니면 정말로 살인을 하지 않은 것에 고마워하는 것인지는 알 수 없었다.

유검호는 개인적으로 전자일 가능성이 크다고 생각했지만, 어찌되었든 점점 더 귀찮아지는 이 상황을 종결시킬 기회임에는 틀림없었다.

"험험."

유검호는 헛기침으로 여인의 시선을 불렀다. 그녀가 바라보자 얼른 자신의 뜻을 밝혔다.

"그쪽도 의견 정리가 된 것 같으니 우린 그만 가봐도 되겠지?"

말을 하는 와중에 발과 엉덩이는 이미 반쯤 빠져 있다.

더 이상의 귀찮음은 거부하겠다는 의사 표현을 드러내는 몸짓이다.

여인의 시선이 그에게로 향한다.

무표정을 고수하던 그녀의 얼굴에 갈등의 빛이 떠오른다. 유검호를 잡을까 말까 고민하는 듯했다.

다행히 여인도 더 이상 일이 확대되는 것은 원치 않는 듯했다.

그녀는 미미하게 고개를 끄덕이며 말했다.

"빚은 나중에. 북마금제도주 섭부용."

앞의 말은 나중에 찾아가겠다는 뜻이고, 뒤의 것은 자신의 소개인 듯했다.

섭부용은 의미만 겨우 알아들을 수 있는 말을 내뱉고는 유검호를 응시한다. 유검호 역시 자신을 소개하라는 무언의 전언이었다.

그녀의 시선에 유검호는 손을 내저으며 답했다.

"난 그냥 지나가던 날백수야. 다시 볼 일 없을 테니 그냥 그렇게만 알고… 응? 북마금제도?"

말을 하던 유검호의 머리에 낯설지 않은 단어 하나가 스쳐지나간다.

그가 이곳에 온 목적과 긴밀한 연관이 있는 단어였기 때문이다.

'잘못 들었겠지? 아닐 거야. 내가 아무리 재수가 없다지만 이정도는 아니잖아.'

그러나 그만의 착각이 아님을 입증하듯 강은설이 재차 확인을 해준다.

"북마금제도주면 아까 그 장원 주인 아냐?"

'제기랄.'

한숨이 절로 나왔다.

사실 섭부용이 도주라고 불리는 것을 들었을 때부터 살짝 불길하긴 했다.

하지만 세상에 도주가 어디 한둘인가?

기생집 주인도 간판만 잘 지어놓으면 도주라 불리는 세상이다.

애써 그렇게 생각하며 찝찝함을 넘겼는데, 결국 불안함이 현실이 된 것이다.

유검호는 뒤로 빼던 발을 조용히 원위치 시켰다.

어떻게든 자리를 뜨려고 애쓰던 그가 이제는 붙잡아야 할 처지가 된 것이다.

"물론 다시 볼 일이 없을 수도 있겠지만, 사람 사는 세상이 또 그런 건 아니잖소? 이렇게 만난 것도 인연이니 우리 안에 들어가 따뜻한 차라도 한 잔 마시면서 서로를 알아보는 시간을 가져보는 것은 어떻겠소?"

초지일관 퉁명스럽던 유검호의 말투가 돌변했다. 표정 또한 연인이라도 대하듯 부드러워졌다.

능숙하지만 어색한 변화에 여인, 섭부용이 의아한 눈빛을 던지며 묻는다.

"교제 신청?"

유검호의 태도 변화만큼이나 뜬금없는 반응이다.

이번에는 유검호가 당황하여 대답한다.

"아, 아니 그건 아니고……."

그가 뭔가 변명을 하려 할 때였다.

갑작스럽게 주변이 웅성거리기 시작했다.

"북마금제도? 어디서 들어본 것 같은데?"

구경하던 한 사람이 중얼거린다.

옆에 있던 사람 역시 그 말을 받아 고개를 갸웃거린다.

"그러게? 북마금제… 북마금… 북마……."

입속에서 웅얼거리던 구경꾼 한 사람이 벼락이라도 맞은 듯 몸을 바르르 떨며 부르짖었다.

"북마도!"

인근 사람들의 시선이 모두 소리친 이에게 모아진다. 그리고는 정해놓은 것처럼 자동으로 섭부영에게로 돌려진다.

장내에 기이한 침묵이 찾아 들었다.

그녀를 보는 사람들의 숨결이 조금씩 빨라졌다.

그들의 얼굴에는 처음 그녀가 나타났을 때와 같은 몽롱함이 떠올라 있었다.

선녀처럼 아름다운 그녀의 자태를 보노라면 절로 그럴 수밖에 없었다. 그 아름다움에 흠뻑 빠진 사람들은 그녀가 거친 욕설과 살벌한 말을 내뱉었을 때도 호감 어린 표정을 지우지 않았었다.

그런데 지금은 조금 달랐다.

사람들은 아름다움에 대한 감탄이 아니라 무언가에 대한 괴리감 때문에 넋이 나가 있었다.

'뭐지?'

기이한 분위기에 유검호는 고개를 갸웃거렸다.

재미있는 구경거리로만 여기던 사람들이 갑자기 왜 그러는지 영문을 알 수 없었다.

유검호는 이 사태의 원인으로 짐작되는 섭부용을 흘깃 보았다.

　보기 드문 절색. 평생을 살아도 두 번 보기 힘들 정도로 아름다운 외모였다. 길 가던 사람도 다시 돌아보게 만들 정도로 아름답고 청초했다. 게다가 어딘가 신비한 분위기까지 풍기고 있었기에 실로 매력이 흘러넘칠 정도였다.

　하지만 그런 섭부용을 보는 사람들의 눈에는 공포가 피어오르고 있었다.

　그 공포가 극에 이르러 괴리감이라는 벽을 뛰어넘었을 때.

　사람들은 동시에 비명을 지르며 도망쳤다.

　"으아아악! 북마도다!"

　"부, 북마도가 나타났다!"

　북마도라는 단어가 불러일으킨 파장은 작지 않았다.

　싸움 구경이라며 바글바글대던 구경꾼들이 단 한 명도 남지 않았다.

　무공도 익히지 않은 사람들이 경공이라도 쓰는 것처럼 날듯이 도망쳐 간다.

　그뿐만 아니다. 구경꾼들이 도망치며 외치는 말을 들은 상인들 역시 비명을 지르며 문을 닫아버린다. 노상의 행상들은 좌판까지 버리고 줄행랑을 쳤다.

　사람 북적거리던 남경의 대로 하나가 텅 비는 데 걸린 시간은 반의 반각도 채 되지 않았다.

　그 많던 사람들이 모두 땅에 꺼지기라도 한 듯 쥐새끼 한 마리 보이지 않는다.

휘이잉.

을씨년스러운 바람까지 불자 그야말로 유령의 도시가 따로 없다.

"뭐, 뭐야?"

산전수전 다 겪은 유검호였지만 당혹스러움을 금할 수 없었다.

'무슨 전염병이라도 실어 나르는 말인가? 혹시 저주 같은 걸 거는 주문 아냐? 젠장. 이럴 땐 일단 도망치고 봐야 되는데.'

많은 곳을 돌아다니며 가지각색의 사람들을 만나면서 느낀 것은 대중의 움직임에는 그럴 법한 이유가 있다는 것이었다.

그것을 간과할 경우에는 필시 귀찮은 일에 휘말리곤 했었다.

지금이 딱 그렇다. 등골에서부터 목덜미까지 타고 오르는 싸한 느낌. 번거로운 일을 자초할 때마다 느꼈던 본능의 경고다.

유검호는 사람들을 따라 함께 대피하고 싶은 욕구를 가까스로 억눌렀다. 장원을 되사야 한다는 목표 때문이었다.

'대체 뭐 때문에 사람들이 도망쳤는지는 모르겠지만, 별거 아니었으면 좋겠군.'

유검호가 소박한 바람을 떠올리고 있을 때였다.

듣기 싫은 괴소를 흘리며 한 사람이 더 뛰어내렸다.

유검호조차 확실히 파악할 수 없을 정도로 음흉한 움직임.

바로 적무양이었다.

"아, 영감은 왜?"

유검호는 자신도 모르게 고함쳤다. 소박한 바람이 산산이 부서지는 기분이었다.

별일 아닌 일도 대형 사건으로 만들어 버리는 적무양이다.

거리의 사람들이 모두 도망칠 정도의 이유와 적무양이 만났을 때 발생할 일은 도저히 상상조차 가지 않는다. 별일 없을 거라는 기대는 애당초 접는 것이 속편할 것이다.

적무양은 발작하듯 외친 유검호를 무시하고 섭부용을 관찰하듯 살펴보고 있었다.

"계집아. 네가 북마도에서 나왔다는 말이 사실이냐?"

적무양의 물음에 노파가 노기 탱천하여 소리친다.

"이런 무례한 놈! 감히 도주님께 그딴 말을! 당장 찢어 죽이고 말겠다!"

노파는 당장이라도 손을 쓸 것 같이 살기등등했다.

적무양이 눈살을 찌푸리며 그녀를 보았다.

"흥! 보면 어쩔⋯⋯."

노파는 더욱 큰 목소리로 소리치려 했다.

그러나 항상 그녀의 뜻을 따라주던 입이 갑자기 굳어버린 듯 움직이지가 않았다.

입뿐만이 아니다. 얼굴 표정, 손가락 하나조차 마음대로 움직이지가 않는다.

마치 몸이 돌로 변한 것 같았다.

적무양의 눈을 마주한 이후 벌어진 현상이었다.

"마, 마안⋯⋯."

노파의 몸이 벼락이라도 맞은 듯 부르르 떨렸다.

무료함이 가득 묻어 있는 눈. 그 눈 속에 도사리고 있는 사악한 그림자를 본 것이다. 그림자는 노파를 놓아주지 않았다. 그녀의 의지, 생각, 영혼까지 끌어들인다. 마치 깊은 늪에 빠진 것 같았다. 바닥을 알 수 없는 나락으로 떨어지는 아득함에 노파는 절망했다. 차라리 죽음이 편하리라는 생각마저 들었다.

노파는 더 이상 버틸 수 없다는 생각에 주저앉으려 했다.

아마 섭부용의 목소리가 들려오지 않았다면 그대로 정신이 나가 버렸을지도 몰랐다.

"사악한 수법! 당신은 마인인가?"

청아하게 울려 퍼지는 목소리는 칙칙하던 분위기를 단번에 바꿔 버렸다.

"마인?"

도전적인 섭부용의 말에 적무양은 고개를 돌렸다.

휘청.

적무양의 눈빛에서 벗어난 노파가 비틀거리며 물러난다.

노파의 얼굴은 짧은 사이에 십 년 이상 늙은 듯했다.

적무양은 단지 눈 한 번 마주친 것으로 절정고수 한 명을 폐인 직전까지 몰아넣고도 대수롭지 않다는 표정이었다.

그의 얼굴에는 오직 섭부용에 대한 흥미만이 묻어나 있을 뿐이었다. 그는 섭부용을 보며 말을 이었다.

"정파 놈들이 그렇게 부르기도 하더군."

섭부용의 얼굴에 긴장감이 가득 떠올랐다.

그녀가 말한 마인이라는 것은 단순히 무림상에서 마도인을 매도할 때 쓰는 호칭과 상당히 차이가 있는 듯했다.

적무양이 그런 것을 눈치채지 못할 리가 없었다. 하지만 그는 남에게 일일이 설명을 해줄 만큼 친절한 인물이 아니었다.

그 대답에 섭부용의 얼굴이 굳어졌다. 그렇지 않아도 무표정하여 차갑던 인상이 얼음장처럼 냉기가 풀풀 날린다.

섭부용은 한기 흐르는 눈으로 적무양을 노려보며 외쳤다.

"마인! 북마금제도주의 자격으로 너를 멸하겠다!"

그녀의 손에는 피보다 붉은 혈편이 들려 있었다.

채찍 자체의 외형만으로도 충분히 섬뜩했지만, 그것을 사용하는 사람이 섭부용이라는 사실이 더욱 위협스럽게 느껴졌다.

이미 한 차례 신기에 가까운 솜씨를 보였기 때문이다.

그러나 그녀를 대하는 적무양의 태도는 조금도 변하지 않았다.

"크큭. 나를 멸하겠다고? 내게 그런 말을 했던 놈 치고 북망산 유람 안 간 놈이 없었지. 과연 네가 최초의 예외자가 될 수 있겠느냐?"

적무양은 자신이 질 수도 있다는 가능성은 애초부터 배제했다. 오직 섭부용이 살아남을 수 있느냐 없느냐만을 논할 뿐이다.

실로 거만하기 짝이 없는 말이었다.

하지만 그 말을 듣는 섭부용은 아무 대꾸도 하지 않았다.

그녀는 그저 미간을 찌푸릴 뿐이다.

허공을 채우며 세력을 확장하고 있는 음유한 기운을 감지했기 때문이다.

그것은 적무양의 짓이었다.

적무양은 항상 어느 장소에서든 자신의 힘을 과시하기를 즐겼다. 자신의 기운을 흘려 상대를 압박함으로써 자신이 상대보다 우위임을 확실히 보여주고 싶어 하는 것이다.

그런 습관은 이곳에서도 마찬가지였다. 처음 등장했을 때부터 그는 자신의 기운을 발출하고 있었다.

노파와 같은 절정고수가 단지 눈이 마주친 것만으로 혼비백산한 이유도 그 때문이었다. 적무양과 눈이 마주치는 순간 주변을 잠식하고 있던 기운들이 노파에게 몰려들어 심신을 두들긴 것이다.

무서운 점은 직접 당한 노파조차 자신이 어째서 그렇게 되었는지를 모른다는 것이었다.

그토록 은밀하고 치밀한 수법이 섭부용을 노리고 있는 것이다.

그러나 섭부용은 노파와는 달랐다.

그녀는 적무양이 뿌리는 기운에 정면으로 맞서고 있었다.

그러면서도 그저 미간을 살짝 찌푸리는 정도 말고는 전혀 표가 나지 않는다.

그녀의 무위가 노파와는 비교할 수 없는 경지에 이르렀다는 것을 말해주는 광경이었다.

"호오. 제법이구나. 겨뤄볼 보람이 있겠어."

적무양은 섭부용을 칭찬하며 손을 들어 올렸다.

그의 손에는 검은 안개 같은 기운이 이글거리며 모습을 드러내고 있었다.

적무양의 독문절기인 암흑강기였다.

그가 암흑강기를 끌어 올렸다는 것은 진지하게 상대하겠다는 뜻이다.

얼굴에 희미한 기대감까지 떠올리고 있는 것을 보면 섭부용과 제대로 한번 싸워보겠다는 생각인 듯했다.

그 모습에 유검호의 인상이 절로 찌푸려졌다.

'저 영감은 대체 왜 나선 거야?'

적무양이 나설 때 북마금제도라는 말을 거론한 것을 보면 단순히 싸우기 위해 나선 것 같진 않다. 필시 뭔가 다른 목적이 있었을 것이다.

그런데 예상외로 강해 보이는 섭부용을 마주하자 본래의 목적 같은 것은 과감히 내팽개쳐 버리고 결투부터 하려 드는 것이다.

그 괴팍한 변덕은 이제 새삼스럽지도 않다.

유검호를 어이없게 만드는 것은 섭부용이다.

섭부용은 적무양의 기세에 전혀 주눅 들지 않았다.

오히려 소매를 걷어붙이고 한 발 나서기까지 한다.

그녀의 손에 들린 혈편이 바닥에 늘어진다.

채찍의 붉은색이 절로 눈이 갈 만큼 강렬하다. 하지만 섬뜩한 채찍보다 그것을 쥐고 있는 손과 걷어붙인 소매 아래로 살짝 드러난 새하얀 손목에 더욱 시선이 간다.

소매를 걷어붙인 것은 단순히 팔을 움직이기 쉽도록 하기 위함이었겠지만, 상대하는 자들은 그 아름다움에 자신도 모르게 시선을 빼앗기기 십상이다.

섭부영이 무림에서 몇 년만 활동하면 그 손목에 눈길을 빼앗겼다가 무시무시한 혈편에 목이 졸려 목숨을 잃는 자들이 부지기수일 것이다.

그녀가 보여준 언행이라면 충분히 그러고도 남았다.

실로 적무양 못지않은 별종이었다.

'괴팍한 인간 둘이 참 잘 만났군. 그냥 둘이 지지고 볶도록 놔 둬 버릴까?'

생각 같아서는 두 사람이 싸우든 말든 관여하고 싶지 않았다. 그러나 그대로 놓아두면 일이 걷잡을 수 없이 커질 것이 눈에 선하다.

남의 목숨 보기를 돌같이 하는 두 사람이 주변 환경을 살피면서 싸울 리가 없다. 적어도 근처 건물 몇 개 정도는 무너지고, 인명 피해도 적잖이 나올 것이다.

거기다 싸움의 결과 역시 걱정이다.

적무양이 패한다면 그야말로 경사스러운 일이 아닐 수 없었다.

하지만 반대로 섭부용이 패할 경우엔 문제가 생긴다.

그들 정도의 강자들이 겨루는데 패자가 무사하기를 바라기는 힘든 일. 섭부용이 패했을 때, 그녀는 치명상을 면키 어려울 테고, 최악의 경우엔 목숨마저 위태로울 것이다. 안타깝지만 그럴 가능성이 매우 높다는 것이 유검호의 판단이다.

그렇게 되면 그녀에게서 장원을 되사겠다는 계획은 물거품이 되고 만다.

'그럴 수는 없지.'

고향집을 되찾겠다는 일념 하나로 이곳까지 왔는데, 이대로 목적을 포기할 수는 없었다.

유검호는 더 망설이지 않고 발을 내딛었다.

두 사람 사이에 끼어들자마자 엄청난 압력이 온몸을 짓눌러 왔다. 첨예하게 대립 중이던 두 사람의 기파가 침입자를 용납지 않으려는 것이다.

절대고수들 간의 대치 중에 끼어든다는 것은 실로 위험천만한 일이다. 여간한 사람이면 양쪽에서 몰아치는 기운만으로도 즉사를 면키 어려웠다.

설사 그 기운을 버텨낸다 할지라도, 두 사람의 합공을 받아야 했다.

대치 중인 두 사람은 바짝 선 칼날같이 감각을 예민하게 곤두 세우기 때문이다. 전면에 벌어지는 작은 변화에도 민감하게 반응할 수밖에 없었다.

누군가 끼어드는 순간 두 사람의 공격에 몸이 양단될 수도 있었다.

하지만 유검호는 두 사람의 기운으로 가득 찬 공간을 유유히 걸어 들어갔다. 또한 그들의 합공 또한 받지 않았다.

마치 물속을 유영하는 물고기처럼 자연스럽게 두 사람의 대치 공간 속을 헤집고 들어간다.

유검호에게서는 위화감이라고는 조금도 찾아볼 수 없었다.

너무도 자연스러운 그의 등장에 오히려 섭부용이 당황하며 한 걸음 물러선다.

그녀가 물러서자 팽팽히 당겨져 있던 긴장의 끈이 완전히 풀려 버렸다.

적무양이 눈살을 찌푸리며 소리쳤다.

"뭐하는 짓이냐?"

유검호는 그의 말을 무시하고 섭부용에게 물었다.

"댁이 말하는 마인이라는 게 단순히 나쁜 놈을 말하는 거요?"

섭부용은 고개를 저었다.

"아니. 북마의 영혼에 침식당한 사람."

"북마의 영혼? 그거 무슨 귀신한테 씌는 거 말하는 건가? 빙의 같은 거?"

"귀신 따위가 아니라 북마의 힘을 쓰다가 영혼이 마에 물드는……."

섭부용은 인상을 찡그리며 말을 멈췄다.

말솜씨가 없어서 생각하고 있는 것을 말로 설명하기가 힘든 모양이다.

답답한 표정을 짓는 그녀를 보며 유검호는 손을 내저었다.

"아… 뭐 자세한 내용은 됐고. 어쨌든 대충 설명 들어 보니 북마인지 뭔지의 힘을 끌어다 쓴다는 것 같은데, 그럼 이 영감은 아니야. 영감이 비록 성질 더럽고 괴팍하고 이기적이고 악랄하긴 하지만, 남의 힘을 끌어다 쓸 정도로 자존심이 없지는 않거든."

악평에 가까운 말에 적무양이 턱을 쓰다듬으며 말한다.

"호오. 네가 내 칭찬을 할 때가 다 있구나."

"그게 칭찬으로 들리다니. 대체 듣고 싶은 말만 듣는 재주는 어떻게 얻는 거야?"

유검호는 어이없다는 듯 고개를 저었다.

두 사람의 대화에 섭부용은 이해할 수 없다는 표정을 지었다.

"그럼 일반인이 어떻게 그런 힘을 쓸 수 있지?"

암흑강기를 가리키는 말이다.

아무리 좋게 봐준다 할지라도 인간의 범주를 한참 벗어난 힘이었으니 의문을 가지는 것은 당연했다.

그녀의 말에 유검호는 어이없다는 듯 실소했다.

"일반인? 저 영감이 일반인의 기준이라면 세상 사람들은 전부 평균 이하겠지. 난 단지 당신이 말하는 마인이 아니라고 한 것뿐이야."

섭부용은 여전히 납득이 가지 않는 표정이다.

무공과 미모는 천하에 손꼽힐 만했지만, 의외로 맹한 구석이 있는 것 같았다.

유검호는 한숨을 쉬며 다시 입을 열었다.

"당신이 말하는 마인이라는 것도 특징은 있겠지? 한번 저 영감한테 그런 게 있는지 살펴보라고."

유검호는 섭부용이 말하는 마인이라는 것과 비슷한 것을 겪어봤다.

악마와의 계약을 통해 비정상적인 능력을 얻는 자들이나, 기이한 약물을 통해 힘을 얻는 자, 또는 기물에 지배되는 자 등등. 실로 기상천외한 적들과 상대해 본 결과, 외부의 힘을 빌려 쓰는 자들에게서는 공통점이 있다는 것을 알게 되었다.

하나같이 정상적이지 않은 변화가 생긴다는 것이다.

그 변화는 쉽게 눈에 띄는 외형적인 특징일 수도 있고, 내면적인 것일 수도 있다. 분명한 것은 반드시 정상인과 구분할 수 있는 특징이 있다는 점이다.

과연 섭부용은 움찔하더니 적무양의 눈을 유심히 살펴본다.

'눈인가? 전형적인 특징이군.'

눈의 변화는 가장 평범하면서도 흔한 것이다.

심성의 변화에 가장 큰 영향을 받는 곳이 바로 눈이기 때문이다. 섭부용이 찾는 마인의 특징 역시 눈에 깃들어 있는 모양이었다.

유검호는 그녀의 시선을 따라 자연스레 적무양의 눈을 보았다.

가늘게 좁힌 눈꺼풀 사이로 희미하게 들여다보이는 검은 눈.

섣불리 마주볼 수 없을 만큼 강렬한 안광을 배제하면 그저 평범한 늙은이의 눈이다.

하지만 유검호는 볼 수 있었다.

보잘것없어 보이는 눈 속에 자리 잡은 힘에 대한 거대한 욕망을.

마치 세상을 집어삼킬 것같이 활활 타오르고 있는 열정은, 걸음마를 원하는 갓난아기처럼 순수하면서도 지독히도 강렬했다.

살아갈 날보다 살아온 날이 많은 나이임에도 갓 검을 배운 무인처럼 뜨거운 피를 지니고 있다는 사실이 놀라울 따름이었다.

오직 무공 하나로 천하를 내려다볼 수 있게 된 것은 그러한 열정이 일평생 단 한 번도 식지 않았기 때문에 가능한 일이었다.

'쯧쯧. 그렇게 강해져서 대체 뭐하려고.'

여유를 최상의 미덕으로 여기는 유검호로서는 이해할 수도, 이해하고 싶지도 않은 치열함이었다.

유검호가 적무양이 자신과 다른 종류의 사람임을 새삼 확인하고 있을 때, 섭부용의 탄식이 들렸다.

"아!"

나직한 소리를 내며 한 걸음 물러서는 섭부용. 얼굴빛이 창백하고 몸에는 긴장감이 역력하다.

유검호는 한눈에 그녀의 상태를 파악할 수 있었다.

'영감한테 눌렸군.'

능력이 안 되는데도 적무양의 내면을 들여다보려는 자들이 보이는 증상이다.

적무양 정도 되는 인물의 속을 아무나 파고들 수는 없는 노릇. 그의 존재감을 이겨내지 못한다면 볼 수 있는 것은 오직 공포와 패배감뿐이다.

넘어설 수 없는 상대에 대한 두려움.

스스로가 보잘것없는 존재처럼 느껴지는 무력함.

그런 속내를 무심히 지켜보고 있는 적무양의 비웃음 담긴 시선.

마치 상대의 옷을 벗기려다 오히려 자신이 발가벗겨진 것 같을 것이다.

짧은 시선 교환 끝에 파도처럼 밀려오는 자존감의 상실은 힘을 추구하는 무인으로서는 견디기 어려운 충격. 힘깨나 주고 다니는 자들도 심마에 빠져 미치거나 정신을 잃게 마련이다.

그나마 섭부용은 흔히 볼 수 없는 강자였기에 충격을 받은 정도로 그친 것이다.

섭부용은 잠시 마음을 가다듬고는 유검호에게 말했다.

"당신 말이 맞아. 마인은 아니군."

적무양의 내면을 꿰뚫지는 못했지만, 그녀가 찾던 특징이 없다는 것은 알 수 있었던 모양이다.

그녀의 목소리는 여전히 서늘하고 청아하여 듣기 좋았지만, 이전과 같이 생기 넘치는 기운은 없었다.

적무양이 마인이 아니라는 사실 외에, 자신보다 강하다는 사실까지 깨달은 탓이다.

차라리 직접 싸워서 패한 것이라면 상심이 덜했을 것이다.

싸워보기도 전에 느낀 패배감이었기에 충격이 클 수밖에 없었다.

아름다운 얼굴에 드리워진 그늘을 보자 안쓰러움이 절로 든다.

하지만 적무양과 싸웠을 때의 끔찍한 결과를 생각하면 차라리 마음이 좀 상하는 편이 나았다.

'상할 마음도 없어지는 것보단 낫잖아?'

유검호는 섭부용의 투지가 사라지자 고개를 돌렸다.

적무양이 마음에 들지 않는 듯 인상을 찌푸리고 있었다.

"오해가 풀렸으니 싸울 필요는 없을 테지? 설마 천하의 적무양이 한참 어린 후배한테 억지로 결투를 강요하진 않을 테고 말이야?"

비아냥대는 말에 적무양은 코웃음을 치며 받아쳤다.

"강약을 겨루는 데 선후배가 어디 있다는 말이냐? 저 계집이 먼저 싸움을 걸었고, 나 또한 흥미가 생겨서 겨루고자 함인데 네 녀석이 어찌 주제넘게 나서는 것이냐?"

"강약은 이미 판가름 난 것 아닌가? 더 해보겠다는 것은 무슨 심보요?"

적무양과 섭부용의 싸움은 이미 구 할 이상 결과가 정해졌다.

실제로 싸우게 된다면 섭부용이 대등하게 싸울 수도 있겠지만, 결국 쓰러지는 것은 그녀가 될 것이다.

이미 각자의 심공에서부터 차이가 드러났기 때문이다.

그런 상황에서 싸우겠다고 주장하는 것은 패자를 또 한 번 괴롭히는 것이나 마찬가지.

유검호의 말에 적무양은 짜증스러운 표정으로 대꾸했다.

"그럼 제멋대로 싸움을 걸어놓고 질 것 같다고 물러서는 것을 용납하라는 말이냐? 아마 저들도 그런 것은 원치 않을 게다. 진짜 북마도에서 나왔다면 말이야."

마지막 말은 섭부용을 향한 것이다. 풀어 말하자면 북마도의 명예를 생각하라는 뜻.

그 말에 창백했던 섭부용의 얼굴이 붉게 달아올랐다. 거친 숨을 몰아쉬며 어깨를 들썩이는 모습이 심상치가 않다. 곧이어 전신에서 피어오르는 짙은 투기. 그대로 두면 생사결이라도 치를 것 같다.

적무양의 도발에 완벽하게 넘어간 모습이다.

유치한 도발을 한 번 거르지도 않고 걸려드는 것을 보면 북마도에 대한 그녀의 자부심이 매우 대단한 듯했다.

적무양 역시 그런 사실을 알고 찌른 듯했다.

유검호는 섭부용의 투지가 심화되기 전에 재빨리 끼어들었다.

"대체 북마도가 뭔데 이러는 거요? 거기서 영감 돈이라도 떼

먹었소?"

그의 물음에 적무양은 눈살을 찌푸렸다.

"북마도를 모른단 말이냐? 네놈은 남들 다 배울 때 뭐하고 살았던 거냐?"

마치 천하에 다시없을 무식쟁이 바라보는 눈초리다.

"한창 지식을 탐구할 나이에 재수 없게 못된 마두하고 얽혀서 시기를 놓쳐 버렸거든."

당신 때문에 못 배웠다는 말을 완곡히 돌려 한 말이다. 적무양은 툴툴거리며 설명했다.

"험험. 오래전에 무림에 괴인 한 명이 나타났다. 그는 자신이 북마도라는 곳의 도주라면서 중원 무림을 일통하겠다고 호언장담했지. 무림인들은 그를 북쪽에서 온 미친놈이라는 뜻으로 북풍일광, 북광으로 불렀다더군. 그런데 북광을 그저 미친놈이라고만 여겼던 무림인들의 인식은 오래지 않아 바뀌게 되었지."

광오한 언행만큼이나 거친 성격을 지녔던 북광은 가는 곳마다 시비를 일으켰다. 시비가 붙은 무림인들은 미친놈에게는 매가 약이라는 말을 상기하며 그를 호되게 혼내주려 했다.

그러나 막상 싸움이 벌어지자 그의 일권을 받아내는 자가 없었다. 산악을 무너뜨릴 정도로 거센 그의 권력에 모두가 피를 토하며 쓰러진 것이다. 그의 주먹에 맞은 자들은 하나같이 불구가 되거나 목숨을 잃었다.

그런 일들이 연거푸 되풀이되자, 많은 문파에서 그에게 원한을 품게 되었다. 하지만 원한을 갚겠다고 찾아가는 이들 역시 가는 족족 목숨을 잃었다.

그가 가는 곳마다 원한을 가진 무림인들이 달려들었고, 그때마다 피가 뿌려졌다. 더욱 큰 문제는 그의 무공이었다. 그의 권법은 무식하기 짝이 없어 주변을 모두 휩쓸어 버린다. 일단 싸움이 벌어졌다 하면 상대는 물론이고, 근처의 모든 것을 초토화시켜 버리는 것이다. 그가 나타난 지 불과 육 개월 만에 스물두 개의 마을과 다섯 개의 도성이 파괴되었다.

그쯤 되자 사태는 단순히 무림만의 것이 아니게 되었다.

일반인들도 북광의 동향에 귀를 기울이며 그의 일거수일투족에 관심을 쏟을 수밖에 없었다.

당시 민가에서는 '북광의 괴상한 행보는 천재지변과도 같다(北魔出現 天災地變).'는 말이 떠돌 정도였다.

무림에서는 그를 상대하기 위해 수많은 무인이 동원되었지만, 그의 걸음을 아무도 막을 수 없었다.

나중에는 척을 진 이들마저 그를 피해 다니게 되었다.

그대로 세월이 흘렀다면 그가 나타났을 때 외쳤던 말과 같이, 중원 무림을 일통했을지도 몰랐다.

하지만 북광의 행보는 그가 나타난 지 일 년가량 되었을 때 뜻밖의 결말을 맺게 되었다. 절대무적으로 보이던 북광이 갑작스럽게 사라져 버린 것이다.

그가 사라지고 나서도 무림인들은 감히 그를 추종하지 못하고 몸을 사리기만 했다. 어느 정도 시간이 흐른 후, 그에 대한 두려움이 사라지고 나서야 무림인들은 그의 행적을 찾아보았다.

하지만, 그는 마치 하늘로 솟은 것처럼 아무런 흔적조차 남기지 않았다.

마치 세상 사람들이 단체로 꿈을 꾸기라도 한 것 같았다.

북괴일몽(北狂一夢)이라 불리던 혈풍은 그렇게 조용히 끝을
맺었다.

장원을 건 한판 승부

　"북풍일광의 행보는 그것으로 끊겼지만, 그때를 기점으로 잊혀질 만하면 한 번씩 북마도라는 이름을 거론하며 나타나는 자들이 있었다. 북광처럼 상대를 불문하고 무턱대고 주먹을 들이대는 자도 있었지만 반대로 무림의 협의를 위해 활동한 자들도 있었다. 공통된 점은 착한 놈이든 나쁜 놈이든, 북마도에서 나온 놈들은 하나같이 상대는 물론이고 주변까지 모두 박살 내는 무식한 무공을 쓴다는 것이었지. 그래서 민간에는 여전히 그들을 천재지변과도 같다 하여 피해 다닌다고 들었다. 특히 대대로 북마도주라는 작자들이 가장 먼저 나타난다는 해안 인접 도시 사람들은 북마도를 호환마마보다도 무서워한다더군."

　적무양은 말을 하며 대로를 흘깃 보았다.

　쥐새끼 한 마리 돌아다니지 않는 텅 빈 거리가 그의 말을 뒷받침하고 있었다.

"북마도가 어떤 곳인지는 알겠소. 그런데 영감은 북마도하고 무슨 원한이라도 있는 거요?"

"원한 따윈 없다. 아! 굳이 따지자면 오래전에 배화교도 한 명이 북마도에서 나왔다는 작자에게 비참하게 맞아 죽은 일이 있긴 하군."

"웅? 영감이 언제부터 교도 하나하나의 안위를 챙겼다고 그런 걸 기억하고 다니는 거요?"

"맞아죽은 교도가 날 키워준 양반이었거든. 배화교의 관습대로면 내 양부라고 할 수도 있겠군. 뭐, 그런 것 말고는 딱히 원한 같은 건 없지."

'원한이 없긴 개뿔! 불구대천의 원수잖아!'

유검호는 외치고 싶은 말을 속으로 삼키며 다시 물었다.

"원한도 없다면서 왜 나선 거요?"

"홍미가 생겼으니까."

"홍미?"

유검호는 의문을 표했다.

섭부용이 강한 것은 사실이다. 무림을 통틀어도 한 손에 꼽힐 정도다. 하지만 적무양의 눈에 찰 정도는 아니다. 굳이 이런 번거로움을 자초할 필요가 없다.

적무양이 수염을 만지작거리며 그 의문에 답한다.

"내가 관심을 가진 것은 북마도주의 능력이다."

"북마도주의 능력?"

"당시 내가 목격했던 북마도주라는 자는 주먹으로 작은 산봉 우리 하나를 박살 냈었다. 그때는 그자의 무공이 제법 강하다고 만 생각했었는데, 나중에 생각을 해보니 그것은 무공이 아니더 군."

"무공이 아니면?"

"순수한 힘! 그자는 단순히 육체의 힘만을 사용하여 그런 위력을 보인 것이다."

"그래서 무공이 아니라 능력이라고 부른 것이군."

제아무리 천생신력을 타고나고 근력이 강화되는 무공을 수련한다 한들 주먹으로 산을 날려 버릴 수는 없다.

천하제일이라는 적무양도 무공을 써서 산을 날릴 수는 있어도, 단순한 주먹질로 그런 일을 하지는 못한다.

"아무리 고심해 보아도 이해가 되지 않더군. 그래서 어렸던 탓에 착각한 것이라 생각하고 기억에서 지워 버렸었지. 그런데 지금 저 계집들을 보니 그때의 기억이 나더군. 거기다 네 녀석을 보니 그때 가졌던 의문에 실마리도 보이더란 말이지."

그제야 적무양이 나선 이유를 알 것 같았다.

오랜 여행 끝에 세상에 무공으로도 이해할 수 없는 능력들이 있음을 알게 된 적무양이다.

멀리 갈 것 없이 유검호만 보아도 알 수 있다.

북마도라는 말을 듣는 순간, 과거의 일과 유검호의 능력이 겹쳐지며 미제로 남겨두었던 의문에 답을 찾은 것이다.

"그 능력이란 것을 확인하려는 거였군."

"그럴 생각이었지."

말을 하며 섭부용을 흘깃 본다. 마치 자신은 좋은 말로 하려 했는데, 그녀가 싸움을 걸었다는 말을 하는 듯하다.

유검호는 그의 뻔뻔함에 어이가 없었다.

섭부용이 빌미를 제공한 것은 사실이지만, 옳다구나 달려들어 일을 키운 것은 적무양이다. 강자 입장에서 상대를 핍박하여 궁지에 몰아세운 것은 생각도 않고, 오히려 책임을 전가하고 있는 것이다.

'따지고 싶지도 않군.'

한두 번 겪는 일도 아니다. 그냥 그러려니 넘어가는 것이 마음 편했다. 게다가 섭부용에게 어느 정도 책임이 있는 것도 사실이다.

'싸움 말린 것만 해도 성공이지.'

유검호는 두 사람의 투기가 사라졌음에 만족했다.

"그래서 확인해 보니 어땠소?"

섭부용의 능력을 묻는 말이다. 섭부용은 유검호와 한 차례 손을 섞었다. 비록 짧은 접전이었지만, 적무양의 안목이라면 그 정도로도 충분했을 것이다.

유검호의 물음에 적무양은 불만족스럽다는 듯 고개를 젓는다.

"맞긴 맞는데, 반쪽짜리야."

"반쪽짜리?"

"내가 본 북마도주의 힘은 인간의 한계를 초월해 있었다. 네 녀석이 쓰는 그것처럼. 그런데 저 계집은 능력을 제대로 발휘 못 하더군. 꼭 진의를 못 깨우치고 껍데기만 취한 느낌이었지. 쓸 수 없는 능력을 억지로 흉내 내는 것 같다고나 할까? 그래서 몇 가지 물어보기 위해 나섰던 것이다."

그의 말에 유검호는 섭부용을 보았다. 그녀의 표정에는 놀람과 감탄, 그리고 수치심이 뒤섞여 떠오르고 있었다.

그녀의 반응만으로도 적무양이 했던 말이 정확했음을 알 수 있었다.

적무양은 그녀의 동요를 상관치 않고 다시 입을 열었다.

"어차피 이 녀석 때문에 투닥거리기는 글렀군. 어린 계집아. 너는 어찌하여 북마도주의 능력을 얻지 못한 것이냐? 그리고 팔십오 년 전에 중원을 떠돌던 북마도주는 어떻게 되었지? 아직 살아 있느냐?"

적무양의 질문에 섭부용은 고개를 저으며 답했다.

"우리도 찾는 중이에요."

유검호는 그녀의 말속에 담긴 뜻을 알고 혀를 찼다.

'비전이 끊겼군.'

흔한 일이다. 선대가 예기치 않게 사라지면 비의가 끊긴다. 후예들은 선대의 비의를 되찾기 위해 여러 가지 시도를 한다. 남아 있는 무공을 발전시켜 보기도 하고, 기억에 남아 있는 비의를 흉내 내고 연구해 보기도 한다. 그 모든 노력이 허사가 되면 결국 사라진 선조의 흔적을 쫓게 된다.

섭부용 역시 비전을 지닌 채 사라진 선대를 찾기 위해 중원에 나온 모양이다.

그녀의 대답에 적무양이 옅은 미소를 짓는다.

"그럼 아직 살아 있을 수도 있다는 말이군."

눈빛이 섬뜩하게 번뜩인다. 굳이 물어보지 않아도 북마도주와의 결전을 기대하고 있음을 알 수 있다.

'쯧쯧. 대체 얼마나 강하다는 평을 듣고 싶은 거야?'

일반적인 무인들은 강자와의 승부 자체를 고대한다. 목숨이 오가는 대결 중에 자신의 무공을 입증하고, 더욱 높은 경지를 추구하기 위해서다. 그를 위해 승부를 장담할 수 없는 상대와의 대결을 마다하지 않는다.

반면 적무양은 싸움 자체를 즐기는 인물이 아니다. 그는 상대를 꺾음으로써 자신의 강함을 확인하는 것을 즐길 뿐이다. 강자와의 대결을 원하는 것도 마찬가지. 그에게는 어떤 상대와 싸워도 이길 수 있다는 확신과 그런 믿음을 뒷받침할 수 있는 절대적인 무공이 있다. 그가 갖지 못한 것은 그런 강함을 만끽할 수 있을 만한 수준의 적수뿐이다. 그런데 잊고 있었던 강자에 대한 정보를 얻었다. 더욱이 그자가 유검호와 같이 초월적인 능력을 사용한다. 그런 상대를 가만히 놓아둘 적무양이 아니다. 아마 그자가 살아 있는 한 끝까지 찾아내서 격파할 것이다.

그것이 적무양이 즐기는 방식이었다. 지금껏 그 고약한 취미(?)에 희생되지 않았던 것은 오직 유검호뿐이었다. 그래서 유검호에게 더욱 집착을 하는 것이다.

유검호로서는 결코 이해할 수 없는 사고방식이었다. 유검호에게 있어 세상은 유유자적하게 살다 가는 곳이었다. 거센 바람은 피해가고, 폭우가 쏟아지면 쉬었다 가면 된다. 그렇게 물 흐르듯이 부딪치지 않고 살아가며 세상만사의 속박에서 자유롭고 싶은 것이 유검호의 인생관이다.

물론 유검호는 굳이 누구의 인생관이 옳고 그른가를 따지고 싶은 생각은 없다. 타인의 인생관을 판단하는 것은 오만함이다.

단지 적무양의 인생관 덕분에 자신의 삶이 각박해졌음에 한탄하는 것일 뿐이다.

'그나저나 말을 어떻게 꺼내지?'

그렇지 않아도 말을 꺼내기 어려운 상대였다. 차 한잔하자는 말에 대뜸 교제라는 말이 튀어나오는 여자다. 그간 많은 사람들을 만나왔다 자부하는 유검호였기에 자신 할 수 있었다. 눈앞의 여인은 정상인이 도저히 가늠할 수 없는 난해한 사고방식을 지녔다는 것을.

그뿐이라면 어떻게든 분위기를 완화시켜 봤을 것이다. 하지만 결정적으로 적무양이 끼어들었다. 그냥 끼어든 것이 아니라 무참하게 짓밟아 버리기까지 했다.

그런 섭부용에게 다짜고짜 집 팔라는 말을 꺼내는 것은 낯짝 두둑한 유검호에게도 쉽지 않은 일이었다.

유검호가 머뭇거리는 사이, 섭부용은 지친 기색으로 적무양을 보았다. 더 할 말이 있느냐는 뜻이 담겨 있다. 적무양은 이미 볼일 다 봤다는 듯 말없이 생각에 잠겨 있었다.

자신은 안중에도 없다는 그의 태도에 섭부용은 주먹을 꼭 쥐었다. 그러나 더 이상의 행동 없이 몸을 돌린다. 자존심은 상했지만, 능력이 부족함을 자인한 것이다.

아마 처음 나섰을 때라면 이 자리에서 목숨이 다하는 한이 있더라도 끝까지 싸웠을 것이다. 하지만 이미 적무양에게 심적인 패배를 경험한 상태다. 지금 그녀의 머릿속에는 한시 바삐 이 자리를 벗어나 힘을 키우고 싶은 생각뿐이었다.

눈앞에 있는 강적을 피하는 것을 스스로 합리화하게 된 것이다. 그러면서도 그녀는 스스로의 변화를 자각하지 못한다.

심력 대결은 그토록 무서운 것이다. 패자가 자신의 마음이 꺾였음을 자각하지 못하게 만들기 때문이다.

그 덕에 유검호만 급하게 되었다. 그로서는 그녀를 붙잡을 필요가 있다. 이대로 그냥 보내면 지금껏 고생한 보람이 사라진다.

"험험. 이런 상황에서 할 이야기는 아닌 것 같지만……."

유검호의 말에 돌아서려던 섭부용이 고개를 든다. 그녀의 얼굴을 보자 유검호는 나오던 말을 도로 삼키고 말았다. 눈가에 길게 드리워진 그늘과 처진 입꼬리. 꼭 싸움에 진 강아지처럼 축 늘어지고 지친 얼굴에는 패배감과 수치심이 가득하다. 고심 가득한 눈가에는 전에 볼 수 없던 주름마저 자글자글 생겨났다.

분명 같은 인물이거늘 등장할 때 보였던 탈속한 아름다움은 눈을 씻고 봐도 찾을 수가 없다. 그저 세상살이에 힘겨워하는 미녀 한 명만이 있을 뿐이다.

마치 하계에 추락한 선녀가 어떻게 변화하는지를 보는 듯했다.

그 모습을 보자 차마 집을 팔라는 말이 나오지 않는다.

그가 입을 닫자 섭부용은 다시 몸을 돌리려 한다.

'제길. 나중에 다시 찾아가야 되나?'

유검호가 좋지 않은 시기를 탓하며 반쯤 포기하려 할 때였다. 생각지도 않았던 도움의 목소리가 들려왔다.

"아저씨 뭐해? 집 안 살 거야?"

강은설이었다. 상황을 보다 못해 나선 모양이다.

"어? 사, 사야지."

유검호가 우물쭈물 말을 받았다. 강은설은 답답했던지 대신 나서며 섭부용에게 말을 붙인다.

"저기요. 기분 안 좋으실 텐데 자꾸 말 걸어서 죄송한데요. 저희가 중요하게 드릴 말씀이 있거든요. 그래서 잠시만 시간을 좀 내주셨으면 해요."

스스럼없이 용건을 밝히는 강은설이다.

'잘한다! 역시 본문의 수제자답다!'

유검호는 새삼 강은설의 강점을 깨달았다.

같은 무인이었다면 참담한 패배를 겪은 섭부용에게 감히 말을 걸지 못했을 것이다. 하지만 강은설은 무인이라기엔 이 푼 부족했다. 그녀는 섭부용이 무엇 때문에 저토록 참담해하는지도 알지 못했다. 그렇기에 스스럼없이 말을 걸 수 있는 것이다.

게다가 같은 여자였으니 섭부용의 처연한 미태에도 현혹되지 않는다. 무엇보다 강은설의 실리적인 성격이 발품 판 것을 헛되이 보내지 않게끔 만들었다. 강은설은 나중에 장원을 찾아간다 한들 지금보다 좋은 대답을 듣기는 어렵다고 판단했다.

분위기로 봐서는 섭부용을 만나기는 고사하고 문전박대나 당하지 않으면 다행이다.

'차라리 지금 결판을 내는 게 낫지.'

그녀가 판단하기에 섭부용의 기세가 위축되어 있는 지금이 오히려 거래를 하기에는 최적의 상황이다.

그래서 말도 못 꺼내는 유검호 대신 나선 것이다.

그녀의 구원에 유검호는 반색을 띠었다.

"역시 이런 일은 본문의 살림을 도맡고 있는 사람이 나서야 겠지? 부탁한다. 강 총관."

한순간에 총관이라는 직책이 만들어졌다. 듣도 보도 못했던 직책까지 만들어 책임을 전가시켜 버린 것이다. 이럴 때만 재빠른 유검호였다.

'그냥 때려치워?'

강은설이 진지하게 고민을 할 때였다. 다소 기운 빠진 목소리가 들려왔다.

"뭐지?"

간략하게 물어오는 것은 섭부용이었다. 그녀는 귀찮음이 역력한 얼굴에 일말의 호기심을 품고 있었다.

강은설은 한숨을 쉬며 입을 열었다.

"얼마 전에 오래된 장원을 하나 구입하셨죠?"

"그런데?"

"사실은 그 장원이 저 아저씨가 살던 집이었거든요. 피치 못할 사정이 있어 멀리 떠나게 되었는데, 얼마 전에 돌아왔어요. 아저씨 말로는 추억이 많이 깃든 곳이라서 꼭 그 장원을 구입하고 싶대요. 돈은 충분히 드릴 테니 장원을 팔⋯⋯."

"그만."

섭부용은 더 이상 들을 필요 없다는 듯 말을 막았다.

무표정한 얼굴에는 더 이상 아무런 호기심의 빛도 보이지 않았다.

그녀의 냉담한 표정에도 강은설은 포기하지 않고 다시 말했다.

"장원이 낡고 오래되어서 지내시기에 많이 불편하실 거예요. 그래도 저 아저씨한테는 의미가 있는 곳이라……."

강은설은 이번에도 말을 끝맺지 못했다.

"안 팔아."

단호한 거절에 강은설은 잠시 말문이 막혔다.

조금이라도 듣는 기색이 있어야 거래를 하든 말든 할 것 아닌가?

섭부용은 아예 들을 생각조차 없었다. 그런 일로 자신을 불러 세운 것이 괘씸하다는 듯 인상을 찌푸리기까지 한다.

보다 못한 거구녀가 머리를 긁적이며 대신 설명했다.

"그 장원은 언니가 직접 고른 곳이야. 우리가 궁금한 것도 아니고, 또 장원이 너무 오래된 것 같기도 해서 다른 곳으로 고르자고 했는데, 언니가 마음에 드는 곳이라고 해서 어쩔 수 없이 산 거야. 언니는 어지간해서는 마음에 든다는 말을 하지 않거든. 너희한테는 안 됐지만 장원을 팔진 않을 거야."

거구녀의 말에 강은설은 난색을 표할 수밖에 없었다.

오래 접해보진 않았지만 섭부용이 쉽게 마음을 바꿀 인물 같진 않았다. 드물게 마음에 드는 곳을 소유했으니, 여간해서는 포기할 리가 없다.

거래가 이루어지려면 서로의 이득이 상응하는 면이 있어야 한다. 절충점을 찾기 위해선 이쪽에서 섭부용이 필요한 것을 제안해야 했다.

하지만 당장 생각나는 것이 없다. 그녀가 살아왔던 세상에서는 돈이면 만사형통이었지만, 저들은 별다른 관심을 보이지 않는다.

'저 사람들의 관심을 끌 만한 것이 뭐 있을까?'

강은설이 고민하고 있을 때, 적무양이 시큰둥한 목소리로 말한다.

"안 팔겠다면 그냥 빼앗으면 되지 무슨 걱정이냐? 못하겠으면 내가 빼앗아주랴?"

실로 적무양다운 사고방식이다.

'세상에는 대화라고 하는 좋은 방법이 있거든요?'

강은설은 입 밖까지 튀어나오려는 말을 애써 집어넣었다.

적무양과 말을 섞어봐야 좋은 꼴 못 본다는 것을 충분히 숙지했기 때문이다.

'거래는 날아갔구나.'

좋은 분위기에 구슬려도 될까 말까 한데, 되레 위협을 해버렸다. 성사된 일도 날아갈 판이다. 강은설은 한숨을 쉬며 물러섰다. 물러서며 섭부용을 보았다. 예상대로 분노가 가득한 얼굴이다.

투지가 꺾인 탓에 덤벼들 기색은 없었지만, 좋은 분위기는 물 건너갔다. 다시 싸움이나 벌어지지 않으면 다행이다.

'하여간 무림인이란 족속은……'

그녀가 본 무림인들은 무공, 명예, 승부 따위의 명분을 내밀고 어떻게든 싸울 꼬투리를 찾으려는 자들이다. 그런 의미에서 눈앞의 적무양과 섭부용은 무림인으로서의 기준에 더할 수 없이 적합했다.

강은설로서는 도저히 이해할 수도, 설득할 수도 없는 부류다.

강은설은 어쩔 수 없다는 듯 유검호를 보고 고개를 저었다.

일이 자신의 손을 벗어났다는 뜻이다. 유검호는 한숨을 내쉬었다.

"뜯어놓으면 달려들고, 말리면 또 싸우려 들고. 혹시 이거 무한 반복해야 되는 거야?"

유검호는 한심하다는 기색을 역력히 드러내며 대립한 두 사람을 보았다. 보는 것만으로도 머리가 지끈거리는 것 같았다.

그때 뒤로 물러나던 강은설의 시야에 소린이 들어왔다.

"어? 소린아?"

소린을 본 강은설은 깜짝 놀랐다. 소린의 모습이 심상치 않았기 때문이다.

눈에는 눈물이 그렁그렁 맺혔고, 어깨는 거친 숨으로 들썩거린다. 앙다문 입은 한일자를 굳게 그렸고, 벌겋게 달아오른 얼굴에는 극명한 감정이 드러나 있었다.

분함. 그리고 참지 못할 호승심.

그 격렬한 감정이 향하고 있는 것은 채찍을 휘두르던 궁장 소녀였다.

'미영이라고 했던가?'

섭부용의 제자라던 소녀였다.

소린은 그녀를 향해 강렬한 승부욕을 보이고 있었다.

조금 전 대결에서 제대로 싸워보지도 못하고 밀리기만 한 것이 못내 억울했던 모양이다.

항상 얌전하고 내성적이기만 했던 소린이었다. 이토록 자신의 감정을 적극적으로 드러낸 것은 처음이었다.

강은설은 그 모습에 적잖이 충격을 받았다.

'소린이는… 무인이구나.'

사실 팔선문은 문호를 걸고는 있었지만, 무림의 문파라고는 할 수 없었다.

문주인 유검호를 비롯하여 흑도비와 강은설은 지극히 실리적인 인물들이다. 그들은 무인의 명예와 승부 같은 것에는 조금도 관심이 없었다. 실리만 취할 수 있다면 승부 따위는 얼마든지 버릴 수 있었다.

팔선문이 전 무림인들의 관심을 한 몸에 받으면서도 무림과는 동떨어진 행보를 할 수 있었던 이유도 그 때문이다.

그런데 그런 팔선문에서도 가장 작고 어린 소린은 그들과 달랐다.

끝내지 못한 승부에 미련을 가지고, 상대를 꺾지 못함에 분해하는 모습. 그것은 강은설과는 완전히 다른, 그녀가 그토록 꺼려하던 무림인의 모습이었다.

누구보다 잘 알고 있다 생각했던 소린이다. 하지만 지금은 생전 처음 보는 것처럼 낯설기만 하다. 그 낯설음이 강은설을 불안하게 했다. 그때 옆에서 느긋한 목소리가 들려왔다.

"호오!"

고개를 들어보니 유검호가 턱을 매만지며 소린을 보고 있다.

그의 얼굴에는 어떤 불안함도 보이지 않았다. 그저 소린의 변화를 신기한 듯 관찰하고 있을 뿐이다.

유검호의 여유로운 얼굴을 보자 강은설은 왠지 마음이 놓였다. 평소에는 못미덥기 짝이 없던 유검호가 어쩐지 믿음직해 보였다.

'그래. 소린이 옆에는 아저씨가 있잖아.'

소린에게 어떠한 일이 생기든 유검호가 있는 한 잘못되는 일은 없을 거라는 생각이 들었다.


아쉽게도 유검호는 강은설이 전례 없이 신뢰 담긴 눈빛을 보내고 있음을 알지 못했다.

그의 관심은 오로지 소린에게 집중되어 있었다.

'꼬맹이가 제법인데?'

소린의 투기는 어지간한 어른의 것보다 더욱 강렬했다. 게다가 무엇보다 감춤이 없고 순수했다. 유검호가 주목한 것은 그 순수함이다. 그런 원초적인 투기는 아무나 가질 수 있는 것이 아니다.

타고난 승부 근성과 호승심. 그리고 그런 마음을 기세로 발산할 수 있을 만한 심력을 겸비해야 한다. 소린은 그에 더해 어떤 무공이든 순식간에 익힐 수 있는 완벽에 가까운 육체적 자질까지 지녔다.

세상에는 그런 요소를 두루 가지고 있는 인물을 가리키는 단어가 있다.

천재!

하늘이 내린 재능을 지닌 인재.

간혹 세상에 출현하는 대종사들이 그런 성향을 보이곤 한다.

물론 소린은 아직 어리기 때문에 벌써부터 단정 지을 순 없다. 어린아이들은 간혹 규격 외의 재능을 보이곤 한다. 어린 나이의 치기가 지나친 탓에 일시적으로 보이는 현상일 수도 있다.

'뭐든 간에 평범하진 않겠어.'

유검호는 소린의 밝은 장래를 상상해 보며 흐뭇한 미소를 지었다. 그때 듣기만 해도 불쾌해지는 목소리가 들려온다.

"뭐가 좋다고 히죽대는 거냐? 저년들 꽁무니 빼려 그러는데. 장원 안 뺏을 거냐?"

적무양의 목소리에 고개 돌린 순간. 유검호는 인상을 팍 쓰고 말았다.

있었다. 앞서 열거한 재능을 지닌 천재가. 그것도 심술이 덕지덕지 붙은 얼굴로.

'아뿔싸!'

바로 옆에 완성형 천재가 있음을 깜빡하고 있었다. 적무양이야말로 소린이 가진 재능을 극한까지 끌어 올린 인물이었다. 그를 보자 밝아 보이던 소린의 미래가 암흑으로 물드는 듯했다.

"부디 저 영감처럼만 되지 마라."

유검호의 중얼거림에 적무양은 영문을 알 수 없다는 듯 고개를 갸웃거린다.

그가 최악의 천재이든 어쨌든, 덕분에 유검호는 소린에게서 눈을 뗄 수 있었다.

적무양의 말대로 섭부용은 자리를 뜨기 직전이었다.

그녀 입장에서 이곳에 더 있어 봤자 득 될 것 없었으니 당연한 노릇이다.

유검호는 떠나려는 그녀를 불렀다.

"섭 도주. 가기 전에 마지막으로 내가 제안 하나만 하겠소."

"또 뭐죠?"

섭부용은 인상을 찌푸리며 돌아섰다. 쌀쌀맞은 얼굴에 짜증이 잔뜩 묻어나 있다. 이번에도 시답잖은 일이면 더 이상 상대하지 않겠다는 기색이다.

"뭐 별건 아니고."

조금 전 같았으면 그 표정을 접하는 것만으로도 할 말이 없어졌을 것이다. 그러나 지금은 다르다. 소린의 투기를 보는 순간, 머릿속에 떠오른 생각이 있었다. 그 계획이 유검호에게 여유를 안겨주었다.

유검호는 느긋하게 말을 이었다.

"어른들 싸움이야 결말이 났다지만, 아직 애들은 승부를 보지 못했잖소?"

섭부용은 이해할 수 없다는 표정이 떠올랐다.

"당신들이 못 싸우게 한 것 아닌가요?"

"물론 그렇긴 했지만, 생각해 보니 섭 도주 말마따나 나이는 어려도 무인인데, 승부는 내는 것이 좋겠다는 생각이 들어서 말이오. 아, 물론 아까처럼 애들끼리 싸우게 두는 건 안 되고. 최소한 어른들 중재 하에 정식으로 비무를 하면 어떻겠소? 그럼 큰 사고도 미연에 방지할 수 있고, 승부는 가릴 수 있을 테니 좋지 않겠소?"

"정식 비무?"

섭부용의 눈빛이 흔들린다. 적무양에게 수모를 당하긴 했지만, 북마도에 대한 명예를 무엇보다 중요시하는 그녀였다.

비록 아이들의 비무라곤 하지만, 양측의 비전을 익혔을 후계자들이다. 자신의 제자가 이긴다면 북마도의 명예를 회복할 수 있을 거란 생각이 들었다.

섭부용의 시선이 제자, 화미영에게 향했다. 화미영은 자신만만한 얼굴로 고개를 끄덕인다. 그 자신감 넘치는 모습이 믿음직스러웠다.

'질 리가 없다.'

이미 북마도의 비전을 습득한 화미영이다. 아직 어려서 힘과 내공이 미흡하지만, 초식의 숙련은 수준급이다. 게다가 아까 봤던 소린의 실력으로는 결코 화미영의 북마혈사편을 뚫을 수 없었다.

그것만으로 섭부용의 머릿속에 답이 나왔다.

"좋아요. 북마금제도는 귀문……."

말을 하던 섭부용이 멈칫한다. 상대측의 문호도 모르고 있었음을 깨달은 것이다.

유검호가 눈치 빠르게 그녀의 말을 이었다.

"팔선문은 북마금제도와의 친선 비무를 정식으로 받아들이는 바요."

"팔선문?"

"오랜 전통과 역사를 지닌 명문 중의 명문이지. 참고로 말하자면 지금 무림에서 가장 주목받고 있는 문파라고나 할까?"

"처음 듣는데?"

"섬에서 나온 지 얼마 안 돼서 그렇겠지. 조금 있으면 질릴 정도로 많이 들을 거요. 특히 문주에 대한 칭찬은 빼놓지 말고 들으쇼. 워낙 뛰어난 인물이라 소문이 못 따라갈 정도니까."

섭부용은 불신의 표정을 그대로 드러내며 입을 열었다.

"북마금제도는 팔선문과의 정식 비무를 받아들이겠어요."

그녀의 승낙에 유검호는 회심의 미소를 지었다.

"그럼 이제 비무 상품만 걸면 되겠군."

그 말에 섭부용의 미간이 찡그러진다.

"비무 상품? 그게 뭐죠?"

"문파 간에 공식적인 비무를 벌이는데 아무것도 없이 하자는 말이오? 이기는 쪽이 뭐라도 이득을 봐야 하지 않겠소?"

"이득? 중원의 무인들은 그런 것을 따진단 말인가요?"

"당연하지 않소? 천하에 어떤 바보가 이득 없는 싸움을 한단 말이오? 설마 그런 것도 모르고 비무를 하겠다고 한 건 아니겠지?"

섭부용의 수려한 얼굴에 난처한 기색이 떠오른다.

뭔가 이상한 것 같긴 한데, 중원의 문물을 알지 못하니 반박을 하기도 힘들다. 유검호의 말대로 비무를 받아들인다고 해버렸으니 그녀의 성격상 되돌리자는 말을 꺼내기도 싫었다.

'어차피 미영이가 이길 테니.'

섭부용은 담담함을 되찾으며 물었다.

"뭘 걸어야 하죠?"

유검호는 이때를 기다렸다는 듯 대답했다.

"만약 우리 꼬맹이가 진다면 팔선문이 북마금제도보다 못하다고 인정하도록 하지."

"문파의 패배? 그럼 우리가 지면 북마금제도의 패배를 인정해야 한단 말인가요?"

"아니. 굳이 그럴 필요는 없지. 적 영감 말 들어보니 비전이 완전히 이어진 것도 아닌 것 같은데."

그 말에 섭부용은 안도했다. 문파의 패배를 인정하라는 것은 그녀 입장에서 매우 부담스러운 일이었기 때문이다.

"그럼 우린 뭘 걸죠?"

한결 편해진 그녀의 표정에 유검호는 진작 하고 싶었던 말을 꺼냈다.

"아까 말한 그 장원. 만약 우리 꼬맹이가 이기면 그 장원을 받도록 하지."

유난히 눈치 없는 섭부용이었지만, 이쯤 되자 유검호의 속셈을 파악하지 않을 수 없었다. 결국 장원을 손에 넣기 위해 비무 운운하며 그녀를 꼬드겼음을 깨달은 것이다. 그녀의 눈매가 대번에 사나워진다.

유검호가 급히 말했다.

"잘 생각해 보시오. 장원 때문에 비무를 하자고 한 건 사실이지만, 북마금제도가 손해 볼 일은 아니니까. 아까도 말했지만, 우린 지금 무림에서 가장 유명한 문파라고. 그런 문파를 꺾었다는 명예가 고작 오래된 장원 한 채보다 못하다고는 생각지 않는데?"

그 말에 섭부용은 흥분을 가라앉혔다. 유검호의 말이 옳다고 생각한 것이다. 그녀의 관점에서 명예란 무엇보다 중요한 것이다. 그녀가 북마도를 나온 이유 역시 사라진 전인을 찾기 위함도 있었지만, 북마금제도의 위용을 드높이기 위함도 컸다.

팔선문이 정말 그토록 유명한 문파라면 승리했을 때 얻을 수 있는 명예는 이루 헤아릴 수 없는 가치가 있었다.

별장으로 구입한 장원이 마음에 들긴 했지만, 문파의 명예와 저울질할 정도로 가치가 있진 않았다.

그녀의 마음이 흔들리고 있음을 알아챈 유검호가 은근한 어투로 덧붙였다.

"결정하기 쉬우라고 말하자면, 저기 있는 영감도 팔선문 소속이거든? 그러니 꼬맹이만 이기면 간접적으로나마 저 영감도 꺾은 게 된다고. 저 영감이 저래 보여도 무림에서 방귀깨나 뀌는 양반이란 말이야. 저 영감한테 이겼다는 소리만 하면 북마금제도는 단번에 무림 제일이란 소리를 들을 수 있을걸? 어때? 끌리지?"

목소리를 낮춰 속삭이는데, 마치 대단한 정보라도 알려주는 것 같다. 세상살이 좀 해본 사람이라면 대번에 뒤돌아설 만한 경박함이다.

그러나 세상살이와는 동떨어진 곳에서 온 섭부용에게는 더할 나위 없이 효과적이었다.

그녀는 유검호의 목소리가 작아지자 귀를 쫑긋 세우고 듣더니 눈을 반짝인다.

섭부용의 시선이 적무양을 흘깃 본다.

"정말 그도 팔선문도인가요?"

"아, 그렇다니까. 그것도 그냥 문도가 아니고 자그마치 장문인이라고. 그러니 빼도 박도 못하지."

그의 말에 섭부용의 얼굴에 생기가 감돈다.

적무양에게 마음을 꺾인 탓에 극심한 좌절감을 느끼고 있던 차에, 간접적으로나마 그를 이길 수 있다는 말이 그녀를 들뜨게 만들었다.

들뜬 마음에 장문인이라는 적무양이 가만히 있는데, 유검호가 모든 결정을 하고 있다는 것에 의문조차 들지 않았다.

그저 바닥까지 떨어졌던 투지가 다시금 살아나고 있음에 기꺼워할 뿐이다.

"좋아요. 장원을 걸고 비무를 하죠."

결국 섭부용의 입에서 수락의 말이 떨어졌다.

"하하하. 잘 생각했소. 그럼 시간 끌 것 없이 바로 시작합시다."

유검호는 짐짓 호쾌하게 웃으며 돌아섰다.

득의만면하여 일행에게 가는데, 흑도비가 활짝 웃으며 맞아 준다.

"대장은 역시 대단해요! 이런 날강도 같은 내기를 성사시키다니!"

칭찬을 가장한 욕을 태연하게 던지는 흑도비다.

"닥쳐. 문주가 집 구하려고 이렇게 고생하는데 그게 할 소리냐?"

유검호의 말에 강은설은 어이없는 표정을 지었다.

"고생이라기보다 사기 치는 것 같은데?"

"엄연히 서로의 뜻이 일치하여 이루어진 비무라고. 저쪽은 명예를 위해, 우리는 장원을 위해!"

"결국 집 얻으려고 어린애들 이용하겠단 거잖아."

"이용이라니! 내가 꼭 꼬맹이들 이용해 먹는 못된 어른 같잖

아. 이건 분명히 꼬맹이가 원하기 때문에 벌인 일이라고."

그 말에 강은설은 소린을 보았다.

소린은 여전히 투지 가득하다. 발을 움찔거리는 것이 금방이라도 뛰어나갈 것 같다. 강은설의 바람과는 완전히 다른 모습이다. 그녀는 재차 확인하듯 물었다.

"소린아. 정말로 싸우고 싶니?"

강은설의 물음에 소린은 조심스레 고개를 끄덕인다.

소린도 눈치가 있다. 강은설이 이 싸움을 싫어한다는 것을 안다. 그럼에도 꼭 싸우고 싶었다. 다른 일이라면 강은설이 시키는 대로 하겠지만, 이 싸움만큼은 결판을 내고 싶다. 그래서 미안했다. 그 미안함이 강은설을 똑바로 볼 수 없게 만들었다.

미안해하는 소린의 모습을 보자 강은설은 더 이상 말릴 수 없음을 깨달았다. 절로 흘러나오는 한숨을 애써 삼키며 소린의 양어깨를 힘주어 잡았다.

"이길 수 있지?"

허락과 응원이 동시에 담긴 물음이다.

소린은 그제야 강은설과 얼굴을 마주하며 다시 고개를 끄덕인다. 소리 내어 한 대답은 아니었지만, 앙다문 입술에 굳은 의지가 베여 있다. 반드시 이기겠다는 각오가 보인다. 그러나 강은설은 마음이 놓이지 않았다. 소린을 믿지 못하는 것은 아니었지만, 이것은 단순한 어린아이 싸움이 아니다.

앞서 보았던 화미영의 맹공은 어른들의 것 이상으로 살벌했다. 자칫 큰 부상을 당할 수도 있었다.

강은설의 머릿속에 한 번 더 만류해 볼까 하는 생각이 떠오를 때 유검호가 끼어들었다.

"걱정은 이제 그만! 꼬맹이도 준비를 해야지."

유검호는 소린을 한 옆으로 데려갔다. 소린을 물끄러미 보고
는 불쑥 물었다.

"대응책은 생각하고 있지?"

조금 전의 대결에서 소린은 일방적으로 밀렸었다. 멀리서 맹
공을 펼치는 채찍 공격이 생소했기 때문이다.

유검호는 그에 대한 대비책이 있는지를 묻고 있었다.

소린은 잠시 생각하다 대답했다.

"거리를 좁혀 근접전을 벌일 생각이에요."

원거리 공격을 주로 하는 상대에 대한 정석적인 대응법이다.

"거리는 어떻게 줄이려고?"

소린은 그것도 생각하고 있었다는 듯 곧바로 대답했다.

"허점으로 끌어들여서 빈틈을 만들려고요."

"호오. 미끼를 던지겠다? 한 대 정도는 허용할 텐데?"

"지금 제 실력으로는 그 방법 말고는 없겠더라고요. 대신 피
해를 최소한으로 줄이고, 접근에 성공하면 확실하게 몰아칠 생
각이에요."

소린의 대답에 유검호는 적잖이 감탄했다.

성인들도 한 번 투지가 들끓게 되면 그에 사로잡혀 앞뒤 가리
지 못하고 덤벼들기 일쑤다. 그런데 소린은 피가 뜨거운 상태에
서도 침착하게 작전을 짜고 있었다.

게다가 대응책도 어린아이가 쉽게 생각할 수 없는 것이다.

이대도강(李代桃僵) 육참골단(肉斬骨斷)!

작은 손해로 큰 승리를 거두고, 살을 주어 뼈를 취한다.

많이 알려져 있지만 막상 실행하긴 어려운 전략이다.

아마 소린은 그런 전략이 있다는 것도 몰랐을 것이다.

그저 본능적으로 자신이 할 수 있는 최선책을 골랐을 거다.

자신의 손해를 두려워하지 않는 결단력과 싸움을 풀어가는 방법을 본능적으로 깨우치는 재능이 유검호를 감탄하게 만들었다.

일반적인 대결이었다면 유검호도 분명 동의했을 것이다.

하지만 소린의 작전에는 결정적인 문제가 있었다.

"저 채찍을 허용하고도 움직일 수 있을까?"

화미영이 사용하는 북마혈사편은 그저 특이하게만 생긴 것이 아니다. 채찍 자체가 무림에 보기 드문 신병이기였다.

북마혈사편을 직접 잡아본 유검호였기에 그 위력을 확실히 알고 있었다.

외문기공을 익힌 성인남성도 북마혈사편을 견디긴 힘들 것이다.

뼈와 근육이 제대로 자리 잡지 않은 소린이 그것을 버틸 수 있으리라고는 생각할 수 없다.

유검호의 지적에 소린은 아무 말도 하지 못했다.

소린 역시 자신의 방식이 무모함을 알고 있었다.

그럼에도 스스로 생각해 낼 수 있는 유일한 답이었기에 행하려 했던 것이다. 또 한 대 정도는 버텨낼 수 있을 거라는 자신감도 있었다. 하지만 유검호가 지적하자 그것이 자만이었음을 깨달았다.

소린은 급히 다른 방법을 찾으려 머리를 굴렸다. 그러나 쉽사리 떠오르지가 않는다.

아무리 재능이 넘쳐나도 부족한 경험까지 채울 수는 없다.

소린으로서는 무공을 익힌 이래 처음으로 능력의 한계를 느껴야 했다.

유검호가 그런 소린의 머리를 콩 때리며 고민을 끊었다.

"모르면 물어봐야지. 미련하게 혼자 끙끙대고 있냐?"

"아!"

소린은 그제야 자신의 앞에 누가 있는지를 기억해 냈다.

당금 무림에서 가장 강하다는 평을 듣고 있고, 실제로 겪어본 바에 의하면 무림의 소문보다 더욱 강하다.

그런 고수를 앞에 두고 방법이 없다고 끙끙대는 것은 미련하기 짝이 없는 짓이었다.

"유 아저씨. 저, 꼭 이기고 싶어요. 어떻게 하면 돼요?"

"우선 상대와 너의 장단점을 파악해 보자. 상대는 원거리 공격에 능하고, 채찍을 이용한 변초를 주로 사용하지. 반면 너는 원거리 공격은 전무. 기댈 것은 근접 박투뿐. 그런데 여기서 또 한 가지 간과할 수 없는 건 저 버릇없는 꼬맹이가 꼭 근접 격투에 약하다는 보장도 없다는 거지. 하지만, 일단 네가 기댈 것이 근접전밖에 없으니 최악의 상황은 접어두자. 어차피 근접전에서도 밀리면 이길 방법은 없는 거니까. 그럼 역시 관건은 저 독사 같은 채찍을 어떻게 뚫을 것이냐인데. 내게 두 가지 파훼법이 있다."

"두 가지나요? 그게 뭐예요?"

소린은 깜짝 놀라 되물었다. 유검호는 고개를 끄덕이며 품속에 손을 집어넣었다.

"첫 번째는 이거다."

말과 함께 꺼낸 것은 총신이 얇고 두꺼운 두 자루의 총, 좌사우포였다.

일반적인 화총과는 차원이 다른 정교한 기술이 집약된 기병 중의 기병. 불필요한 개조에 의해 약간의 결점이 생기긴 했지만, 총 자체의 속도와 파괴력은 여전하다.

좌사와 우포라면 화미영의 채찍을 뚫는 것은 물론, 눈 깜짝할 사이에 쓰러뜨릴 수도 있다.

그러나 소린은 고개를 저었다.

"이건 총이잖아요. 전 무공으로 승부를 낼래요."

"총이 어때서? 칼로 쓰러뜨리나 채찍으로 쓰러뜨리나 총으로 쓰러뜨리나 전부 도구를 사용하는 건 마찬가지지."

"그래도 다른 무기는 제 실력으로 쓰지만, 총은 제 실력이 아니잖아요."

소린은 또박또박 자신의 의사를 밝혔다.

평소 소극적이기만 했던 소린이었지만, 무공에 관해서만큼은 적극적이었다.

유검호는 할 수 없다는 듯 좌사 우포를 집어넣었다.

"그럼 두 번째 방법밖에 없군."

유검호는 의미심장하게 웃으며 꼬깃꼬깃한 물건을 꺼내 들었다.

집 한 채를 날로 먹다

"야! 도깨비 계집애! 아직 멀었어?"

기다리는 시간이 길어지자 화미영이 짜증스럽게 소리쳤다.

비무를 결정한 이후 일각도 채 되지 않았다. 화미영은 급한 성질을 증명이라도 하듯 가만히 있질 못하고 연신 왔다 갔다 하며 씩씩거리고 있었다.

화미영의 머릿속에는 자신이 호의를 베풀려 했던 것도 모르고 싸움을 건 못된 계집을 혼내주고 싶은 생각뿐이다.

그에 더해 조금 전 유검호에게 당했던 수모도 소린에게 대신 갚아줄 생각인 듯했다.

원래 성격대로라면 유검호를 직접 두들겨 패주었을 거다.

하지만 천하무적이라 생각했던 사부와 사숙조차 어쩌지 못한 인물이다. 아무리 안하무인 화미영이지만 차마 유검호와 싸울 엄두는 나지 않았다.

그러니 만만한 소린에게 화풀이를 할 셈이다.

마침 준비를 끝낸 소린이 앞으로 나섰다.

화미영이 기다렸다는 듯 마주선다. 화미영의 손에는 예의 그 북마혈사편이 들려 있었다.

그것을 본 유검호가 섭부용을 보며 물었다.

"친선 비무인데 저런 무기를 사용해도 되는 거요?"

실력을 겨루는 비무에 병기의 우월함이 개입되어도 되는지를 묻는 것이다.

섭부용은 양보할 수 없다는 듯 단호하게 답했다.

"북마혈사편은 독문병기. 그 자체가 본도의 무공이니 배제할 수 없어요."

"신병을 소유하고 그것을 사용하는 것도 실력이라는 말이로 군?"

섭부용은 당연하다는 듯 고개를 끄덕인다. 유검호는 어쩔 수 없다는 듯 물러났다.

"좋소. 그럼 이대로 시작합시다. 시작 신호는 이 검이 땅에 떨어지는 것으로 하지."

말과 함께 흑암을 들어 올린다.

모두의 시선이 흑암으로 향한다.

우우웅.

칙칙한 묵빛 검신이 집중되는 시선에 낮은 검명을 흘렸다.

비무 시작에 앞서 가라앉은 분위기가 침묵의 장을 만든다.

꿀꺽.

누군가의 침 삼키는 소리가 흘러나왔을 즈음.

유검호의 손에서 검은 빛살이 쏟아진다.

쉬이익.

먹으로 선을 그리듯 진한 궤도를 그리며 솟아 오른 흑암.

하늘을 꿰뚫을 듯이 날아오른 흑암이 어느 지점에 이르러 완만한 곡선을 그리며 떨어져 내렸다.

올라갈 때는 쾌속했지만 떨어질 때는 오히려 느릿느릿하다.

천천히 떨어지는 흑암이 마침내 땅에 꽂힌다.

쿠웅.

한 자루 검이 떨어진 것뿐인데 땅이 진동할 듯 묵직한 충격음이 주변에 퍼져 나갔다.

그 충격파가 소린과 화미영을 중심으로 반경 삼 장 이내의 인물들을 모두 밀어낸다. 비무 공간에 오직 비무 당사자 둘만이 남게 되었다.

단지 검을 한 번 던진 것만으로 범인이 이해할 수 없는 신위가 발휘된 것이다.

하지만 모두 그것에 감탄하고 있을 수 없었다.

검이 떨어짐과 동시에 소린이 움직였기 때문이다.

타앗.

소린이 땅을 박차고 탄환처럼 튀어나간다.

땅에 팅긴 작은 공처럼 탄력이 넘치고 재빠른 몸놀림이다.

"어엇?"

흑암이 만들어낸 충격파에 당황하고 있던 화미영이 놀람성을 토했다.

화미영은 재빨리 북마혈사편을 뿌렸다. 붉은 혈편이 그녀의 전면을 감싸며 장막을 형성한다.

소린의 돌진도 번개 같았지만, 화미영의 방어막도 그 못지않았다.

소린은 눈앞을 가득 메우는 혈영에 급히 방향을 바꾸었다.

화미영의 옆을 스쳐 지나며 그녀의 배후로 돌아가려 했다.

처음부터 그럴 생각이었던 것처럼 조금의 주춤거림도 없다.

매끄럽게 방향을 바꾸어 화미영의 뒤로 돌아선다.

그러나 이번에도 화미영의 이목을 따돌릴 수 없었다.

화미영이 몸을 돌리기도 전에 북마혈사편이 먼저 그녀의 배후를 막아선다.

소린은 다시 선회했다. 빙글빙글 돌며 북마혈사편이 막지 못하는 빈틈을 노린다.

격돌 없는 공방은 한동안 계속되었다.

소린은 화미영의 방어를 뚫지 못했고, 화미영은 완전히 떨쳐내지 못했다.

시간이 지날수록 화미영의 얼굴에 당황한 기색이 역력히 드러났다. 본래 호쾌하고 시원시원한 것이 북마금제도가 추구하는 바이다. 이런 수비적인 대결은 북마금제도와는 어울리지 않았다.

실망스러운 대결에 사부가 화를 내지 않을까 걱정된 탓이다.

'저 생쥐 같은 계집애가 이렇게 빠를 줄이야.'

한 번의 격돌로 소린의 실력을 완전히 파악했다고 생각했다.

그런데 막상 다시 겨루게 되자 수세에 몰려 방어하기에 급급

했다. 소린의 회전이 어찌나 빨랐던지 화미영을 중심으로 먼지 회오리가 몰아쳐 앞이 제대로 보이지 않았다.

소린은 먼지 사이로 불쑥불쑥 튀어나와 화미영을 기겁하게 만들었다. 접근을 허용하기 직전에 북마혈사편으로 겨우 차단하는 것만으로도 모든 신경을 집중해야 했다.

그러다 보니 거리를 벌리려는 시도는 할 수도 없었다.

'이러다 지는 거 아냐?'

화미영은 점점 더 초조해졌다.

하지만 화미영을 몰아세우고 있는 소린도 그리 여유롭진 못했다.

시작과 동시에 기선을 제압한 탓에 일방적으로 공세를 이어갈 수는 있었다. 하지만 정작 북마혈사편을 제치지 못하고 있으니 아무런 소용이 없다.

화미영은 가만히 서서 북마혈사편으로 방어만 하고 있지만, 소린은 쉬지 않고 움직이고 있었다. 아무리 소린의 체력이 좋아도 이런 방식으로는 한계가 있을 수밖에 없다.

이대로 장기전이 되면 결국 먼저 지치는 것은 소린일 수밖에 없다.

움직임이 조금이라도 느려지면 화미영은 반격을 시도할 것이다. 반격을 허용하게 되면 거리가 벌어지게 된다. 일단 거리가 벌어지면 이전 대결과 같이 멀리서 북마혈사편을 피해 다니다 패배할 것이 뻔하다.

문제는 그것을 뻔히 알고 있음에도 마땅한 돌파구가 보이질 않는다는 점이다.

'더 빨라야 돼.'

소린은 더욱 사력을 다했다. 지금 할 수 있는 것은 오직 최선을 다하는 것뿐.

하지만 화미영은 버릇없고 안하무인에 성질머리도 나빴지만, 무공만큼은 제대로였다. 기본기가 탄탄하고 자세에 조금의 흐트러짐도 없었다.

오히려 공세를 펼치고 있는 소린이 몸의 균형을 잃곤 했다.

무공을 두서없이 이것저것 배우다 보니 기본기가 부족한 탓이다. 대등한 상황이었다면 고스란히 패배로 이어졌을 것이다.

결국 시간이 지날수록 초조해지는 것은 화미영보다 소린이 더했다.

아직은 화미영이 그 사실을 인지하지 못하고 있었다. 자신이 유리함을 알게 되면 더욱 철벽처럼 막아설 것이 분명하다. 그전에 승부를 내야만 했다. 소린의 움직임이 한층 더 빨라졌다.


아무리 무공을 익혔다 한들 아이들의 비무는 보통 부딪치고 깨지는 식이다. 사실상 비무라기보다 싸움에 가깝다.

그래서 문파 간에 비무를 할 때 어린아이들은 배제하곤 한다.

진중한 비무장의 분위기를 잡스럽게 만들 수 있기 때문이다.

그런데 소린과 화미영은 보통의 아이들과는 수준이 달랐다.

일단 비무가 시작된 이후 단 한 차례의 부딪침이 없다.

빈틈을 노리고, 그 진로를 미리 가로막으면 한 발 앞서 방향을 바꾸어 다른 곳을 노릴 뿐이다.

이런 보이지 않는 싸움은 아무나 할 수 있는 것이 아니다.

최소한 세네 수 앞을 내다볼 수 있는 안목과 그를 뒷받침할 수 있는 무공이 있어야 한다.

무림에서는 그런 실력을 갖춘 자를 절정고수라 부른다.

채 열 살도 되지 않은 아이들이 무림에서도 흔치 않은 절정고수들과 같은 대결을 펼치고 있는 것이다.

"꼬마 사저의 실력이 벌써 저 정도라니. 굉장해요!"

"그, 그래,"

흑도비의 감탄에 강은설은 자신도 모르게 고개를 끄덕였다.

그녀는 반쯤 넋이 나가 있었다.

무공에 대해 깊게 알진 못했지만, 눈앞에 벌어지고 있는 비무가 결코 평범한 것이 아니라는 것 정도는 알 수 있었다.

그것은 적무양의 반응만 보아도 알 수 있다.

세상 모든 일의 중심에 자신이 없으면 관심을 주지 않는 적무양이 흥미로운 표정으로 비무를 구경하고 있었다.

"호오. 무슨 쓸데없는 짓을 벌이나 했더니, 이건 나름대로 재미가 있군. 어린 것들이 제법 맹랑하구나."

적무양의 감탄을 이끌어낼 정도로 두 아이의 대결은 대단했다.

강은설은 소린의 재능이 대단하다는 것은 진작 알고 있었지만, 이 정도일 줄은 몰랐다. 지금 상태로도 무림에 나가면 능히 위명을 날릴 수 있을 것 같다. 무엇보다 소린은 아직 어렸다.

무공을 익힌 지 얼마 되지도 않은 지금 이 정도인데 오 년 뒤, 십 년 뒤에는 얼마나 성장할지 상상조차 되지 않는다.

'소린이의 길은 무인이구나.'

이제는 인정할 수밖에 없었다. 소린은 그녀와 달랐다.

그녀에게 무림은 불길하고 폭력적인 인종에 불과했지만, 소린에게 무림은 발을 담글 바다였다.

인정하고 나자 내내 엄습해 오던 불안함이 씻은 듯 사라졌다.

어차피 소린이 택할 길이라면 부정하기보다는 힘을 실어주고 싶었다.

'소린아. 힘내!'

강은설은 마음으로나마 응원했다.


놀라고 있는 것은 북마금제도 측도 마찬가지였다.

"언니. 미영이 실력이 언제 저렇게 늘었지?"

괴력녀의 물음에 섭부용은 대답 없이 고개를 저었다.

그들은 화미영이 갓난아기일 때부터 키우고 가르쳐 왔었다. 화미영의 실력을 훤히 알고 있을 수밖에 없다.

그럼에도 지금 화미영은 예상 밖의 실력을 보여주고 있었다.

비록 수세에 몰려 있긴 했지만, 전체적인 흐름이 밀리고 있는 것은 아니다. 그 점이 섭부용 등을 의아하게 만들었다.

그들이 알고 있는 화미영이라면 선기를 빼앗기는 순간 상황을 대응하지 못하고 손발이 어지러워졌을 것이다. 성미가 급하고 인내심이 없는 탓이다.

그래서 선공을 취하지 못할 경우 생각만 앞서 어찌할 바를 모르고 허둥대기 일쑤였다. 그런 단점은 대등한 적수를 상대할 때 치명적인 약점이 될 수 있었다.

그런 단점을 알고도 비무에 낙관적이었던 것은 소린과 화미영의 실력 차이가 크다고 생각했기 때문이다.

설마 소린이 이 정도로 강할 것이라고는 상상도 못했었다.

아니, 아까까지만 해도 소린에게 이런 실력은 없었다.

섭부용은 소린보다 훨씬 윗줄의 고수였기에 확실히 알 수 있었다. 그런데 짧은 사이에 소린의 실력이 급증했다.

그래서 지금의 비무는 화미영의 단점이 여지없이 드러났을 상황이었다. 선공을 빼앗겼고, 한 번 몰린 수세에서 벗어나질 못하고 있으니 말이다.

그런데 놀랍게도 화미영 역시 이전과 다른 실력으로 싸우고 있다. 몇 년간 누누이 지적했던 단점을 극복하고 이렇게 밀리지 않는 싸움을 유지하고 있는 것이다.

도무지 이해할 수 없는 변화였다.

섭부용은 혼란스러움에 습관처럼 노파를 보았다.

항상 모르는 것이 있을 때마다 노파에게 묻곤 했었다. 오랜 세월을 살아온 노파였기에 모르는 것이 거의 없었다.

그러나 노파 역시 이번에는 알 수 없다는 얼굴이다.

그때 옆에서 유검호의 목소리가 들려왔다.

"좋은 호적수는 싸우는 도중에도 서로를 성장하게 만들지."

지척에서 들려온 목소리에 섭부용은 깜짝 놀라 물러섰다.

유검호가 다가오는 것을 전혀 알아차리지 못했지만, 그 사실보다 그가 한 말이 더욱 신경 쓰였다.

"호적수?"

무슨 말인지는 알 것 같았다.

이야기 속에 흔히 나온다. 일생일대의 경쟁자를 만나 오랜 세월 겨루고, 서로와의 대결을 즐기다 보니 어느새 둘 다 천하제일이 된다는 그런 뻔한 이야기 속에 중심이 되는 단어.

섭부용은 그런 이야기를 전혀 공감하지 못했다.

그녀는 북마금제도에서 나고 자라면서 단 한 번도 경쟁이라는 것을 해본 적이 없었다. 그래서 그런 이야기책을 보면 이해할 수가 없었다. 무슨 일을 하든 자신과 경쟁하는 자가 있다면 화가 났으면 났지, 즐겁다거나 도움이 될 것 같지 않았기 때문이다.

그런데 유검호는 지금 화미영과 소린이 그런 사이라고 말하고 있다. 두 아이의 실력이 갑자기 급증한 것이 서로가 적수이기 때문이라고.

이해는 되지 않았지만 지금 벌어지고 있는 결투로 봐서는 유검호의 말이 맞는 것 같았다.

섭부용의 얼굴이 복잡해졌다.

자신이 모르는 경험을 제자인 화미영이 겪고 있다. 제자가 대견하면서도 한편으로는 부러운 감정이 든다.

가슴은 뜨겁고 머리는 차가워라.

무림에 흔히 떠도는 격언이다. 섭부용은 이 말을 싫어했다.

그녀는 항상 냉철함을 유지할 수 있지만, 피가 끓어오른 적이 없었다. 그런데 화미영은 지금 그 말의 의미를 온몸으로 보여주고 있다.

스승과 제자의 관계를 떠나 한 사람의 무인으로서 자신이 가지지 못한 것을 제자가 지녔다는 것이 부러웠다.

그녀를 보던 유검호가 위로하듯 말을 건넨다.

"적수가 있다는 것이 꼭 그렇게 좋은 일만은 아닐 수도 있소. 하는 일마다 경쟁하고 뒤지지 않도록 노력해야 하니 얼마나 피곤한 인생이겠소."

유검호는 말을 하며 적무양을 흘긋 보았다.

인정하든 부정하든, 그의 인생 최고의 호적수는 적무양이다.

단순히 무공의 강약만을 말하는 것이 아니다. 적무양은 가치관과 성격, 인생의 방향까지 모든 면에서 앞을 가로막는 호적수였다.

그런 호적수를 둔 입장에서 솔직한 심정을 말하자면, 훌륭한 적수를 만나 뛰어난 성장을 하고 올바른 인생을 위해 최선을 다할 수 있음에 감사… 하기보단 십육 년 전으로 돌아가 하릴없이 낯선 배에 타려는 어린 유검호를 두들겨 패서라도 만류하고 싶었다. 그랬으면 지금 이렇게 팍팍한 삶을 살진 않았으리라.

물론 다른 사람이 유검호의 삶이 팍팍하다는 말을 듣는다면 코웃음을 치겠지만. 어쨌든 유검호로서는 꿈꾸던 인생이 적무양으로 인해 순조롭지 못한 것은 분명했다.

그러니 섭부용에게 한 말은 단순한 위로가 아닌 진심이 담긴 말이었다. 받아들이는 섭부용은 의외라는 표정이었지만.

'생각보단 괜찮은 자인가?'

본의 아니게 섭부용에게 점수를 딴 유검호다.

어른들이 아이들을 호적수라 명칭하며 흐뭇해하고 있는 동안. 소린과 화미영은 죽을힘을 다하고 있었다. 둘은 자신들이 능력 이상의 힘을 발휘하고 있음을 알지 못했다. 그저 상대를 쓰러뜨리기 위해 모든 정신을 집중할 뿐이다.

전신의 감각을 모두 상대에게 집중하다 보니 주변의 소리는 하나도 들리지 않았다. 오직 세상에 두 사람만이 존재한다고 느껴졌다.

자신들만의 공간에서 두 사람은 치열한 싸움을 벌였다.

겉으로는 여전히 격돌 없는 접전이다. 두 사람의 머릿속으로는 수도 없이 상대와 부딪치고 격돌했다. 이미 몇 차례나 쓰러뜨리기도 하고 쓰러지기도 했다.

각자의 머릿속에서 벌어지고 있는 싸움임에도 펼쳐지는 광경은 동일했다. 소린이 쓰러뜨리면 화미영이 쓰러졌고, 화미영이 쓰러뜨리면 소린이 쓰러졌다.

그런 와중에도 머리 밖으로는 뚫고 뚫리는 접전을 계속하고 있다.

벌써 한 식경이 다 되어간다. 어른이라도 지쳐서 나가떨어졌을 시간이다. 그럼에도 두 아이들은 여전히 격렬했다.

하지만 영원한 대치라는 것은 없는 법.

시간이 지날수록 서서히 승부의 추가 기울어갔다.

몇 배의 운동량을 감당해야 했던 소린의 움직임이 점차 굼떠지기 시작한 것이다.

내내 수세에 몰려 있던 화미영의 움직임이 조금씩 커져 간다.

소린이 화미영의 주변을 회전하며 그려진 원형에 듬성듬성 구멍이 생겼다.

그러다 소린이 미처 방향을 바꾸지 못하고 앞을 가로막는 북마혈사편과 부딪치고 말았다. 비무 내내 피해왔던 첫 격돌이었다. 기회임을 직감한 화미영이 전신의 기력을 모두 쏟아부었다.

그녀의 기력이 모두 실린 혈편이 소린에게 쏟아졌다. 발길을 멈추기에 늦었음을 직감한 소린은 입를 앙다물며 주먹을 내질렀다.

파파파팟.

무시무시한 혈편이 솜털이 보송보송한 주먹을 후려친다.

앙증맞은 주먹이 피투성이가 되기 직전. 소린이 달리는 기세를 그대로 실어 발을 내리꽂았다.

타앙!

작은 몸에 어울리지 않는 무거운 진각이 땅을 강타한다. 무서운 돌진력과 회전력이 소린의 작은 몸을 타고 흘러 주먹으로 전달된다. 일순 주먹에서 푸르스름한 빛이 맺힌다. 뒤를 이어.

파앙!

커다란 천으로 공기를 털듯 경쾌한 소음이 터져 나왔다.

독살스럽게 날아들던 혈편이 대어 물린 낚싯줄처럼 휘청거리며 튀어 오른다. 한순간 화미영의 전면이 훤히 드러났다.

'이런!'

화미영은 다급히 발을 뒤로 빼며 제어력을 잃은 북마혈사편을 회수하려 했다. 지금까지 보였던 소린의 빠르기라면 늦은 반응이다.

화미영은 일격을 허용할 각오를 했다. 하지만 뒤를 잇는 공격은 없었다.

북마혈사편을 튕겨낸 소린이 주먹을 쥔 자세 그대로 굳어서 움직이지 못하는 것이다.

화미영은 신속히 뒤로 물러나며 거리를 벌렸다.

소린이 뒤늦게 경직을 풀고 접근하려 했으나 거리는 이미 벌어진 후다.

'휴우.'

화미영은 북마혈사편을 회수했다. 안정을 되찾자 등줄기에 식은땀이 흥건하다. 이번 일격은 필승의 각오로 전력을 다한 것이었다. 북마혈사편이라는 신병에 그녀의 모든 힘을 다한 일격이었다. 그것을 맨주먹으로 받아냈으니 팔이 뜯기지 않은 것만으로도 대단한 일이었다.

화미영은 소린이 그것을 받아낼 거라 생각조차 못했다.

격돌하는 순간 자신의 승리를 떠올리며, 한편으론 소린이 많이 다치지 않았기를 바랐을 정도다.

그런데 소린은 북마혈사편을 받아냈다. 그냥 견뎌낸 정도가 아니라 화미영의 빈틈까지 만들어냈다.

화미영으로서는 전혀 상상치 못했던 강렬한 권격이다.

내내 피하기만 해서 북마혈사편을 감당할 힘이 없을 줄 알았는데, 한 수를 숨겨두고 있었던 것이다.

하지만 결국 이긴 것은 자신이다.

화미영은 더 이상 소린을 접근하게 두지 않을 생각이다.

단 한 번의 방심으로 상상 이상의 어려움을 겪었다.

한때는 패배까지 생각했을 정도다. 패배의 두려움을 다시 겪고 싶진 않았다. 아니, 적어도 소린에게는 지고 싶지 않았다.

화미영은 호흡을 가다듬으며 북마혈사편을 잡아당겼다.

팽팽히 당겨진 혈편이 사냥감을 노리고 날아들었다.

소린에게 더 이상의 반격의 기회는 주지 않을 것이다.

상대를 인정하기에 최선을 다한 공격을 날렸다. 이미 북마혈사편을 받아내느라 전력을 쏟은 소린이다. 그 충격의 여파를 감당하지 못하고 있음이 훤히 보일 정도다.

이번 일격을 받아내기는 어려울 것이다.

혈편이 소린에게 날아들며 마지막 일격이 꽂히기 직전.

소린이 몸을 비튼다. 마지막 발악이라도 하려는 걸까?

'소용없어!'

화미영은 속으로 외쳤다. 그 순간 소린과 눈이 마주쳤다.

기이하게도 소린의 표정에는 씁쓸함이 묻어나 있었다.

'어째서?'

화미영의 머릿속에 의문이 떠올랐다.

소린의 표정은 패배에 대한 좌절이나 실망 같은 것이 전혀 없었다. 단지 무언가에 대한 부끄러움이 묻어나 있다. 그에 더하여 확실히 보이는 승리에 대한 안도감.

화미영의 본능에 경고등이 켜졌다. 알 수 없는 불안감이 엄습해 왔다. 화미영이 혼란스러워하자 쾌속하던 북마혈사편이 주춤한다.

그 순간. 소린의 신형이 사라졌다. 움직임을 쫓지 못한 것이 아니다. 말 그대로 사라졌다. 그 자리에서 땅으로 꺼지듯이 사라진 것이다.

'엇?'

화미영은 다급히 고개를 들었다. 움직임을 놓칠 곳은 허공뿐이라는 생각이다. 허나 소린은 허공에도 없었다. 마치 존재 자체가 세상에서 사라진 것 같다.

쉬익.

뒤늦게 날아든 북마혈사편이 목표를 잃고 헛되이 허공을 쳤
다. 화미영이 기이한 현상에 당황할 때. 등 뒤에 강렬한 기운이
느껴졌다.

"어머!"

놀라며 고개를 돌리는 순간.

퍼억.

비무의 끝을 알리는 일격이었다. 묵직한 충격과 함께 화미영
은 의식을 잃고 쓰러졌다.

쓰러진 화미영의 위로 소린이 나타났다. 금방이라도 쓰러질
것처럼 휘청거리는 것이 한계까지 다다른 모습이다.

하지만 마지막까지 서 있는 것은 소린 혼자.

마침내 치열했던 비무가 끝이 났다.

제대로 된 격투 한 번 벌어지지 않았으나 육체가 부딪치는 혈
전보다 더욱 치열했던 비무 한 판이었다.

비무의 결말을 본 중인들은 잠시간 입을 열지 못했다.

처음으로 감상을 내뱉은 것은 섭부용이었다.

"어떻게?"

섭부용은 도저히 이해할 수 없다는 표정이다.

그럴 만도 했다. 마지막 순간에 소린의 움직임을 놓친 것은
화미영만이 아니었다.

관전하던 섭부용 역시 소린의 행적을 쫓지 못했다.

그것은 화미영이 소린을 놓친 것과는 비교할 수 없는 일이다.
섭부용의 무공은 소린보다 월등히 높다. 또한 제삼자의 입장에

서 비무 전체를 관전하고 있었다. 소린이 그 어떤 수단을 사용하든 섭부용의 시선을 떼어놓을 수는 없었다.

그럼에도 소린은 사라졌다. 외부의 개입 없이 순전히 혼자만의 힘으로. 상식적으로 불가능한 현상이다.

섭부용뿐만이 아니다.

거구녀와 노파 역시 믿을 수 없다는 표정을 짓고 있다.

두 사람의 심정을 대표하여 섭부용이 다시 물었다.

"무슨 사술이냐?"

섭부용의 날카로운 눈빛이 소린에게 꽂힌다.

이미 한계에 임박했던 소린이 그 압박을 견디지 못하고 털썩 주저앉았다. 당장 달려가서 부축해 주고 싶을 정도로 가련하고 안쓰러운 모습이다.

평소라면 섭부용 역시 아이의 안위를 걱정해 주고 승리에 대한 축하를 해주었을 것이다. 비록 패한 비무였지만 비무 내용은 훌륭했다. 무인에 대한 명예를 무엇보다 중시하는 섭부용이었기에 깔끔히 패배를 인정하고 박수를 쳐줄 수 있었다.

정당한 승부기만 하다면 말이다.

하지만 지금 벌어진 상황은 아무리 봐도 정당함과는 거리가 멀다. 섭부용은 그 점을 확실히 하려 했다. 아이를 몰아붙이는 것은 성격에 맞지 않지만, 제자가 억울한 패배를 당하게 할 수는 없었다. 그래서 더욱 모질게 소린을 압박했다.

소린의 안색이 순식간에 창백하게 질린다. 섭부용의 기경이 물리적인 압력으로 바뀌기 직전. 얼굴 하나가 섭부용의 앞을 슬쩍 가로막는다.

"애 잡겠군."

유검호였다.

그가 끼어들자 섭부용의 기세가 스르르 허물어진다. 자신의 기운을 마음대로 허물어뜨린 것이 마음에 들지 않는 듯 섭부용은 미간을 좁히며 말했다.

"사술이 아님을 해명하지 않는다면 패배를 인정할 수 없어요."

기세는 사라졌으되 화는 풀리지 않았는지 목소리에 분노가 깃들어 있다.

"사술이 아니오. 그저 특이한 도구를 하나 쓴 것뿐이지."

유검호는 태연하게 말하며 소린에게 다가갔다.

그리곤 손으로 소린의 옆을 훑었다. 아무것도 없던 손 위에 검은 천 하나가 나타났다. 바로 장막의 외투였다. 한때는 세외 제일의 기물이었으나 지금은 전리품이라는 명목으로 팔선문에서 이리저리 굴러다니고 있는 물건이다.

"헛!"

섭부용의 입에서 놀람성이 터져 나왔다.

분명 조금 전에는 보이지 않던 물건이다. 검을 들어 올리자 마술처럼 생겨났다. 상식으로는 도저히 받아들일 수 없는 광경이다. 하지만 두 눈으로 똑똑히 본 사실이기도 하다.

"투명외투요. 뒤집어쓰면 모습을 감출 수 있지."

유검호의 친절한 설명에 섭부용은 머리가 혼란스러웠다.

본래 신물이라 함은 세상에 드러내지 않고 감추는 것이 이치다. 괜히 세상에 알려봤자 보물을 탐하는 무리만 생겨나고, 또

한 신물에 대처하는 방법이 생겨나기 때문이다.

북마금제도의 신물 중 하나인 북마혈사편만 해도 그렇다.

겉으로는 그저 위력 좋은 채찍 정도로만 보였지만, 실상은 더욱 많은 효능을 가지고 있다. 생사가 오가는 위급한 상황이 아니면 사용하지 않을 뿐이다.

장막의 외투는 단순한 설명만 들어도 엄청난 신외기물이었다.

그런 신외기물을 밝히는 데 전혀 스스럼없다는 것이 이해가 되지 않았다.

물론 장막의 외투를 꺼내지 않았다면 그녀는 끝까지 패배를 인정하지 않았을 것이다. 섭부용은 차라리 유검호가 신물의 정체를 아끼느라 끝까지 비밀로 했다면 좋았을 거라는 생각이 들었다. 비록 정상적인 기물로는 보이지 않았지만, 확실히 사술을 사용한 것은 아니다. 단지, 사전에 알리지 않았던 기물을 기습적으로 사용했다는 점이 괘씸하긴 했다. 하지만 그에 관해 트집을 잡자니 일문의 수장으로서 너무 옹졸해 보일 듯했다.

섭부용이 이대로 패배를 인정해야 할지를 고민할 때, 그녀를 대신해 나서는 두 사람이 있었다.

"비겁한! 문파의 명예를 겨루는 비무에서 그런 물건을 사용했단 말인가?"

"정당치 못한 승부다."

노파와 거구녀가 납득할 수 없다는 듯 소리친다. 그들의 항의에 유검호가 알 수 없다는 표정으로 되물었다.

"비겁? 정당치 못해? 어디가?"

거구녀가 당연하다는 듯 쏘아붙인다.

"그렇다. 그런 기물을 사용한다는 말은 없었다. 만약 알았다면 미영이가 당하지 않았을 것이다."

그 말에 유검호는 절로 웃음이 나왔다.

"싸우는데 상대한테 자기 무기를 미리 보여주는 멍청이가 어 딨나? 당연히 감추는 게 정상이지. 비무 전에 섭 도주가 말했을 텐데? 신병을 사용하는 것도 능력이라고. 우리 꼬맹이는 그 말대로 한 것뿐이오."

거구녀는 할 말을 잃었다.

그녀도 분명히 들었다. 유검호가 북마혈사편에 관해 물었을 때 섭부용이 했던 말을. 장막의 외투가 북마혈사편과 같이 무기는 아니었지만 같은 신병임은 분명하다.

거기에 유검호가 쐐기를 박듯 섭부용을 보며 말했다.

"그리고 설령 사술을 썼다 한들 그건 패배한 것이 아닌가? 패배는 곧 죽음이라 소리치던데, 그 말은 모든 대결을 실전처럼 하라는 말 아니오? 생사를 겨루는 전장에서 공명정대한 무공만 쓰고 떳떳한 방법만 써야 한다는 거요? 그러다 죽으면 정당한 방법만 쓰다 죽은 것이니 패배하지 않은 게 되는 건가? 정당한지 아닌지는 누가 정하지? 싸울 때마다 심사관이라도 데리고 다녀야 하나? 애초에 목숨 건 싸움에서 상대의 수법이 사술이니 뭐니 따지는 것 자체가 어리석은 일 아니오?"

유검호의 신랄한 비판에 거구녀와 노파는 물론이고 섭부용 역시 할 말을 잃었다. 유검호의 말이 전적으로 옳다고 생각했기 때문은 아니다. 유검호가 한 말들은 그녀들이 가진 무인의 도리에 상당히 어긋난다. 하지만 그에 대한 반박을 할 수가 없었다. 목숨을 건 싸움에 관해 심도 깊은 생각을 해본 적이 없기 때문이다.

비무를 실전처럼, 모든 대결에 목숨을 걸고, 명예를 무엇보다 중요하게.

이런 지식들은 그저 듣고 외워서 알고 있는 것들이다.

경험해 보지 못했으니 그에 관해 고민해 본 적도 없었고, 그렇기에 자신들의 소신을 말로 정리해서 밝힐 수가 없었다.

반면에 유검호는 수많은 전장을 전전하고 셀 수도 없는 목숨이 떨어지는 것을 지켜보았다. 수없이 고민하고 번뇌하다 보니 자연스레 자신만의 가치관이 정립될 수밖에 없었다.

경험의 차이가 생각에 격차를 만들었고, 그 격차가 지금은 옳고 그름을 정한 것이다.

그녀들은 더 이상 비무의 정당성을 문제 삼지 못했다.

유검호는 만족스럽다는 듯 웃으며 화제를 바꿨다.

"자, 그럼 비무도 끝났고. 서로 주고받을 것을 정리했으면 좋겠소만."

유검호의 말에 섭부용의 얼굴에 낭패한 기색이 떠오른다.

당연히 이길 줄 알고 응했던 비무였다. 패할 가능성을 조금이라도 떠올렸다면 당연히 거절했을 터다. 하지만 승부의 신은 그녀를 저버렸다.

이젠 패자의 입장에서 승자의 요구를 들어주어야 했다.

모처럼 마음에 든 별장을 날로 빼앗기게 된 것도 아까웠고, 팔선문에 처음부터 끝까지 패배했다는 것도 분했다.

지금까지 자라오면서 뭔가를 빼앗겨 본 적도, 패한 적도 없었기에 그 쓰디씀은 더욱 컸다.

섭부용은 쉽사리 인정하지 못하고 우물쭈물했다.

유검호는 이해한다는 듯 느긋한 표정으로 기다려 주었다. 도박으로 치면 이미 끝난 판이다. 패자가 납득할 때까지 기다려 주는 정도의 아량은 승자의 기본 소양이다.

그때 판을 완전히 뒤엎는 말이 들려왔다.

"저… 제가 이긴 게 아니에요."

기어들어 가는 목소리로 말한 것은 바로 소린이었다. 유검호는 환하게 웃으며 그 말을 받았다.

"그래. 그래. 니가 이겼어."

소린이 힘겨운 얼굴로 고개를 저으며 정정해 준다.

"제가 이긴 것도, 저 아이가 진 것도 아니에요."

유검호는 여전히 밝게 웃는다.

"그래. 니가 이기고 저 건방진 꼬마가 졌다니까."

힘겨운 현실 도피다. 하지만 소린은 단호한 얼굴로 다시 소리쳤다.

"제가 이긴 게 아니… 웁…….."

어느새 몸을 날린 유검호의 손이 소린의 입을 틀어막았다.

"하하하. 애가 너무 힘들어서 정신이 나갔나 보네. 하하하."

어색하게 웃는 유검호를 따라 흑도비도 웃는다.

"하하하. 대장. 꼬마 사저가 이긴 게 아니라네요. 하하… 켁."

흑도비의 입에 유검호가 찬 돌멩이가 처박힌다.

곤궁에 처했던 섭부용도 웃는다.

"호호호. 그 아이가 뭐라 말하는군요."

"하하하하. 기분 탓일 거요."

"호호호. 그럼 다시 한 번 들어보죠."

"하하하. 그럴 필요 뭐 있겠소? 비무도 격렬했는데 그냥 쉽게 놓아두는 게 좋을 것 같소만."

"승부의 결과는 확실히!"

웃음이 진동한다. 소리만 들으면 화기애애하기 짝이 없다.

하지만 보이는 광경은 살기등등하다.

쉬익. 쐐액.

소린을 빼앗으려는 섭부용의 혈편이 내는 소리다.

독사처럼 날아드는 혈편은 눈으로는 쫓을 수도 없을 정도로 쾌속하다. 붉은빛이 수없이 날아드는 것이 마치 소나기가 쏟아지는 듯하다.

유검호는 그런 폭우 속을 유유히 피해 다닌다. 품에 소린을 안고도 그의 행보는 전혀 어려움이 없다. 폭우처럼 빽빽이 쏟아지는 공격을 흑암으로 가랑비 털어내듯 가볍게 툭툭 쳐내며 이리저리 피해 다닌다.

"그 아이와 자세한 대화를 나누고 싶군요."

"하하하. 할 이야기 있으면 내게 하는 게 좋을 것 같소."

살벌한 공방 속에 두 사람은 웃으며 담화를 나누었다.

그대로 놓아두면 날이 저물 때까지 반복되었을 것이다.

그나마 정상인의 범주에 든다고 할 수 있는 강은설이 보다 못해 소리쳤다.

"어린애 사이에 두고 뭐하는 짓이에요?"

그 말에 유검호가 훌쩍 뛰어 물러섰다. 섭부용 역시 북마혈사 편을 거두었다. 하지만 그녀의 시선은 여전히 소린에게 닿아 있다. 유검호가 소린을 등 뒤로 슬쩍 돌리며 섭부용의 시선을 차단한다.

실력은 무림 최고수들이었으나 행태는 이혼하고 딸을 차지하려는 부부 같은 모양새다.

강은설은 기가 막혀 말했다.

"대체 소린이를 어쩌려는 거예요?"

그녀의 말에 섭부용은 얼굴을 살짝 붉혔다. 소린의 소속이 팔선문이었으니 그녀의 행동은 따지고 보면 남의 문파 아이를 납치하려는 것이다. 뒤늦게 그 점을 깨닫자 얼굴을 들 수가 없다. 하지만 이제 와서 그냥 물러날 수도 없다.

"그냥 조금 전에 했던 말을 다시 한 번 듣고 싶었던 것뿐이야."

기어들어 가는 목소리다.

그 말에 강은설이 한숨을 쉬며 말했다.

"소린이는 자신이 이기지 못했다고 했어요."

섭부용이 듣고 싶었던 말이다.

모두가 들었지만, 상대측에서 인정해야만 했던 말이기도 하다. 그것을 강은설이 해준 것이다. 섭부용의 표정이 환해진다. 유검호의 얼굴은 잔뜩 일그러진다.

강은설의 말이 이어진다.

"그게 어쨌다고요? 소린이가 인정하든 하지 않든 결국 쓰러진 건 미영이라는 아이잖아요."

환해졌던 섭부용의 얼굴이 금세 어두워졌다. 반면에 유검호의 표정은 활짝 펴진다.

강은설이 다시 말한다.

"하지만 비무 당사자인 소린이의 의견도 무시할 수는 없으니 우선 소린이의 생각부터 들어보는 것이 순서라고요. 그런데 어른들이 아이 하나 차지하려고 그런 무지막지한 초식들을 쓰다니. 창피하지도 않아요?"

강은설의 꾸짖음에 두 사람은 무안한 표정으로 변명한다.

"나, 난 아냐. 난 그냥 꼬맹이 지키려고 한 것뿐야. 저 여자가 공격한 거라고."

"절대 살수는 안 썼다."

강은설은 한숨을 쉬며 소린에게 시선을 돌렸다.

"소린아. 아까 하려던 말 계속해."

소린은 살벌한 싸움에 휩쓸렸음에도 전혀 겁먹은 기색 없이 대답했다.

"저는 정당한 실력으로 이기지 못했어요."

"네가 저 아이를 쓰러뜨렸잖니."

"그냥 싸움이었다면 모르지만 실력을 겨루는 비무잖아요. 만약 유 아저씨가 알려준 방법을 쓰지 않았으면 쓰러져 있는 건 저였을 거예요."

사실 결정적인 순간에 장막의 외투를 사용한 것은 유검호의 조언 때문이었다. 현재 소린의 움직임으로는 결코 북마혈사편이라는 기병을 뚫을 수가 없었다. 경험이 부족한 소린으로서는 달리 대비책도 없이 그저 최선을 다해 싸우겠다는 의지만 있었을 뿐이다. 그래서 유검호는 두 가지 방법을 제시했다. 기병에는 기병으로. 총과 장막의 외투가 바로 유검호가 제시한 대비책이다.

소린은 그중 장막의 외투를 선택했다. 무공을 겨루는 비무에서 총을 사용하는 것은 비겁하다 생각한 탓이다. 그나마 장막의 외투는 실력이 없으면 제대로 활용할 수 없었으니 괜찮으리라 생각했다.

하지만 화미영과 실력을 겨루다 보니 장막의 외투를 사용한 것이 비겁하게 느껴졌다. 만약 장막의 외투가 없었다면 지금 땅에 쓰러져 있는 것은 소린이었을 것이다.

결국 소린은 스스로에게 당당하지 못했다는 생각에 자신의 승리를 부인하게 된 것이다.

그런 소린의 심정을 알고 강은설은 부드럽게 웃으며 재차 물었다.

"그래서 어떻게 했으면 좋겠니?"

소린은 부인했지만 화미영이 쓰러진 것은 분명한 사실이다.

당사자의 의중이 가장 중요하지만 이미 벌어진 결과 역시 무시할 수는 없었다.

소린은 잠시 망설였다. 떳떳하지 못함에 승리를 부인하긴 했지만, 그다음 일은 생각이 나지 않았다. 아니, 뒷일은 생각할 필요도 없었다. 그저 한 가지 열망만이 머릿속을 가득 메울 뿐이다.

소린은 솔직한 자신의 심정을 밝혔다.

"한 번 더… 아니, 더 많이 겨뤄보고 싶어요."

소린의 시선이 화미영에게 꽂혔다. 어린 나이에 어울리지 않는 강렬한 결의가 담긴 눈빛이다. 강은설은 고개를 끄덕였다. 무인이라는 족속을 전혀 이해할 수 없는 그녀였지만, 소린의 마음만큼은 알 수 있었다. 강은설은 고개를 돌렸다. 섭부용이 기대 어린 표정으로 바라보고 있었다. 이번엔 유검호를 보았다. 의외로 유검호의 표정은 담담하다. 조금 전까지 승리에 집착하는 듯한 행동을 보이던 사람으로는 보이지 않았다.

'혹시 일부러?'

절로 그런 생각이 들었다. 강은설이 알고 있는 유검호는 무언가에 집착하는 사람이 아니다. 청수장이 중요한 것은 사실이지만, 이처럼 당사자인 소린의 의견을 무시하고 승리를 피력할 만한 인물이 아니었다. 오히려 평소의 유검호라면 한낱 장원 때문에 소린에게 비무 같은 것을 시킬 생각도 하지 않았을 것이다. 차라리 장원을 포기하는 것이 유검호답다. 그럼에도 장원을 걸고 비무를 걸더니 소린이 떳떳치 못했다는 의견을 묵살하려 한다. 아무리 보아도 유검호답지 않다.

강은설의 의심 어린 눈초리에 유검호는 딴전을 피웠다.

나중에 따져봐야겠다는 생각을 하며 섭부용을 보았다.

"소린이 생각이 그렇다네요. 결국 비무는 무승부로 하는 것이 가장 좋겠어요. 섭 도주님은 어떻게 생각하시나요?"

섭부용의 얼굴에 묘한 표정이 떠오른다.

패배가 확실시된 비무를 무승부로 해준다니 기껍다. 그렇지만 자존심이 상하는 것은 어쩔 수 없다. 하지만 지금은 개인의 자존심보다는 문파의 명예가 더 중요했다. 섭부용은 어쩔 수 없이 고개를 끄덕였다.

"북마금제도는 팔선문과의 친선 비무에서 승부를 내지 못한 것을 인정해요."

그녀의 선언에 비무는 확실히 끝을 맺었다. 남은 것은 뒤처리뿐. 기다렸다는 듯 유검호가 말을 꺼낸다.

"그럼 비무 승부에 걸기로 했던 것은 어떻게 하는 게 좋을까?"

유검호는 당연하다는 듯 강은설에게 묻는다. 대화가 진행되다 보니 어느새 강은설이 심판관 역할이 되었다.

강은설 역시 팔선문도였으니 북마금제도의 입장에서는 불공평한 역할이다. 그럼에도 섭부용은 아무런 이의를 제기하지 않았다. 오래 겪어 보지 않았지만 강은설이 믿을 만하다는 생각이 들었기 때문이다.

두 사람의 시선이 강은설에게 모아졌다. 강은설은 고민에 빠졌다. 그들이 바라는 것은 두 가지다. 명예와 장원. 섭부용은 명예를 원했고, 유검호는 장원을 원한다.

비무가 무승부가 됨으로써 섭부용은 원하는 것을 절반 정도 이루었다. 적어도 무림에서 가장 뜨거운 문파인 팔선문과 동급의 실력을 가졌다는 것을 증명했으니까. 유검호는 아직 원하는 것을 얻지 못했다. 장원을 절반만 잘라서 가질 수는 없으니까.

거기서 문제가 생긴다. 무승부였으니 장원을 달라고 할 수도 없고, 그냥 없었던 일로 넘길 수도 없다.

강은설이 고민에 빠졌을 때. 유검호가 혼잣말하듯 중얼거린다.

"청수장은 큰 장원이지. 너무 커서 옛날에는 빈 건물을 다른 문파에 세 주기도 했다더군. 팔선문의 터전으로 삼기엔 더할 수 없이 안성맞춤이지."

나직한 목소리였으나 강은설의 귀에는 또렷하게 들려왔다.

그 말을 듣자 강은설은 머릿속을 가득 메우던 고민이 사라졌다.

"아! 같이 지내면 되는군요."

섭부용이 뜻밖의 말이라는 듯 되물었다.

"같이?"

"네. 청수장은 큰 장원이잖아요. 북마금제도와 팔선문, 두 문파 모두 규모가 작은 문파니 함께 지내는 데 불편함은 없을 거예요. 게다가 북마금제도는 항상 중원에 나와 있는 것이 아니잖아요. 가끔 중원에 나왔을 때 별장으로 사용하려 했던 곳이니 비어 있는 동안 집을 관리하는 사람이 있으면 좋지 않겠어요? 그렇게 하면 비무의 결과에도 부합되고 서로 손해 보는 일은 없잖아요. 물론 북마금제도에서 금전적으로 손해를 볼 테니 장원 구입 비용의 절반은 우리가 내도록 할게요."

한 번 말이 나오자 거침이 없다. 강은설의 말에 이번에는 섭부용의 얼굴에 고민이 떠올랐다.

강은설의 제안이 합리적이라는 생각은 들었다. 하지만 그녀는 무언가는 나눈다는 것이 익숙지 않았다. 차라리 다른 장원을 얻을 수 있는 돈을 달라고 했으면 망설이지 않고 줬을 것이다. 장원을 같이 사용한다는 것이 영 못마땅했다. 거기다 왠지 유검호에게 말려든다는 생각도 들어 내키지 않았다.

그때 그녀를 부르는 목소리가 들려왔다.

"사부님. 저도 그러고 싶어요. 그렇게 할 수 있게 해주세요."

또렷한 발음으로 말한 것은 화미영이었다. 화미영은 어느새 정신을 차렸는지 일어서 있었다.

"괜찮으냐?"

"네. 아무렇지도 않아요. 다만 저 애랑 다시 한 번 겨뤄보고 싶을 뿐이에요."

화미영은 소린에게 시선을 던지며 말했다. 화려한 궁장이 엉망으로 구겨지고 흐트러져 있었지만, 전혀 개의치 않는다. 오직 소린만이 보이는 듯 전의에 불타는 눈빛을 던질 뿐이다.

소린 역시 시선을 피하지 않고 마주 본다. 열 살도 채 안 된 소녀들의 눈싸움에 불꽃이 튀었다. 강한 투지의 부딪침에 공기가 뜨겁게 달궈지는 착각마저 들었다.

전에 없는 화미영의 전의 가득한 모습에 섭부용은 놀라지 않을 수 없었다. 항상 어리게만 생각했던 제자가 한 사람의 무인이 되었다는 생각이 들었다.

'맞수를 찾은 탓인가?'

호적수 운운하던 유검호의 말이 떠오른다.

화미영의 장래를 생각하자 강은설의 제안이 더욱 설득력 있게 들렸다. 그에 더해 유검호가 지나가듯 말을 보탠다.

"같이 지내면 두 아이의 실력 향상에도 많은 도움이 되겠군. 둘이 눈만 마주치면 좀 전과 같은 비무를 벌일 테니. 무림에 대단한 여고수들이 나오겠는걸?"

섭부용은 더 이상 고민하지 않기로 했다.

사부란 제자에게 부모나 마찬가지인 존재. 자식의 교육을 위해서는 어떤 손해도 감수하는 것이 부모다. 화미영을 위해서라도 자신의 불편함 정도는 무시할 수 있었다.

"좋아요. 장원 절반의 소유권을 팔선문에 양도하겠어요."

그것으로 두 문파의 동거가 결정되었다.

소외되었던 두 사람이 감탄하며 말했다.

"게으른 놈이 오랜만에 머리 좀 굴려서 판을 짰구나."

"역시 대장은 엄청난 사기꾼이에요. 집 한 채를 날로 먹다니. 조금만 더 하면 중원 땅을 전부 우리 걸로 할 수 있겠어요."

적무양과 흑도비의 말처럼 실제로 유검호가 의도한 것인지는 알 수 없는 일이지만, 우연한 만남으로 벌어진 작은 소녀들의 비무로 두 문파는 교류를 맺게 되었다. 그로 인해 북마금제도는 중원에서 가장 든든한 지지문파를 얻게 되었고, 팔선문은 유서 깊은 보금자리를 되찾게 되었다.

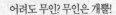

어려도 무인? 무인은 개뿔!

조양표는 더할 나위 없이 공손하게 고개를 숙였다.

"주군. 무림맹을 포섭했습니다."

그의 보고에 장년인은 가볍게 고개를 끄덕이더니 다시 책을 본다. 무성의한 반응에 마음이 상할 법도 하건만, 조양표는 전혀 개의치 않았다. 그의 보고를 받는 인물은 그에게 빛을 준 인물이기 때문이다.

"곧 무림맹에서 최정예 전력을 내보낼 것입니다. 그들의 목표는 북원의 사절단입니다."

외세에 대한 배척심이 유달리 강한 것이 중원인이다. 그중에서도 한때 중원을 지배했던 몽고인들에 대한 증오심은 이루 말할 수 없을 정도다. 그들의 무조건적인 증오심이 전장에서 표출된다면 말할 수 없을 정도로 잔혹한 싸움이 벌어질 것이 뻔하다. 북원의 사절단이 제아무리 군사 호위병들을 딸려 보냈다 할 지라도 무림맹의 정예들을 당해낼 수 있을 리가 없다. 결국 마주치는 순간 싸움이 벌어지고, 싸움이 벌어지면 일방적인 학살극이 펼쳐질 것이 확실하다.

조양표는 그런 세세한 사항까진 보고하지 않았다. 장년인은 어차피 관심도 없을 것이다. 그럼에도 조양표는 공손히 보고를 이어갔다.

"무림맹에서는 이번 기습이 암묵적으로 황실의 지지를 받고 있다고 믿고 있습니다. 근 십 년간 북원의 약탈이 심화되었고, 주군의 영향을 받고 있는 조정 대신들의 분위기 역시 그런 방향으로 흐르고 있기 때문입니다. 무림맹 정보조직인 주작단에서는 황제의 심중이 북원을 처벌하자는 쪽으로 기울었다고 판단하고 있습니다. 무림맹주는 이번 공격을 자신의 입지를 굳히기위한 절호의 기회로 생각하고 있습니다."

"문천기라 했던가?"

무림맹주라는 말에 장년인이 처음으로 관심을 드러낸다.

조양표는 고개를 조아리며 설명했다.

"제법 능력은 있지만, 공명심에 사로잡힌 자입니다. 한두 번 이용하기엔 좋은 인물이지만, 성정이 군자풍이라 한편으로 끌어들이진 못할 사람입니다. 주군이 원하시는 팔선문이라는 문파와의 연결점만 없었다면 이미 쓰고 버렸을 것입니다."

"그렇군."

장년인은 관심을 거두었다. 조양표의 사람 보는 눈은 정확하다. 그가 그저 그런 인물이라 하면 관심을 가질 필요 없다는 말이다.

장년인이 다시 읽고 있던 책으로 시선을 내리자 조양표는 보고를 이어갔다.

"이미 스스로의 입지에 많은 불안을 느끼고 있는 데다, 제게 포섭된 원로들이 부추기고 있습니다. 게다가 하나 남은 제자까지 강력히 주장하고 있으니 문천기로서는 달리 선택의 여지가 없습니다."

장년인의 시선이 다시금 책에서 떨어진다.

"백유량이라는 아이. 꽤 쓸 만하더군. 벌써 쾌속의 술을 깨우쳤어."

조양표는 장년인의 입가에 맺힌 미소를 보자 뿌듯해졌다. 장년인에게 인정을 받은 것이다.

유검호라는 인물에게 가려졌지만, 백유량은 충분히 천재라고 부를 수 있는 인재다. 쾌속의 술이라는 것이 얼마나 어려운 것인지는 알 수 없지만, 백유량이라면 충분히 익힐 수 있을 거라는 생각이 들어 주군에게 추천했었다.

물론 백유량 역시 혈사교주와 마찬가지로 결국엔 버려질 인물이다. 하지만 장년인이 인정해 줄 정도라면 그냥 버리기엔 아깝다는 생각이 들었다.

조양표는 만약 백유량이 자신의 역할을 기대 이상으로 잘해준다면 버릴 시기를 조금쯤은 늦춰줘도 괜찮겠다고 생각했다. 아마 주군 역시 흔쾌히 승낙할 것이다. 인재에 대한 욕심이 남다른 주군이었으니까.

조양표는 감히 주군의 의중을 읽었다는 사실을 숨기기 위해 고개를 숙이며 말을 이었다.

"일단 사절단이 습격을 받으면 북원에서 가만히 있지 않을 것입니다. 북원의 알탄칸은 항상 중원을 노리던 인물. 명분이 생긴다면 즉시 군세를 몰아 중원을 노릴 것이 분명합니다. 그렇게 되면 황궁에서는 전쟁을 일으킨 무림맹에 책임을 물을 것이고, 무림맹은 같은 무림인들에게도 배척되겠지요. 시간이 지날수록 무림맹은 유명무실하게 될 것입니다. 게다가 황실의 속박에 염증을 느끼던 무림인들이, 황실에 배신까지 당했으니 황실과의 연을 모두 끊을 것이 당연지사. 황실에 어떤 변고가 생기든 더 이상 관여치 않을 것입니다. 그때쯤, 황실의 군세는 모두 북원의 침략을 막기 위해 정신이 없을 테고, 황궁을 지키는 것은 고작 이만 명의 금의위뿐. 그때 주군께서 나서서 금위의의 수장들과 황족직계들을 일망타진한다면 황실은 무너지고 새로운 황실이 이 땅을 지배하게 될 것입니다."

"그 중심에는 자네가 있겠군."

조양표는 황송하다는 듯 머리를 조아렸다.

"속하는 그저 주군의 그림자에 머물러 있을 수만 있으면 충분합니다."

"그 정도면 자네의 오랜 한이 풀리는 것인가?"

"그렇습니다. 속하는 그것이면 됩니다."

고개 숙인 조양표의 얼굴에 감회가 떠올랐다.

원한에 사무쳐 잠을 못 이룬 적이 한두 해가 아니다. 그 모든 원한을 참고 참아 마침내 성공을 목전에 두고 있다. 그 어찌 가슴 벅차지 않겠는가?

그런 조양표를 물끄러미 내려다보던 장년인이 고개를 갸웃거렸다.

"난 아직도 이해할 수가 없군. 고작 그 정도라면 진작 이루어줄 수 있었건만, 어째서 그토록 번거롭고 불필요한 계획을 세우고 오랜 세월을 인내한 것인가?"

장년인의 물음에 조양표는 잠시 침묵을 지켰다. 그런 고민은 그 역시 많이 했었다. 처음 만났을 때, 주군은 이미 신인이었다. 그에게 부탁했다면 원한 따위 얼마든지 갚을 수 있었을 것이다. 하지만 그가 원한 것은 그런 것이 아니다.

"속하의 가문을 같은 민족이 아니라 하여 오랑캐라 부르며 학살하고 쫓아낸 중원입니다. 단순히 개인의 원한만을 갚는 것만이 목적이었다면 진작 그자들을 찾아내 찢어 발겼을 것입니다. 하지만 그것만으로는 속하의 묵은 한이 풀리지가 않습니다. 그래서 보여줄 것입니다. 자신들이 배척하고 무시하던 오랑캐에 의해 나라가 흔들리고 민중이 등 돌리며 마침내는 황실의 주인까지 바뀌게 되는 것을. 그것이 속하가 생각하는 인과응보이며 정당한 복수입니다."

"그 과정에 동족들이 피를 흘려도 말인가?"

"그들은 같은 피가 흐른다뿐, 동족이 아닙니다. 동족이라 생각했다면 속하의 가문이 그 지경이 되었을 때, 그처럼 등을 돌리지 않았겠지요."

조양표의 말 한마디 한마디에는 처절한 원한이 서려 있었다.

그의 가문은 전왕조가 남긴 잔재였다. 원나라가 득세했을 당시 조정의 대신을 지낸 조상 덕분에 나라가 바뀐 후 수많은 탄

압과 억압을 받아야만 했다.

오랜 세월이 흐르며 피가 섞여 이제는 한인이라 불러도 무방할 정도였건만, 중원인들이 보는 시선에는 여전히 오랑캐를 보듯 경멸의 눈빛이 다분했다.

조양표는 그런 가문에서 태어난 독자였다. 어렸을 때부터 학문을 길러 가문을 일으킬 신동이라는 소리를 듣고 자랐다. 그가 일곱 살 때는 중원 제일의 대문호라 불리던 황실학사 노식이 소문을 듣고 찾아왔다가 그 총명함에 감탄했을 정도였다.

하지만 모든 이를 감탄케 하는 학식과 지식도 한 번 외세로 낙인찍힌 가문을 되살릴 수는 없었다.

향시 치르기를 수십 차례. 그보다 실력이 떨어지는 자들도 붙건만, 그만은 번번이 탈락의 쓴맛을 보아야만 했다.

세월이 지남에 따라 마음에는 울분과 한이 차올랐고, 조양표는 스무 살이 되던 해. 마침내 그 울분을 터트리고 말았다.

향시에서 능력을 무시하고 민족성만을 따지는 현 황실의 편협함을 노골적으로 비판한 시구를 남긴 것이다. 물론 조양표는 학식이 높은 이만이 알아볼 수 있을 정도로 수준 높은 은유와 비유를 섞어 썼으니 문제가 되리라고는 생각지 않았다.

지방 향시 감독관 수준이라고 해봐야 그가 보기엔 어린아이 수준이었기 때문이다. 평소라면 문제가 없었을 것이다. 하지만 그 한 번의 객기가 그의 운명을 바꿔놓았다.

마침 근처를 지나던 대문호 노식이 향시가 치러진다는 소식을 듣고 참관을 하게 된 것이다.

지방 향시 수준에 맞지 않는 조양표의 시는 금세 노식의 눈에 띄었다. 중원 제일의 대문호 소리를 듣는 노식이 조양표의 시 구절이 뜻하는 바를 알아보지 못할 리 없었다.

노식은 시를 지은 당사자를 데려오라 했고, 그것이 조양표임을 알게 되자 탄식을 했다.

과거 조양표의 총명함을 보고 그를 제자로 삼으려다 한인이 아님을 알고 안타까워하며 발길을 돌렸던 일이 떠오른 것이다.

하지만 안타까운 것은 안타까운 것이고, 황실의 대학사로 불리는 입장에서 이 일을 그냥 넘길 수는 없었다.

노식은 조양표의 시와 그 해석을 황제에게 보고했다.

원나라의 후인이 자신을 비방했다는 소리에 황제는 대노하여 조양표의 가문을 멸하라 명령했다.

학문으로 가문을 일으키리라는 기대를 받았던 조양표가 되레 한 줄기 시구로 가문을 멸망시키게 된 것이다.

불행인지 다행인지 타지에 있었던 조양표는 화를 면할 수 있었다. 하지만 가문은 주춧돌 하나 남김없이 타버렸다.

분노에 사로잡힌 조양표는 자신과 같은 민족들이 산다는 몽고로 향했다. 천신만고 끝에 북원의 지배자인 칸을 만났다. 자신과 가문의 억울함을 토로하고 원한을 갚아 달라 애원했다.

하지만 위대한 북원의 지배자, 대칸은 오히려 한인에게 빌붙어 살기 위해 향시를 치르려 했던 그를 비웃으며 내쳤다.

오갈 데가 없어진 조양표는 허탈함과 좌절감에 휩싸인 채 다시 중원으로 돌아와야만 했다.

그리고 중원에 돌아오자마자, 협객을 자처하는 무림인들에게 발각되었다. 관에서 전 중원에 그의 수배령을 뿌린 탓이다. 조양표는 무림인들에게 목숨을 구걸했다. 그대로 잡혀서 죽기에는 한이 너무도 깊었다.

하지만 무림인들은 그의 사정 따위는 봐주지 않았다. 조양표는 반항조차 하지 못하고 흠씬 두들겨 맞았다. 일반인들과는 차원이 다른 무림인들의 압도적인 힘과 공포. 조양표는 절망했다. 자신의 능력으로는 그들의 손에서 도저히 벗어날 수 없음을 깨달았기 때문이다.

결국 무림인들은 빌고 또 비는 조양표를 인근 관아에 바쳤다. 조양표를 관아에 바친 대가로 그들이 얻은 것은 고작 이백 냥의 현상금이었다.

이백 냥을 손에 쥐고 시시덕거리는 무림인들. 돈 때문에 사람의 목숨 따위는 아랑곳하지 않는 그들이 무림의 협객이라 자처하는 자들이었다.

조양표는 좁디좁은 죄인 수레에 갇혀 수도로 호송되며 하늘을 보고 울부짖었다.

"내게 힘이 생긴다면 이 더러운 세상을 모두 뒤집어 버리겠다."

악에 받쳐 외친 말이었다. 그런데 그의 외침에 답이 왔다.

"힘을 준다면 정말 그럴 수 있는가?"

그 말이 어디에서 들려왔는지는 관심도 없었다. 당시 조양표의 머릿속에는 오직 한 가지 생각만이 가득했다.

"그럴 수 있소! 아니, 반드시 그럴 것이오. 황실과 무림을 모두 뒤집어 버릴 것이오."

다시 목소리가 들려왔다.

"그렇게 된다면 세상은 꽤나 어지러워지겠군."

조양표는 그 목소리가 상당히 들떠 있다는 것을 느꼈다. 기분 탓이라 여기며 소리쳤다.

"상관없소. 나 조양표는 이미 세상에 버림 받은 몸. 세상이 혼란스러워진다 한들 개의치 않을 것이오."

악과 오기만이 남았기에 할 수 있었던 말들이다.

그런 만용이 마음에 들었던 모양이다. 소리는 없었지만, 조양 표는 상대가 웃고 있다는 것을 느꼈다. 그리고 그 웃음이 끝났 을 때. 다시 목소리가 들려왔다.

"좋아. 내가 힘을 주지. 대신 세상을 철저히 어지럽혀라. 나 와 맞설 수 있는 힘을 불러낼 수 있을 때까지. 그렇게 한다면 너 의 소원을 들어주마."

그 말이 들렸을 때, 조양표는 처음으로 의문을 가졌다.

자신이 듣고 있는 목소리가 환각이 아니라면, 상대는 대체 어 디에 있다는 말인가? 또한 자신이 그렇게 소리쳤는데 관원들은 제지 한 번 하지 않고 아무 소리도 듣지 못한 것처럼 앞만 보고 걷기만 한다.

모든 일이 비현실적으로 벌어지고 있다.

그러나 그다음에 벌어진 일은 조양표로 하여금 스스로를 꼬 집게 만들었다.

수레가 향하는 길이 점점 어둠으로 물들기 시작하더니, 관원 들이 하나둘씩 그 어둠에 사로잡혀 사라지고 있는 것이다.

심지어 뒤의 관원들은 눈앞의 동료들이 사라지고 있다는 것 조차 인지하지 못하고 어둠 속으로 걸어 들어간다.

더욱 기괴한 것은 조양표가 실린 수레가 어둠 속을 통과한 이후다. 앞서 가던 관원들이 흔적도 없이 사라졌다. 게다가 험한 산길은 어느새 고급스러운 방으로 뒤바뀌었다.

경악한 조양표의 앞에는 잘생긴 장년인 한 명이 뒷짐을 쥐고 서 있었다. 뒷모습뿐이었지만 마치 태산을 보는 듯한 기도에 조양표는 자신도 모르게 무릎을 꿇었다.

조양표는 그때부터 장년인을 신처럼 떠받들었다.

그리고 그의 힘에 도움받아 오랜 세월 원대한 계획을 세울 수 있었다. 비록 몇 가지 안배가 실패하긴 했지만, 개의치 않았다.

어떤 실패가 생기든 결과는 달라지지 않을 것이다.

일이 틀어지기엔 그에게 힘들 빌려주고 있는 주군의 능력이 너무도 거대하다.

솔직한 심경으로는 그런 주군에게 맞설 수 있는 힘이라는 것이 정말 있는지도 믿기지 않았다. 하지만 그런 힘이 있고 없고는 중요한 것이 아니다. 그에게 주군의 명령은 하늘보다도 절대적이다.

그랬기에 팔선문주의 등장을 알렸을 때 보였던 주군의 반응은 정말로 예상외였다. 모든 일에 시큰둥하던 주군이 처음으로 크게 소리 내어 웃었던 것이다.

'정말 팔선문의 문주라는 애송이가 주군이 기다리던 힘을 가진 모양이군.'

덕분에 팔선문주와 관련하여 새로운 계획을 세워야만 했지만, 그에 대한 보람은 있었다. 직접 나서는 일이 거의 없던 주군이 팔선문주를 보기 위해 움직였다는 것만으로도 그런 고생은 충분한 가치가 있었다.

주군은 지금도 오직 팔선문주와 그에 관련된 일에만 흥미를 보이고 있었다.

조양표가 옛 생각에 잠겨 있을 때. 보고를 듣고만 있던 장년인이 처음으로 먼저 질문을 해왔다.

"내가 황실의 주인이 된다면, 자네는 무얼 가지고 싶은가?"

조양표는 망설임 없이 대답했다.

"중원의 모든 정책을 결정하고 싶습니다."

권력을 갖겠다는 말이다. 주인 앞에서 할 수 있는 말이 아니다. 실권을 갖겠다는 말은 자칫 반역을 연상하기 때문이다. 하지만 장년인은 아무 감흥 없이 넘어간다.

"정책을 결정한다라. 중원을 다스리고 싶다는 말인가?"

조양표는 이번에도 망설이지 않았다.

"그렇습니다."

장년인은 이해할 수 없다는 듯 고개를 갸웃거렸다.

"작군. 자네의 소망은."

"대부분 인간들은 그조차도 꿈꾸지 못합니다. 그에 비하면 대단한 야망이지요."

"어리석어."

무림도 아니고 중원 지배다. 셀 수도 없을 정도로 많은 인간들이 가지고자 했던 지상 과제와도 같은 목표 권력! 그것이 장년인에게는 작은 소망 따위로 치부된다.

하지만 조양표는 납득했다. 장년인은 그럴 수 있는 인물이다.

그는 신이 되려고 한다. 신이 되려는 자 앞에서 권력 따위가 무슨 소용인가? 권력을 위해 아웅다웅하는 모든 인간들이 장년인에게는 어리석어 보일 수밖에 없다. 개미들이 제아무리 치열한 전쟁을 벌인다 한들 인간이 보기엔 한낱 벌레일 수밖에 없다.

아마 장년인은 영원히 개미 무리를 이해할 수 없을 것이다.

장년인 역시 그것을 알고 있는지 더 이상 이해하려 들지 않았다.

"내가 해줄 일이 있는가?"

조양표는 미리 생각하고 있던 대답을 꺼냈다.

"무림맹 내부에서 금룡문주 위대치가 반 맹주 세력의 수장이 되어 활동하고 있습니다. 그리고 위대치에게는 금의위 부도독에 있는 위소만이라는 친척이 있지요. 위대치는 위소만을 통해 황실 내외의 감사 임무를 맡고 있는 도찰원(都察院) 우도어사 서문현과 접촉을 시도 중입니다. 서문현은 예전부터 무림인들을 싫어하기로 유명한 자입니다. 위대치로부터 이번 무림맹의 행사를 듣게 되면 필시 막으려고 들 것입니다. 현재로써는 가장 큰 방해물이라 할 수 있습니다."

금룡문주. 금의위 부도독. 도찰원 어사.

결코 가벼이 입에 올릴 수 있는 인물들이 아니다. 지닌 위치만으로 세상을 바꿀 수 있는 힘을 지닌 자들이다. 그럼에도 장년인의 입에서 흘러나온 말은 간단했다.

"제거해 주지."

가벼운 대답이다. 마치 벌레를 잡아주기라도 하겠다는 듯 건성이다. 막강한 권력을 지닌 자들을 두고 할 수 있는 말은 절대 아니다.

하지만 조양표는 그 한마디로 자신이 거론한 자들의 최후를 확신했다. 장년인이 마음먹고자 한다면 그 누구도 죽음을 피할 수 없다. 설령 황제라 할지라도.

'이미 수레는 굴러가기 시작했다.'

반평생을 기다려왔다. 길고도 긴 시간이었다. 정작 일은 순식간에 벌어질 것이다. 기다려 왔던 시간이 무색할 만큼.

<br>

\*　　　\*　　　\*

<br>

팔선문이 남경에 안착하고 한 달이 지났다.

성향 다른 두 문파가 잘 지낼 수 있을까 싶었던 우려는 기우에 그쳤다. 두 문파는 한공간을 공용함에도 별다른 분쟁 없이 지냈다.

가장 의외였던 것은 막내들이었다. 두 문파의 동거 계기를 마련했던 소린과 화미영. 두 소녀는 눈만 뜨면 싸울 것같이 전의를 불태웠었다. 섭부용이 내심 원했던 상황이기도 하다.

하지만 소녀들의 전의는 이틀이 채 가지 못했다.

한창 놀기 좋아할 나이의 소녀들. 처음엔 서로 실력을 키우겠다며 굳게 다짐하여 어른들을 흐뭇하게 만들더니, 어느새 친해져 둘도 없는 동무가 되어버렸다.

어린 나이에 비슷한 또래의 친구를 만나면 급속도로 친해지는 것은 당연지사. 소린과 화미영은 둘 다 친구 없이 외롭게 자라온 아이들이다. 처음으로 스스럼없이 놀 수 있는 친구를 만났으니 급속도로 친해질 수밖에 없었다.

그 정도는 다들 이해했다.

아무리 무인이라지만 아이들이 싸우는 것보다는 우애 좋게 지내는 것이 보기 좋으니까. 오히려 권장할 일이다.

어른들, 특히 섭부용이 머리를 쥐어 싸게 만든 것은 두 아이가 친해진 후의 행동들이다. 경쟁이라는 좋은 동기를 부여하기 위해 같이 살기로 결정했다. 그런데 소녀들은 무공 수련은 하는 둥 마는 둥, 내내 놀러만 다니는 것이다.

특히 화미영의 경우엔 완전히 제 세상을 만났다.

천성이 호기심 왕성하고 놀기 좋아하는 화미영이다. 지난 세월 섬에서만 살아온 데다 스승의 시야에서 벗어나 본 적이 없었다. 그러다 소린이라는 동무를 만나고 넓은 세상을 접했다.

매일 접하는 것이 새로운 것이었으니 당연히 신이 날 수밖에 없다. 화미영은 한시가 멀다 하고 소린을 불러냈다.

서로를 자극하여 발전하기를 바랐던 섭부용으로서는 애가 탈 수밖에 없었다.

처음엔 좋은 말로도 해보고, 엄하게 혼내보기도 했지만 소용없었다. 말을 하면 그때뿐. 돌아서면 쪼르르 소린에게 달려간다.

더 답답한 것은 팔선문 측의 태도다.

팔선문에서는 소린이 무공 수련을 등한시하는데도 전혀 개의치 않는 눈치다.

팔선문의 실세인 줄 알았던 강은설은 아이들이 뛰어노는 것을 마냥 흐뭇하게만 여겼다. 아이들이 멀리 나갈 때는 간식거리까지 챙겨준다.

　소린의 보호자이자 팔선문의 문주라던 유검호는 아예 얼굴조차 보기도 힘들다. 하루 종일 방 안에 틀어박혀 있기 일쑤다. 가끔 뒷간에 간답시고 나올 때를 기다려 말을 걸어본 적도 있다.

　두 아이의 보호자끼리 이 사태에 대해 진지하게 상의해 보고 대책을 세우기 위해서다. 그때마다 유검호는 게으름 가득, 졸음 가득한 얼굴로 말한다.

　"아. 지금 심오한 경지의 무공에 대해 열중하고 있어서 조금 바쁜데… 우리 다음에 이야기하면 안 되겠소?"

　누가 봐도 자다 나온 얼굴로 그렇게 말하는데, 차마 붙잡을 수가 없었다. 무공에 대해 연구 중이라는데 같은 무인으로서 어찌 시간을 빼앗을 수 있겠는가?

　그렇게 말하고 들어간 유검호의 방에서 이내 드르렁거리는 소리가 난다는 것이 의심스러웠지만, 어쩔 수 없었다.

　그나마 팔선문에서 섭부용과 가장 비슷한 생각을 가진 것은 의외로 적무양이었다. 적무양은 소린이 놀러갈 때마다 눈살을 찌푸리며 혀를 차곤 했다. 섭부용은 반가웠다. 동지가 생긴 기분이었다. 적무양에게 품고 있던 적의가 상당히 완화 될 정도였다. 하지만 적무양이 사실 소린이 무공을 등한시하는 것보다 자신의 무공에 관심을 가져주지 않는 것에 분노한다는 사실을 알자 일말이나마 생겼던 호감은 눈 녹듯 사라졌다. 아무리 세상 물정 모르고 눈치 없는 섭부용이라지만, 적어도 노는 것보다 자신의 무공을 배우는 것이 재미있다는 것을 알린답시고 청수장 주변의 땅을 뒤집어엎어 거대한 미로를 만들어 버린 인물과 뜻을 모은다는 것이 얼마나 어리석은지 알고 있을 정도의 상식은 있었다.

덕분에 청수장은 일반인은 쉽사리 접근할 수도 없을 정도로 복잡한 미로의 진에 둘러싸이게 되었다. 외진 곳이라곤 하나 남경 한구석 지형이 하루아침에 변했으니 관원들이 조사하러 나왔다가 천재지변이라 부르짖으며 그냥 돌아가는 소동까지 생겼다.

섭부용으로 하여금 저런 인물과는 가급적 엮이지 않는 것이 좋겠다는 생각을 굳히게 된 계기였다.

그리고 마지막 남은 팔선문도 흑도비. 그는 같이 놀자고 쫓아다니기 바빴다. 아이들끼리 놀러갈 때 자신을 빼놓고 갔다고 서럽게 꺼이꺼이 울어댄다. 흑도비에게 고민을 상담할 정도로 섭부용이 정신이 나가진 않았다.

사정이 그렇다 보니 섭부용은 혼자 고민하며 끙끙 앓아야 했다.

같은 북마금제도 사람들이라도 그녀와 같은 생각을 해주기를 바랐다. 그러나 북마금제도 사람들은 오히려 한술 더 뜬다.

그녀의 동생이자 사매인 거구녀, 섭화란은 화미영의 활달해진 모습이 마음에 들었던 모양이다. 제자에 대한 불만을 토로하며 은근슬쩍 화미영 편을 든다. 게다가 요즘은 흑도비와의 경쟁 때문에 다른 데 신경을 쓰지도 않았다.

계기는 장원을 함께 사용하기로 한 첫날. 흑도비가 제안한 팔씨름 한 판이다. 그 한 판의 팔씨름에서 섭화란은 생애 처음 힘 대결에서 패배를 맛보았다.

힘에서만큼은 절대적으로 자신 있었던 섭화란이다. 힘으로 꺾이자 승부 근성이 불타올랐다. 그날부터 섭화란은 다른 모든 활동을 제쳐두고 오직 근력을 키우는 수련에 열중했다. 어느 정도 힘이 붙으면 곧장 흑도비를 찾아가 힘 대결을 펼치는 거다. 그리고 지금까지 한 번도 흑도비를 이기지 못했다. 당연히 화미영에게 관심을 가져줄 여유 따위 있을 리가 없다.

그녀의 유모였던 금차연. 흔히 철심파파로 불리는 노파는 더욱 화미영을 단속할 수 없다. 별호가 철심파파인 이유는 냉혹하고 흔들리지 않는 철심 때문이다. 헌데 그런 금차연도 화미영에게는 약심이다. 심지어 화미영의 한마디면 끔뻑 죽는 시늉까지 한다. 화미영을 친손녀처럼 여기며 눈에 넣어도 아프지 않을 정도로 애지중지 기른 탓이다.

마지막으로 철심파파의 남편이자 북마금제도의 신비인이라 불리는 방동한. 북마금제도 출신이라는 것만 빼면 알려진 것이 아무것도 없는 인물이었다. 어느 날 갑자기 북마금제도에서 사라졌다가 다시 모습을 드러냈다. 돌아왔을 때는 북마금제도의 것이 아닌 낯선 무공을 익히고 있었는데, 그 실력은 섭부용조차 파악할 수 없을 정도다. 어떤 인생을 살아왔고 어떤 생각을 하는지 도통 속내를 알 수 없는 인물이다.

가끔 정색을 할 때면 자신도 모르게 살기를 흘리곤 하는데, 그럴 때면 마주한 사람들은 오금이 저려 제대로 쳐다볼 수도 없었다. 섭부용 역시 그의 살기를 처음 접했을 때 자신도 모르게 손을 쓸 뻔했다. 나중에 긴장을 풀고 나자 등골에 땀이 흥건했었다. 그래서인지 화미영이 유일하게 어려워하는 인물이기도 했다.

만약 화미영을 호되게 혼내야 할 일이 생긴다면 섭부용은 주저 없이 방동한에게 부탁을 할 것이다. 하지만 지금은 방동한도 도움이 되지 못한다. 거칠 것 없는 그에게도 한 가지 약점이 있었으니. 어렸을 때 소꿉동무였고 지금은 평생의 지기이자 동반자인 철심파파에게 꼼짝도 하지 못한다는 것이다.

방동한의 말로는 어렸을 때 철심파파를 버리고 혼자 섬을 떠났던 것이 미안해서라고 한다. 하지만 옆에서 보기엔 철심파파가 바가지 긁는 것 자체를 겁내는 것 같았다. 그에 관해 물어보면 씁쓸하게 웃으며 중얼거린다.

―나이 먹은 남자의 숙명이랄까?

남자가 나이를 먹으면 무슨 숙명이 생기는지는 알 수 없었지만, 어쨌든 결론은 기묘한 관계도가 형성되었다는 것이다.

화미영이 어려워하는 방동한은 철심파파에게 약하고, 철심파파는 다시 화미영에게 약하다. 그래서 방동한 역시 화미영을 함부로 혼내지 못한다. 철심파파가 애지중지하는 화미영을 자칫 울리기라도 하는 날엔 며칠을 괴로움에 떨어야 할지 모르기 때문이다.

결국 청수장 안에 섭부용을 도울 수 있는 사람은 단 한 명도 없는 것이다.

차라리 북마금제도 안이었다면 화미영을 가둬두고 두들겨 패서라도 정신 상태를 고쳤을 것이다. 하지만 타 문파가 보는 앞에서 그런 무식한 교육 모습을 보일 순 없었다.

섭부용은 그렇게 혼자 고민하며 한 달을 보냈다.

그녀도 자신의 인내심이 그토록 강하다는 것을 처음 알았다. 그 인내심이 바닥난 것은 정확히 한 달이 지났을 때였다.

섭부용은 차분히 앉아 차를 마시고 있었다. 맞은편에는 철심파파가 앉아 있다. 식사 후 차 마시는 시간은 섭부용이 가장 좋아하는 시간이었다. 평소 말을 거의 하지 않는 섭부용도 그때는 담소를 즐기곤 했다. 물론 주된 말상대는 철심파파 아니면 섭화란이다. 그중 섭화란은 때늦은 육체 단련에 불타고 있었다. 덕분에 철심파파는 섭화란의 몫까지 감당해야 했다.

물론 철심파파가 섭부용과 함께하는 시간을 부담스러워 하는 것은 아니다. 섭부용을 젖먹이 때부터 돌봐왔던 철심파파다.

섭부용을 친딸처럼 친근하게 여겨왔었다.

하지만 가끔은 섭부용의 위치를 생각하지 않을 수 없었다.

그녀가 속해 있는 북마금제도를 이끄는 수장. 일문을 이끄는 위치에 있다는 것이 얼마나 어려운 일인지는 굳이 생각해 보지 않아도 알 수 있다. 그럼에도 섭부용은 지금까지 힘들다는 말 한마디 해본 적 없다. 항상 묵묵히 자신의 맡은 바 책임을 다하곤 했었다. 그런 섭부용이 항상 대견하면서도 자랑스러웠다.

한편으로는 섭부용을 대함에 있어 조심스러워질 수밖에 없었다. 자신부터 그녀를 수장으로 대하지 않는다면, 섬 안의 다른 사람들 역시 그녀를 무시할 수도 있기 때문이다.

때문에 보는 이 없이 단둘이 있을 때도 섭부용을 편하게만 대할 수가 없었다.

오늘은 더욱더 섭부용에게 쉽사리 말을 걸기가 어려웠다. 섭부용의 얼굴에 걸려 있는 수심의 그림자 때문이다.

요 며칠간 고민거리라도 있는지 내내 그늘진 얼굴을 하고 있었다. 덕분에 백옥 같던 섭부용의 피부는 푸석푸석했고 눈 밑이 거무스름했다.

그녀처럼 아름다운 용모가 훼손된다면 누구라도 안쓰러워 할 것이다. 철심파파는 특히 섭부용의 아름다운 용모를 누구보다 자랑스러워했었다. 그렇기에 안타까움은 배가 되었다. 마음 같아서는 무슨 일인지 바로 물어보고 싶었다.

하지만 수장으로서 느끼는 섭부용의 근엄함이 근질거리는 입을 막았다. 그렇게 침묵이 감싼 공간에 후루룩 차 마시는 소리만이 들렸다.

그러다 깊은 한숨 소리가 침묵을 깼다.

"하아."

깊은 시름이 섞인 한숨 소리다. 물어봐 주기를 바라는 의미가 섞인 한숨이기도 하다.

철심파파가 기다렸다는 듯 얼른 물었다.

"도주님. 혹시 무슨 고민거리라도 있으십니까? 그런 거라면 노신에게 말해주십시오. 노신이 아둔하지만 살아온 연륜이란 게 있으니 혹시라도 해답을 알고 있을 수도 있지 않겠습니까?"

섭부용은 다시 한 번 한숨을 쉬며 입을 열었다.

"사실은 요즘 미영이 때문에 걱정이야. 애가 수련을 할 생각은 않고 하루 종일 놀러만 다니고 있으니……."

철심파파는 거기까지만 듣고도 섭부용의 고민을 이해할 수 있었다. 사실 철심파파도 말은 하지 않았지만 내심 걱정하고 있던 차였다.

북마금제도라는 단체는 대대로 무인의 기상을 무엇보다 중요시하는 집단이었다. 그런 곳의 후계자가 무공 수련을 등한시한다는 것은 유생이 붓을 놓은 것이나 마찬가지다.

남들이 보기엔 별일도 아닌 것으로 유난이라 생각할 수도 있지만, 사실은 매우 심각한 일이었다.

섭부용 역시 대성하기 전까진 매일매일 힘든 수련을 해왔고, 자신만의 비기를 습득한 지금도 꾸준히 수련을 하고 있다.

스승인 섭부용이 그러할진대, 한창 배우고 익혀도 모자랄 제자가 매일 놀기만 하고 있으니 기가 막힐 노릇이다.

철심파파의 얼굴에 미안함이 떠올랐다. 섭부용이 혼자 이런 고민을 하고 있을 줄은 몰랐다.

'다른 사람은 몰라도 나는 같이 고민해 줬어야 했거늘.'

생각해 보니 화미영이 이토록 방자하게 된 데는 자신의 책임도 적지 않다. 워낙 오냐오냐 하며 키웠더니 버릇없이 제멋대로인 성격이 되었다. 섬 안에서야 모두가 예쁘게만 봐주니 오만방자함도 그냥 넘어갈 수 있었다. 정도가 심하면 섭부용이 사랑의 매라는 명목의 훈계를 내리기도 했다.

그런데 밖에 나오니 완전히 고삐 풀린 망아지가 따로 없다.

가는 족족 사고를 치고 제멋대로 행동한다. 이제는 섭부용의 눈치조차 보지 않고 수련을 빼먹을 정도가 되었다.

화미영을 공주님처럼 키운 주범인 철심파파로서는 책임감을 느낄 수밖에 없었다.

"그게… 노신의 생각으로는……."

철심파파는 조심스럽게 입을 열려 했다.

팔선문에 협조를 구한 후에 섬에서처럼 두들겨 패야 되지 않겠냐는 말을 할 생각이었다.

그때 문이 벌컥 열린다.

"사부님! 파파!"

버럭 소리치며 들어오는 것은 바로 화미영이다.

"어이쿠. 아기씨. 무슨 일입니까?"

화미영을 보자마자 철심파파는 반사적으로 벌떡 일어서며 껴안고 본다. 조금 전에 모진 제안을 하려 했던 것은 이미 머릿속에서 지워진 지 오래다. 딱딱하고 살벌하던 얼굴은 어느새 자상한 할머니 얼굴이다.

섭부용은 한숨을 쉬며 물었다.

"무슨 일이냐?"

자신을 고민하게 만든 주범이니만큼 섭부용의 목소리는 쌀쌀맞다. 약간의 분노마저 깃든 목소리에 화미영이 흠칫한다.

사부의 방문을 마음대로 벌컥 열었다는 것이 뒤늦게 떠올랐다. 불호령이 떨어질까 철심파파의 품을 더욱 파고든다. 철심파파에게 안겨 있으면 사부도 모질게 혼내진 못한다는 것을 알고 있다.

그 상태로 얼른 입을 연다.

"사부님. 파파. 전에 내가 엄청난 천재라고 했었죠? 세상에 다시 나오기 힘든 천재라서 성취가 엄청 빠르다고 했었잖아요."

의외의 말이다. 섭부용은 황당했다. 확실히 예전에 그런 말을 했던 적이 있다. 무공에 재미를 붙이고 자신감을 불어넣기 위한 말이다.

물론 없는 말을 지어낸 것은 아니다. 실제로 화미영의 자질이 뛰어난 것은 사실이다. 세상을 꽤나 돌아다녔다는 방동한도 인정했었다.

굳이 억지로 가져다 붙인다면 천재라는 말을 써도 무리 없을 만큼은 되었다.

철심파파 역시 그런 의미에서 비슷한 말을 해줬을 것이다.

그 말을 아직까지 담아두고 있을지는 몰랐다.

"그게 어째서?"

섭부용의 물음에 화미영은 분한 듯 입술을 잘근잘근 깨물더니 대답했다.

"소린이 있잖아요. 걔는 무공 익힌 지 반년도 안 됐대요. 근데 저랑 막상막하란 말이에요. 천재인 제가 육 년 동안 배워서 이 정돈데, 그럼 걔는 어떻게 된 거예요?

그 말에는 섭부용과 철심파파 둘 다 놀랐다.

"반년?"

섭부용이 확인하듯 되물었다.

"네. 반년!"

철심파파도 말이 안 된다는 듯 고개를 저었다.

"그럴 리가 없습니다. 아무리 봐도 반년 수련한 실력은 절대 아닙니다."

소린의 무공은 변칙적인 면이 많긴 했지만, 결코 짧은 기간에 익힐 수 있는 것이 아니었다. 화미영과의 비무 때도 특별한 초식을 사용하진 않았지만, 움직임만 보더라도 고급스러운 초식을 익혔음이 티가 났다.

특히 북마혈사편과 정면으로 부딪쳤을 때 보였던 경지.

주먹 끝에 은은하게 맺혔던 빛은 분명히 권광이었다.

권력을 유체화시킬 정도의 경력이 뒷받침되어야만 보일 수 있는 경지다. 권광이 보였다는 것은 권풍을 넘어 권강의 경지에 도달했다는 증거다.

흔히 무림에서 권풍을 자유자재로 사용할 줄 아는 권사를 일류고수로 치부한다. 권강을 사용할 수 있다면 그 실력이 절정에 달한 고수다. 그런 고수는 무림에도 많지가 않다.

심신합일. 마음이 가는 곳에 기가 따라갈 정도로 많은 수행을 거쳐야만 도달할 수 있는 높은 경지기 때문이다.

그래서 섭부용은 소린이 화미영처럼 어렸을 때부터 수행을 해왔다고 생각했다. 다른 어떤 병장기를 쓰는 무인보다 수련에 솔직한 것이 바로 권사의 주먹이기 때문이다.

그런데 반년이라니. 반년이면 기본기를 닦기에도 짧은 시간이다. 그런 시간에 권광을 사용할 수 있을 만큼의 실력을 쌓는다?

'불가능해.'

하늘이 내린 천재가 아니라면 있을 수 없는 일이다.

만약 그런 천재가 정말 있다면. 그래서 짧은 시간에 엄청난 실력을 쌓을 수가 있다면, 그를 보는 범인들은 엄청난 박탈감에 시달릴 것이다.

섬에서 자신의 뛰어난 성취를 보며 좌절하던 이들을 많이 봐왔던 섭부용이다. 개중에는 무공을 버리는 이들까지 있었다.

지금 화미영이 그런 범인이 될 처지다.

화미영의 뛰어남을 알고 있는 섭부용으로서는 결코 인정할 수 없는 주장이다.

그러나 화미영은 섭부용의 속내는 생각도 않고 확실하다는 듯 말한다.

"반년 맞대요. 도비 아저씨도 그랬단 말이에요. 사실은 반년도 안 될 거라고."

무공 익힌 지 삼 개월밖에 안 됐다는 흑도비의 진지한 고백은 머릿속에서 깔끔히 지워 버린 화미영이다.

섭부용의 아미가 찌푸려졌다.

화미영의 목소리에서 확신을 느낄 수 있다.

'천재?'

확인해 볼 필요가 있다.

소린이 만약 정말로 그런 대단한 천재라면 팔선문과 같은 공간을 사용하는 것을 심각하게 고려해 볼 필요가 있다.

아끼는 제자를 천재의 그늘에서 벗어나지 못하는 희생양으로 만들고 싶은 생각은 추호도 없다.

섭부용의 눈이 철심파파에게로 향했다. 눈을 마주친 철심파파 역시 고개를 끄덕였다. 그녀 역시 같은 생각이다.

섭부용은 찻잔을 놓았다.

"유 문주에게 가보자."

섭부용과 철심파파, 그리고 화미영은 유검호의 거처로 향했다.

유검호가 머물고 있는 곳은 청수장(장원의 명칭은 본래의 것으로 부르기로 합의했다)에서 가장 구석진 곳에 있는 낡은 방이었다. 그가 어렸을 때부터 사용하던 방이었다.

사문을 나선 이후, 사용하던 사람이 없었는지 먼지가 가득하고 구석구석에 거미줄이 쳐져 있다. 그런 방을 유검호는 별다른 청소도 않고 그냥 사용하고 있었다.

처음엔 모습을 감추던 거미와 벌레들도 이제는 유검호를 공생하는 관계로 여기고 평소처럼 돌아다닐 정도다.

섭부용은 먼지가 수북이 쌓인 문고리를 보자 눈살을 찌푸렸다. 먼지 덮인 문을 차마 건드릴 엄두가 나질 않는다.

섭부용이 주저하자 철심파파가 문을 두들겼다.

탕탕.

문을 두드리자 쌓여 있던 먼지가 허공에 떠올라 퍼져 나간다.

독연이 퍼져 나가는 듯 새카만 연기가 밀려오자 철심파파는 별호에 무색하게 얼른 물러선다.

더 이상은 문을 건드릴 엄두가 나지 않자 할 수 없이 목을 가다듬고 소리쳤다.

"이보시오. 유 문주. 우리 도주님께서 하실 말씀이 있어 찾아오셨소."

그러나 안에서는 묵묵부답이다. 유검호와 같은 고수가 듣지 못했을 리가 없다. 철심파파는 인상을 쓰며 다시 소리쳤다.

"유 문주! 사람을 이리 세워두는 법이 어디 있소? 문 좀 열어보시오."

내공 실린 목소리에 문이 부르르 떨린다. 여전히 돌아오는 대답은 없다.

철심파파의 이마에 굵은 혈관이 치솟았다. 본래 성격이 급하고 다혈질인 그녀다. 지금까지 참은 것만 해도 극도의 인내를 발휘했다. 철심파파는 더 이상 참을 수 없다는 듯 용두괴장을 들어 올렸다. 그대로 문을 부수고 들어갈 생각이다.

그때 뒤에서 목소리가 들려온다.

"남의 방문 앞에서 뭐하쇼?"

돌아보니 유검호가 더벅머리를 벅벅 긁으며 서 있다.

반쯤 감겨 있는 눈에는 채 떼지 않은 눈곱이 덕지덕지 붙어 있고, 입가에는 허연 침 자국이 말라붙어 있다. 옷은 며칠 동안 빨지 않았는지 꾀죄죄하고 졸음 가득한 얼굴에는 게으름이 가득하다. 상의는 어깨까지 늘어나 있고, 두 손은 헐렁거리는 바지춤에 쑤셔 넣어 걸을 때마다 팔과 다리가 같이 움직인다.

일문을 이끄는 문주라기 보단 동네 바보라든가 백수건달에 더 잘 어울리는 몰골이다.

철심파파는 그대로 굳어졌다.

이곳에 온 이후로 유검호를 처음 본 것이다. 첫 만남에서의 일전으로 인해 유검호를 은근히 두려워하던 철심파파였다. 눈빛만으로 자신을 꼼짝 못하게 했던 적무양을 이겼다는 말을 듣고부터는 더욱 경외했다.

그런 절대고수가 이런 모습으로 나타날 줄이야.

용두괴장을 높이 들고 살기등등한 표정으로 굳어버린 철심파파. 한 차례 유검호의 몰골을 견식한 바 있었던 섭부용이 안쓰러운 시선을 던진다.

유검호는 철심파파의 정신 붕괴 따위는 아랑곳하지 않았다.

그저 귀찮다는 표정으로 물을 뿐이다.

"무슨 일로 왔는지는 모르겠지만, 나 지금 바쁘니까 다음에 오시오. 조금만 더 연구하면 심검을 논리적으로 풀 수 있을 것 같단 말이야."

이해할 수 없는 말을 중얼거리며 짐짓 고심에 찬 표정을 짓는다. 말 걸지 말아달라는 강력한 의사 표현에 철심파파는 뭐라 입을 열 수가 없었다. 다행히 어떤 때는 그녀보다 더욱 굳건한 철심을 보이곤 하는 섭부용이 함께 있었다.

"유 문주님. 잠시 대화 좀 나눴으면 싶군요."

타인을 향한 말이 인색한 섭부용 치고는 상당히 부드러운 어투다. 하강한 선녀처럼 아름다운 섭부용이다. 그런 여인이 부드럽게 말을 걸어왔으니 여간 남자라면 목소리만으로도 행복감을 느낄 만했다.

유검호는 헤벌쭉 웃으며 물었다.

"교제 신청?"

섭부용의 이마에도 굵은 혈관이 솟았다.

예전에 그녀가 했던 말이다. 그것을 그대로 돌려받은 것이다.

섭부용은 환하게 미소 지으며 말했다.

"생사결을 벌이자는 건가요?"

"쳇. 아니면 말지, 목숨을 왜 겁니까?"

유검호는 아니꼽다는 듯 혀를 차며 다시 물었다.

"대체 왜 온 거요?"

철심파파가 대답했다.

"도주님께서 몇 가지 물어볼 일이 있다고 하시오. 안에 들어가 앉아서 대화합시다."

철심파파는 간신히 정신을 수습하고 들고 있던 용두괴장을 내리던 차였다.

"들어가 봐야 앉을 곳도 없을 텐데. 굳이 들어가겠다면 막진 않겠소."

유검호는 터벅터벅 가더니 문을 벌컥 열어젖히고 들어간다.

세 사람은 그 뒤를 따라 들어갔다. 아니, 들어가다 멈췄다.

방 안의 상황은 참혹했다. 걸으면 발자국이 남을 정도로 두툼하게 쌓인 먼지. 방구석마다 쳐진 거미줄. 바닥에는 옷으로 추정되는 물건들이 사방에 널려 있다. 게다가 지저분한 것은 둘째 문제. 앉을 곳 없을 거라던 유검호의 말대로 방에는 흔한 의자 하나도 보이지 않는다.

있는 것은 오직 침대 하나뿐.

단지 방문을 여는 것만으로도 시야가 뿌옇게 흐려질 만큼의 먼지가 피어오른다.

섭부용은 못 참겠다는 듯 손을 휘저었다.

거센 바람이 일어나며 풀썩이는 먼지를 밀어붙인다.

먼저 들어간 유검호가 그 먼지를 뒤집어썼다. 하지만 유검호는 전혀 신경 쓰지 않고 침대에 벌러덩 누워버린다.

금방이라도 잠들 것같이 편한 자세로 눕더니 고개만 살짝 들어 그녀들을 보고 말했다.

"어디 한번 말해보시오."

그 불성실한 태도에 철심파파는 용두괴장을 휘두를지를 심각하게 고민했다. 다행히 섭부용은 유검호의 태도 같은 것에 신경 쓰지 않았다. 아니, 신경은 쓰였지만 그보다 중요한 문제가 있었다.

"몇 가지 물어볼 것이 있어 왔어요. 우선 귀문에 소린이라는 아이에 대해서부터 묻고 싶군요."

소린이라는 말에 유검호는 처음으로 관심을 표했다.

"우리 꼬맹이? 꼬맹이가 왜? 무슨 사고라도 쳤소?"

걱정스러워하는 모습이 약간이나마 보이는 것이 말뿐인 보호자는 아닌 모양이다.

섭부용은 그나마 다행이라는 생각을 하며 말을 이었다.

"듣기에 소린이라는 아이가 무공을 접한 지 반년이 채 되지 않았다고 하더군요. 그게 사실인가요?"

"흐음. 반년 아닐걸?"

"그럼 그렇지!"

철심파파의 환호에 유검호는 고개를 갸웃거리며 이어 말했다.

"한 다섯 달 정도였나? 뭐 실제로 수련을 한 시간만 따지면 그것보다 적겠지만."

철심파파는 다시 굳었다. 섭부용이 믿을 수 없다는 듯 중얼거린다.

"고작 다섯 달 배운 무공으로……."

육 년간 수련한 화미영과 동수를 이룰 수 있냐는 말은 차마 나오지 않는다.

그들의 반응에 유검호는 피식 웃으며 말했다.

"대체 그게 뭐 어떻다는 거요? 세상에는 오만가지 일이 다 일어나지. 그중엔 직접 겪지 않는다면 절대로 믿지 못할 일들도 수두룩하고. 어떤 사람은 하루아침에 절정고수보다 강해지기도 한다오. 그런 일들에 비하면 꼬맹이의 성취는 놀랄 일도 아니지."

철심파파는 고개를 절레절레 저었다.

"무공이란 탑과 같이 밑에서부터 차근차근 쌓아 올려야 하는 것. 어찌 자질이 뛰어나다 해서 단시간에 다음 단을 건너뛸 수가 있단 말인가?"

정석과도 같은 말이다. 쉽게 꼭대기에 오를 수 있다면 누가 힘들게 바닥부터 수련을 한단 말인가?

간혹 단계를 뛰어넘는 무공이 나타나곤 했다. 무림에서는 흔히 그런 무공을 마공이라 부른다. 속성으로 익힌 무공인 만큼 폐단이 없을 수 없다. 심신의 균형이 무너지기 일쑤였고, 심한 경우엔 이성을 잃거나 죽는 경우도 빈번하다.

무림에 심심치 않게 등장하는 살겁의 흉수가 대부분 그런 경우에 빠진 자들이다.

하지만 소린은 그런 마공을 익힌 것이 아니다. 정통무공을 체계적으로 익힌 것 같진 않았지만, 기본이 튼튼하고 심신이 균형 잡혀 있다. 움직임 또한 마공을 억지로 끌어 올린 것이 아니다. 순전히 수련으로 갈고 닦은 근력과 운동 신경, 자연스레 몸에 베인 내력에 의한 것이다.

그 모든 것들이 결코 단시일에 쌓을 수 없는 경지임을 말해주고 있다.

유검호가 납득하지 못하는 그들을 한심하다는 듯 본다.

"세상의 일을 자신의 잣대로만 판단하려 드니 이해할 수 없는 거요. 꼬맹이의 성취는 확실히 비정상적인 면이 있지. 그렇게까지 된 데는 여러 가지 이유가 있소. 첫째는 꼬맹이의 머리가 좋고 신체적 능력과 잠재력은 더욱 뛰어나다는 것이오. 아마 무공에 관한 자질만 따지면 그 이상 뛰어나기 어렵다고 해도 과언이 아닐 거요. 둘째는 꼬맹이에게 무공을 가르쳐 준 사람들이 평범함과는 거리가 먼 사람들이라는 것이지. 사실 적 영감이나 도비 녀석이 보기에는 그래 보여도 무림에서 첫 손가락, 두 손가락 하거든. 셋째는 실전 경험. 저 나이에 겪기 힘든 일들을 많이 겪었지. 피가 난무하는 험난한 격전지를 전전하기도 했고. 아마 어지간한 노고수보다 파란만장한 경험을 쌓아왔을걸? 네 번째 이유는, 꼬맹이가 그 모든 요소를 한 몸에 지니고 있다는 거지. 뛰어난 재능에, 뛰어난 고수들에게 배우고, 경험도 많으니 성취가 남다를 수밖에 없는 것이 당연한 것 아니겠소?"

잠시 반박할 시간을 주듯 말을 쉰다. 아무 말도 들려오지 않자 유검호는 다시 말을 이었다.

"물론 위에 말한 이유들은 그저 알아듣기 쉬우라고 꼽아본 것뿐. 무공의 성취라는 것은 객관적인 요소를 따질 수 없는 것인데 어찌 하나하나 이유를 댈 수 있겠소? 하지만 한 가지 분명한 것은 꼬맹이가 무공을 익힌 지 일 년도 되지 않았지만 그쪽 꼬맹이를 상대할 수 있을 만큼 강하다는 것 아니겠소? 이것은 과장이나 거짓 없는 진실이오. 명백한 증거가 있는데 그럴 리 없다고 부정만 하기보다는 그럴 수도 있다고 인정하는 편이 발전에 도움될 터. 또한 지는 것이 싫다면 무공을 익혀왔던 지난 시간을 비교하며 자괴하기보단 앞으로 추월당하지 않도록 노력하는 것이 우선 아니겠소?'

준비해 놓은 글을 읽듯 막힘이 없다. 무기력하고 나른한 표정과는 어울리지 않는 달변. 섭부용과 철심파파는 할 말을 잃고 말았다.

분명한 증거를 앞에 두고 거짓이라 우기고 있다는 말에도 어떤 대답도 할 수 없었다. 이제 소린이 무공을 익힌 것이 실제로 짧은지는 중요하지 않게 되었다. 화미영을 단련시켜 추월당하지 않도록 하는 것에 집중해야 한다는 생각이 강하게 들었다.

화미영의 수련에 초점을 두자 유검호를 찾아온 이유가 한 가지 더 있다는 것이 기억난다. 사실은 그 일을 더욱 고민했었다.

섭부용은 안색을 회복하고 말을 꺼냈다.

"그렇다면 유 문주께 한 가지 부탁드리고 싶은 일이 있어요. 당분간 미영이와 소린이의 교류를 자제토록 해주세요."

그 말에 어른들의 설전을 지루하게 듣고 있던 화미영이 뜨악한 표정을 짓는다.

이미 소린과는 둘도 없는 단짝이 되었다. 소린과의 놀이는 유일한 즐거움이다.

지금까지 무공만이 인생의 전부였다. 그러다 친구라는 존재가 생겼다. 이제는 오히려 오랜 시간 익혀온 무공보다 친구가 더 소중하게 여겨진다.

처음으로 사귄 친구와 더 이상 만나지 못할지도 모른다는 생각에 눈앞이 까마득해졌다.

"사, 사부님. 수련 열심히 할게요."

어린 화미영이지만, 섭부용이 그런 말을 한 이유는 알고 있다. 그간 수련을 게을리 한다고 몇 번이나 꾸중을 들었다. 그러고도 개선이 되지 않자 섭부용이 이런 강수를 둔 것이다.

화미영은 철심파파에게 애원의 눈초리를 보냈다.

한 번 결정을 내리면 여간하면 되돌리지 않는 섭부용이다.

섭부용의 마음을 돌릴 수 있는 유일한 사람이 그녀를 키워준 철심파파다. 화미영도 철심파파의 동정심을 이용하여 몇 번 고난을 넘겨본 적이 있었다.

그러나 그토록 자신을 애지중지하던 철심파파가 고개를 돌려버린다. 지금 화미영의 편을 들면 이곳까지 찾아온 섭부용의 결정을 무시하는 처사라 여겼기 때문이다.

눈물이 그렁그렁한 화미영의 눈을 외면하는 것이 여간 힘들지 않았지만, 어쩔 수 없다. 섭부용의 결정은 타당한 것이었고, 한 번쯤은 제멋대로인 화미영의 버릇을 고칠 필요가 있었다.

마지막 보루라 믿었던 철심파파마저 외면하자 화미영은 충격을 받았다.

화미영이 포기하고 고개를 숙일 때. 생각지도 못한 구원의 목소리가 들려온다.

"응? 교류를 자제? 애들 못 만나게 막으라는 말인가? 그건 또 무슨 말이요?"

유검호가 전혀 이해할 수 없다는 듯 되묻는 것이다.

말솜씨가 부족한 섭부용 대신 철심파파가 설명한다.

"두 사람이 노는 데 정신이 팔려 수련을 등한시하고 있소. 소린이라는 아이와 우리 아기씨의 장래를 위해서라도 두 사람의 교류를 자제할 필요가 있다고 생각하외다."

"그건 대체 무슨 논리지? 애들이 노는 거 좋아하는 게 당연하지. 논다고 애들 못 만나게 막아야 한다는 건 대체 어디의 교육법이오? 본문에 그런 희한한 교육법은 없으니, 거절하겠소."

'아싸! 거지 아저씨 만세!'

시원시원한 거절에 화미영은 속으로 쾌재를 불렀다.

사부와 함께한 지 십 년에 가까운 세월. 섭부용의 말을 이렇게 단칼에 거절한 사람은 없었다. 섭부용의 미모와 무공, 위치가 상대로 하여금 자연스레 양보하게끔 만들기 때문이다.

아마 자신의 일이 걸리지 않았다면 화미영도 유검호의 무도함을 욕했을 것이다.

하지만 사람은 상황에 따라 변하는 존재. 화미영은 유검호가 이기기를 빌었다. 사부의 패배를 바라는 것이 나쁜 짓이라는 것을 알지만 어쩔 수 없다. 그만큼 절실하기 때문이다.

너무도 단호한 거절에 섭부용은 눈살을 찌푸렸다.

처음으로 냉정하게 거절당했다는 사실보다 유검호의 말이 마음에 들지 않기 때문이다.

"어려도 무인. 무공 수련보다 중요한 것은 없어요."

"무인은 개뿔. 어릴 때는 그저 즐겁게 뛰어노는 게 최고요. 애들이 무공이 좋아서 하는 거라면 모를까, 억지로 무공 수련 시켜봐야 실력이 얼마나 늘겠소?"

"좋아서 하는 것이 아니에요. 숙명이라 하는 거예요."

"숙명? 이제 열 살도 안 된 애들 운명을 벌써 정한다? 기가 막히는군."

철심파파가 말을 받는다.

"아이들의 장래를 위해서요. 아직 어리기에 멀리 보지 못하고, 멀리 보지 못하기에 당장의 즐거움만을 취하려는 것 아니겠소? 그런 그릇된 길을 바로 잡아주기 위해 우리 늙은이들이 있는 것 아니오? 우리가 올바른 길을 제시해 주지 않는다면 많은 착오를 거쳐야 할 것이오."

"길을 왜 어른들이 찾아줘? 그건 본인이 찾아야지. 남이 가르쳐 준 길만 따라가다 후회하기보다 스스로 택한 길을 나아가다 착오를 거치는 것이 훨씬 낫지 않소? 적어도 잘못되었다고 남을 원망하진 않을 것 아니오?"

이번에는 섭부용이 말을 받는다.

"개인이라면 그럴지도. 하지만 일문을 이끌게 될 사람이라면 다르죠."

"정말 일문을 이끌고 싶은지 아닌지를 먼저 논해야겠지."

그들의 설전은 평행선을 달렸다.

그럴 수밖에 없다. 섭부용과 철심파파는 무문에 태어난 이상 무인의 길을 걷는 것은 당연하다는 생각을 기본으로 지니고 있었다. 그래서 무인인 이상 강압적으로라도 무공을 열심히 수련하게끔 하는 것이 아이의 장래를 돕는 것이라 주장한다.

반면에 유검호는 모든 일은 본인의 의사가 가장 중요하다는 생각이다. 그들이 상식이라 생각하고 있는 무인의 길을 걷는 것부터 본인의 의사에 맡겨야 한다고 주장한다.

섭부용과 철심파파가 평생을 진리처럼 여겨왔던 소신을 바꾸지 않는 이상 타협점을 찾을 수는 없었다.

유검호는 팽팽한 대립각에 교차점을 찾을 수 없음을 느꼈다.

그도 자신의 생각만이 옳다고는 생각지 않는다. 저들의 말처럼 아이가 그른 길, 결과가 좋지 않을 길을 택한다면 그것을 바로 잡아주는 것이 어른의 역할이라는 말에는 동의한다.

또한 화미영이 당연히 무인으로 자라야 한다는 그들의 생각이 반드시 틀리다고 자신할 수도 없다.

그가 보는 세상은 절대적인 진리는 없다는 것이다.

어쩌면 저들이 맞을지도 모른다. 하지만 지금껏 살아오며 겪었던 바에 의하면 그들처럼 강압적인 방식을 고집하고 좋은 결과가 나온 적은 거의 없다.

세상 모든 일에는 득이 생기면 실도 함께 따르는 법이다.

저들이 화미영에게 무공 수련을 강요한다면 무공이라는 이점을 얻을 수는 있을지언정, 화미영은 무공에 대한 열의를 상실하게 될 것이다.

당장의 무공 수련과 평생을 함께할 열의. 무엇이 중요한지는 보나마나다.

그렇기에 유검호는 섭부용의 요청을 단호히 거절했던 것이다. 백번 양보해서 그들의 생각이 맞다 한들 이제 막 친구가 되어 사이좋은 아이들을 강제로 떼어놓을 생각은 추호도 없다.

옳고 그름을 떠나 강제로 타인의 의지를 꺾고 휘두르는 일이 정당화될 수는 없다는 것이 유검호의 생각이다.

소린과의 친분은 화미영이 스스로 선택했다.

화미영의 선택이니만큼 그 의사는 충분히 존중받아야 한다.

어리다 해서 그런 선택이 무시당해도 된다는 법은 없다.

하지만 섭부용 등은 그것을 이해하지 못한다.

그녀들의 사고방식은 아이는 미숙하기에 성인이 되어 올바른 선택을 하기 전까지는 어른들이 정해준 길을 걸어야 한다는 것이다. 연륜 많은 어른들이 정한 길이라면, 적어도 어린아이의 생각보다는 훨씬 훌륭한 것이 당연하다 여긴다.

유검호는 그들의 사고방식을 이해한다. 이해한다 해서 동감하는 것은 아니다. 단지 자신과 생각이 다르다는 것을 인정한 것뿐.

"굳이 당신들을 설득하고 싶은 생각은 없소. 단지 애들 못 만나게 해달라는 말이 터무니없는 요청이라는 말을 하고 싶을 뿐이오. 게다가 사실은 그럴 필요도 없고."

미묘한 말투에 섭부용이 의아하여 묻는다.

"어째서죠?"

그녀의 물음에 유검호는 대답 없이 손을 들어올렸다.

쉬익.

벼락 같은 일권이다.

"앗!"

지척에 있던 섭부용이 놀라며 주먹을 뻗는다. 하지만 유검호의 목표는 섭부용이 아니었다. 그의 권력은 교묘하게 섭부용을 피하여 그 뒤에 있던 화미영에게 떨어졌다.

섭부용은 유검호가 설마 화미영을 공격할 것이라고는 예상치 못했다. 급히 몸을 돌리려 했지만 권풍은 이미 화미영을 후려치고 있다.

그때 놀랄 만한 일이 벌어졌다.

화미영이 뒤로 몸을 날리더니 유검호의 권풍을 피하는 것이다. 무릎도 굽히지 않고 선 채로 뒤로 몸을 날리는데도 한순간 주춤거림조차 없다.

하지만 예상했다는 듯 권풍이 슬쩍 방향을 틀더니 그 뒤를 쫓는다. 화미영은 이미 허공에 몸을 띄운 상태. 날개가 달리지 않은 이상 공중에서 몸을 피할 수는 없다. 꼼짝없이 권풍에 적중당하려는 순간. 화미영이 상체를 거세게 젖힌다. 마치 공중에서 철판교를 시전하는 듯하다.

권풍이 화미영의 얼굴 위를 스치고 지나간다.

균형을 잃은 화미영의 몸이 상체부터 땅으로 떨어진다.

머리가 땅에 부딪치기 직전.

휘릭.

두 손으로 가볍게 땅을 밀어낸다. 화미영의 몸이 튕기듯이 바로 섰다.

뒤늦게 먼지가 방 안을 휘날린다.

화미영은 아무렇지도 않게 손에 묻은 먼지를 탁탁 털어내더니 이내 발끈하여 소리쳤다.

"뭐예요!"

앙칼진 외침에 유검호는 웃으며 대답했다.

"애들이 무슨 놀이를 하고 다니는지는 모르겠지만, 저건 분명 우리 꼬맹이가 사용하던 섬영각의 응용인 것 같군."

화미영이 놀라며 말한다.

"어? 어떻게 알았어요? 이거 소린이가 가르쳐 준 건데."

그 말에 섭부용과 철심파파는 크게 놀랐다.

화미영이 보인 초식은 단순하다. 그저 뒤로 뛰어 발이 땅에 닿기 전에 재주넘기를 한 번 한 것뿐이다.

말로는 간단했지만 실제로 행하기엔 어렵다. 허공에서 지탱할 곳 없이 몸을 뒤집어야 하기 때문이다. 내공을 수련하는 것만으로는 결코 할 수 없는 움직임이다.

또한 유검호의 기습에 반응한 것도 그렇다.

유검호의 공격은 섭부용조차 제대로 대응하지 못할 정도로 갑작스럽고도 빨랐다. 그럼에도 화미영은 기다렸다는 듯 피해 냈다.

그런 움직임과 반사신경은 이전의 화미영이 가지지 못했던 것이다. 화미영이 수련해 왔던 북마금제도의 무공은 정적인 것.

지금 보인 빠르고 경쾌한 초식은 차라리 소린의 것에 가까웠다.

섭부용은 놀라움이 가시지 않은 얼굴로 물었다.

"그… 초식을 소린이에게 배웠다고?"

"네. 원래는 도비 아저씨한테 배운 거라는데, 우리끼리 연구해서 바꿨어요."

화미영의 얼굴에 뿌듯함이 드러난다. 자신들의 결과물이 자랑스러운 모양이다.

섭부용은 말없이 화미영을 보았다. 기존의 무공을 응용하여 새로운 초식을 만드는 것은 어려운 일이 아니다. 어느 정도 조예가 있다면 할 수 있다. 하지만 열 살도 채 되지 않은 아이들이 쉽게 할 수 있는 일은 아니다. 무엇보다 이전의 화미영이라면 절대로 시도하지 않았을 일이기도 하다.

무공을 이해하고 연구하기보다 무작정 암기하고 몸에 익히기만 했던 화미영이다. 무공 수련이라 하면 표정부터 구기던 모습을 자주 봐왔었다.

'그런 아이가 노는 시간에 무공을 연구했다고?'

제자에 관해서는 속속들이 알고 있다고 생각했다. 그런데 두 번이나 제자의 새로운 면을 보게 되었다. 섭부용은 복잡한 표정을 지었다.

"실력이 늘어난 것은 우리 꼬맹이뿐만이 아닌 모양이군."

유검호의 말이 날아와 꽂힌다.

섭부용은 혼란스러운 얼굴로 화미영에게 물었다.

"소린이와 무엇을 하며 놀았지?"

"소꿉놀이도 하고, 흙장난도 하고, 달리기 시합도 하고, 참새나 토끼를 잡으러 가기도 해요. 도비 아저씨가 있으면 칼싸움도 하고요. 은설 언니랑은 자주 소풍을 가요. 아, 가끔은 무공 이야기도 해요. 조금 전의 번천각도 우리끼리 무공 이야기 하다가 만든 초식이에요."

잔뜩 들뜬 목소리다. 떠올리는 것만으로도 즐겁다는 표정이다.

'이 아이 표정이 이렇게 밝았던 적이 있었던가?'

항상 심술궂은 표정만 짓고 다니던 화미영이다. 본래 표정이 그런 것이라고만 생각해 왔다. 하지만 어린 나이부터 무공에만 치여 살다 보니 그런 표정을 지을 수밖에 없었던 것이다.

섭부용은 자신이 그렇게 살아왔기에 당연히 그래야 한다고 생각했다. 어렸을 때부터 무공 수련에 모든 시간을 투자하는 것에 관해 단 한 번도 의문을 품어본 적이 없었다. 자신이 그러했으니 제자인 화미영도 당연히 그럴 것이라 여겼다. 하지만 화미영은 그녀와 달랐던 모양이다. 이렇게 밝게 웃는 모습만 보아도 알 수 있다.

무엇보다 유검호의 말이 그녀의 마음을 움직였다.

"죽어라고 비무를 하진 않지만, 놀면서 서로의 무공을 배우고 발전시키고 있으니 그것 나름대로 좋은 일 아니오? 적어도 댁들이 가장 중요시하는 무공 수련에 관한 것은 문제가 되지 않을 테니."

유검호의 말에 섭부용은 말없이 제자를 응시했다. 화미영은 초조한 표정을 짓고 있다. 간절함이 가득 담긴 눈동자가 그녀를 올려다본다.

"하아."

한숨이 흘렀다. 결정을 번복하는 것이 이토록 힘든 것인 줄은 몰랐다. 섭부용은 잠시 마음을 가다듬은 후 입을 열었다.

"놀면서도 본분을 잊지 않고 무공을 갈고 닦고 있었다니 대견하구나. 더 이상 소린과의 교류는 문제 삼지 않으마. 대신 하루 두 시진씩은 전념해서 사문의 무공을 익히도록."

"와아! 사부님 최고! 고마워요!"

화미영의 입에서 환호성이 터졌다. 마침내 허락이 떨어진 것이다. 이제 더 이상 사부의 눈을 피해 몰래 나가지 않아도 된다. 화미영은 세상을 다 가진 것처럼 기뻐했다.

어른들이 보기엔 한낱 놀이에 불과했지만 당사자에게는 무엇보다 중요한 일이었다.

제자의 기쁜 모습에 섭부용의 입에도 미소가 걸렸다. 그러면서도 한편으로는 씁쓸함을 숨기지 못했다. 결국 유검호의 말대로 되었기 때문이다.

물론 자신이 틀렸다고 인정한 것은 아니다. 유검호의 말을 인정한다는 것은 그녀가 살아왔던 인생 자체를 부정하는 것이다.

그녀는 어렸을 때부터 북마금제도의 후계자로 자라왔고, 성인이 된 지금은 주어진 책임을 누구보다 훌륭하게 완수하고 있다.

화미영도 마찬가지다. 누가 뭐래도 화미영은 다음 도주가 될 아이다. 화미영이 후계자로 선정된 순간부터 바뀔 수 없는 운명이다.

후계자 수업을 위해서는 어떤 일도 마다하지 않을 것이다.

그것이 설령 본인의 의사에 반하는 것이라 할지라도.

이번에는 특별한 경우일 뿐이다. 화미영에겐 정해진 틀과 규율에 의한 수련보다 지금처럼 자유로운 방식이 더욱 효율적이라는 판단이 들었기에 내린 결정이다.

결국 생각이 다른 것이지, 어느 한쪽이 옳고 그른 것이 아니다.

그래서 씁쓸했다. 차라리 잘못된 것이라면 고칠 수 있다. 하지만 옳고 그른 것이 없기 때문에 북마금제도의 방식을 바꾸지 못한다.

아마도 화미영 다음, 또 다음 대에 이르게 되면 다시 기존의 억압된 교육이 다시 나타날 것이다.

그것을 바꾸기 위해선 확신에 찬 도주가 나타나야 한다.

사문의 방식이 잘못되었음을 확신할 수 있는. 그래서 기존의 관습과 정면으로 맞서고 통째로 뒤엎을 수 있을 만한 배짱과 힘을 지닌.

'아쉽게도……'

그녀는 아니다. 그래서 지금껏 제자의 찌푸린 얼굴만을 보아와야 했다.

섭부용은 제자를 보았다. 초롱초롱한 눈망울로 자신을 쳐다보고 있다.

'어쩌면……'

화미영이 모든 것을 바꾸는 계기가 될지도 모른다는 생각이 들었다.

한 삼사십 년쯤 되었을 게다. 무림에 독특한 살성이 하나 나타났다는 소문이 돌더구나.

보통 살성이라 하면 원한이나 쾌락, 무공의 부작용 등을 이유로 살인을 저지르는 놈들이 대부분이지. 헌데 이 작자는 특이하게 나쁜 놈들만을 골라 죽인다는 게야.

악행을 저지르는데도 무공이 뛰어나 감히 건드리지 못하는 거물들을 때려죽인다더군. 원래 그런 놈들 앞에는 협자가 들게 마련이지.

그런데 이자는 손속이 너무 잔혹하고 한 번 손을 쓰면 잔챙이들까지 봐주지 않고 싹 다 죽인다더군. 원래 작은 악행은 경고 정도로 끝내게 마련인데, 인정사정 봐주지 않고 모조리 몰살시켜 버렸으니 저만 착한 줄 아는 정파 놈들이 좋게 봐줄 리가 있나.

결국 별호에 협이 아니라 살자가 붙은 게지. 백살마군이었나, 천살마군이었나? 아무튼 한 번 손을 쓰면 많이 죽인다 해서 그렇게 불렸던 것 같더군. 나야 뭐 재미있었지. 정파 놈들이 당혹스러워하는 게 눈에 선했거든. 이놈을 처벌하자니 제 놈들이 할 일을 대신해 주고 있고, 그렇다고 공공연하게 살행을 다니는 자를 그냥 놓아둘 수도 없고. 진퇴양난이랄까?

아마 그 일만 없었으면 난 끝까지 재미있게 구경만 했을 거야. 그 일이 뭐냐고? 아, 글쎄. 그놈이 날 처치하겠다고 혼자서 마도맹을 찾아왔더군. 크흐흐. 내 살다 살다 그렇게 배짱 좋은 놈은 처음이었다. 무표정하게 걸어와서는 문지기한테 적무양이라는 작자를 죽이러 왔다고 말을 했으니, 총단이 발칵 뒤집혔지.

장로라는 놈들이 전부 눈이 뒤집혀서 찢어 죽이겠다는 걸 말리고 내가 직접 나갔지. 확실히 그런 배짱을 가질 만한 실력이더군. 당시 무림에서 세 손가락 안에 들 정도? 그렇지만 내가 전력을 다할 정도는 아니었어.

그놈 실력을 좀 보다가 지겨워져서 때려눕혔지.

그런데 그 살인마 놈이 나한테 패배하고 나더니 주저앉아서는 일어날 줄을 모르더군. 이놈을 죽일까 말까 고민하고 있던 참인데, 정신을 차렸는지 갑자기 벌떡 일어나서는 실력을 키워 복수를 하고 싶으니 살려 달라는 게야.

황당했지. 사람을 파리 때려잡듯 죽이던 놈이잖아. 그런 놈이면 패배했을 때 죽음을 각오하는 것은 당연하잖아. 만약에 내가 졌으면 그놈은 주저 없이 날 죽였을걸?

그런 놈이 정작 제 놈이 지니까 살려달라니. 그놈 태도는 더 어이없더군. 당연히 살려줘야 한다는 것처럼 고개를 빳빳이 들고 당당하기만 한 거야. 속으로 뭐 이런 놈이 다 있나 했지.

기가 막히면서도 그 뻔뻔함이 마음에 들어서 그러라 했지.

그런데 살려줬더니 그때부터 총단 앞에서 노숙을 하면서 무공 수련을 하는 게야. 나한테 이기기 전까지는 그곳을 벗어나지 않겠다나?

열흘마다 찾아와 도전하더군. 물론 그때마다 박살을 내줬지.

나중엔 싸우면서 좀 져달라고 사정까지 하더군. 한 번만 죽어달라나? 크크크. 죽어달란다고 죽어줄 놈이 어디 있나?

매번 그놈만 반 죽었지. 항상 지고 나면 큰소리 떵떵 치면서 살려달라고 악다구니를 쓰더군. 그렇게 한 삼 년 정도 지났던가? 결국 자기 능력으로는 도저히 못 이기겠다면서 떠나겠다고 하더군.

그래도 그간 정도 제법 들었고, 모처럼 마음에 드는 놈이기도 해서 물었지. 왜 살인을 저지르고 다니고, 또 나한테 계속 덤빈 거냐고.

한숨을 쉬면서 지초지명을 설명하기를 사문의 문주가 자기한테 훗날 자신의 후계자를 돌봐달라고 했다더군. 어린아이 뭐치다꺼리나 하면서 살 수 없다고 했더니, 길길이 날뛰면서 선택하라 했다지. 후계자를 돌봐주거나 중원의 악인을 모조리 때려죽이거나 하라고. 중원에 인간들이 얼마나 많고 그중에 악인은 또 얼마나 많은데 모두 때려죽이라니. 불가능한 일이지.

문주라는 작자도 당연히 불가능하다고 제시한 일이지. 그런데 이놈이 애새끼 보모 노릇이나 할 바엔 차라리 사람을 때려잡겠다면서 진짜 중원에 왔다는 게야.

크하하. 정말 골 때리는 놈이지. 그런데 중원에서 악인들을 때려잡다 보니 이러다 늙어 죽게 생겼다는 생각이 들었다더군.

그래서 궁리를 하다 나쁜 놈들 중에 가장 우두머리를 때려잡으면 일이 쉬워지겠다는 결론을 내렸다더군. 그래서 중원에서 가장 나쁜 놈이 누구인지 묻다 보니 최종적으로 내가 나왔다는 거지.

그런데 막상 찾아와서 싸워 보니 제 힘으로는 안 되겠거든.

그렇다고 그대로 사문으로 돌아가서 애새끼 뭐치다꺼리나 하긴 죽어도 싫고. 이러지도 저러지도 못해서 무작정 날 이길 때까지 머무른 게지.

그래도 안 되니까 결국 포기하고 고향으로 돌아가서 후계자로 선정될 애새끼 보모 노릇이나 하겠다는 말이야.

그때 그 골 때리는 미친놈이 방문한 이야. 여기 와서 들어 보니 그 후로도 몇 번이나 가출을 했다가 결국 북마금제도로 돌아가서 그 계집애 뭐나 봐주는 처지가 되었다더군.

홍수의 정체

 

 

섭부용과 철심파파는 기뻐하는 화미영을 데리고 사라졌다.

섭부용은 나가며 한마디 했다.

"청소 좀 하시죠."

과묵한 그녀가 참지 못할 정도로 방 안은 더러웠다.

하지만 유검호는 개의치 않았다. 되레 그녀들의 극성스러움을 지적한다.

"쯧. 저렇게 무공을 익히게 해서 대체 뭘 시키겠다는 건지. 애들 키워서 전쟁터라도 내보낼 생각인가?"

섭부용이 나가고 난 후에 한 말이다. 그런데 대답이 돌아온다.

"원래 여자들의 치맛바람은 무서운 법이지."

창가에서 들려오는 목소리에 유검호는 귀찮다는 듯 손을 휘

휘 저었다.

"구경 다 했으면 그냥 가쇼. 대거리하기도 귀찮으니."

그 말에 목소리가 얼굴로 변한다.

"허허. 난 괜찮은데. 들어오라 손짓까지 하면서 초청하니 어쩔 수 없군."

창가에 얼굴을 불쑥 들이밀더니 방으로 홀쩍 넘어 들어오는 것은 쪼글쪼글한 노인이다. 두 달 전 청수장을 찾아왔을 때 그와 강은설을 맞이했었던 노인이다.

'방동한이랬나?'

듣기로는 철심파파의 남편이란다.

'부창부수라더니.'

부부는 독특함도 닮는 모양이다.

철심파파만 해도 괴팍한데, 방동한은 한술 더 뜬다.

인자한 얼굴로 싱글거리다가도 정색할 때면 피 냄새가 풀풀 난다. 살벌하다가도 또 언제 그랬냐는 듯 싱글거리며 친근하게 말을 거는데, 정신 나간 살인마가 따로 없다.

일전에 들은 적이 있다. 어떤 자들은 태어날 때부터 감정이 결핍되어 살인도 무덤덤하게 한다. 아마 방동한이 그런 자가 아닐까 싶었다.

물론 세상은 넓고 다양한 종류의 사람들이 있는 법. 유검호는 그런 일에 일일이 놀랄 만큼 예민하지 않다. 그런 자가 수시로 찾아오지만 않는다면 말이다.

방동한은 청수장에 들어온 이후 유검호가 가장 많이 본 얼굴이다.

이제 그를 보면 절로 한숨부터 나왔다.

유검호의 박대에도 방동한은 넉살 좋게 침상 한 축을 차지하고 앉는다.

"무림의 명문세가 여편네들은 저것보다 훨씬 심하다더군. 애들 교육시키려고 가문 기둥뿌리까지 팔아먹는다네. 우리 같은 사람들은 이해할 수 없는 일이지. 안 그런가?"

자연스레 들어와 대화를 시도한다. 유검호는 주먹으로 대답하고 싶은 유혹이 치밀어 올랐다. 상대가 연장자임을 상기하며 주먹을 풀고 물었다.

"왜 이러는 거요?"

퉁명스러운 질문. 방동한은 빙긋이 웃으며 대답한다.

"우리 아가씨, 아니 도주님하고 한번 잘해보게. 우리 도주님으로 말하자면……."

열 번도 넘게 들은 말이다. 이제 섭부용에 대한 칭찬을 늘어놓을 것이다. 그다음에는 섭부용이 좋아하는 것이나 싫어하는 것 등등. 그녀의 정보를 늘어놓는다. 그리고 마지막으로…….

"알고 있는지 모르지만, 북마금제도는 부유한 곳이네. 고로 우리 도주님하고 잘만 되면 그 많은 재물이 모두 자네 것이 될 수 있다는 게지."

이렇게 유혹을 한다.

"아, 대체 뭘 잘하라고?"

"뭐긴? 남녀 사이에 그거 말고 다른 게 있나?"

"아, 그게 뭔데?"

"어험. 이 사람 참. 그걸 어떻게 내 입으로. 험험."

방동한은 왼손으로 고리를 만들어 오른손 검지를 쏙쏙 집어 넣었다가 뺀다.

유검호는 진지하게 물었다.

"그 아가씨한테 무슨 원한 같은 거라도 있소?"

"응? 원한이라니?"

"아니면 말이 안 되지 않소? 딱 보기에도 예쁜 아가씨를 나와 엮어주려는 게. 이거 무슨 신종 사기 같은 건가? 미인계 같은 거야? 미리 말하지만 난 가진 거 없는 놈이오. 있는 거라곤 이 장원뿐인데, 이거 건들면 다 죽는 거야!"

장원 대목에 이르러서는 이미 사기를 당한 것처럼 살기등등하다.

"아, 알았네. 장원은 안 건드리지… 가 아니고 사기 아니네. 사기 아니야."

방동한은 유검호의 기세에 자칫 스스로를 사기꾼이라 인정할 뻔했다. 급히 정정하고는 다시 변명했다.

"난 그저 자네가 우리 도주님과 매우 잘 어울릴 것 같아서 이러는 걸세."

"말이 안 되잖소! 돈 많고 예쁘고 몸매 좋은 데다 무공까지 강한 여자가 뭐 아쉽다고 나와 엮이려 들겠소? 난 못생기고 게으르고 가난하고 무기력하고 더럽고 추잡한 인간이오. 당신네 아가씨하고는 도저히 어울리지 않는단 말이오."

유검호는 제 잘난 맛에 사는 부류다. 자학과는 거리가 멀었지만, 방동한에게서 벗어나기 위해서 할 수 없이 스스로를 깎아내리고 있는 것이다.

방동한이 다시 고개를 젓는다.

"무슨 소린가? 자네 같은 인재가 세상에 어디 있다고? 듣자하니 나이 스물에 이미 노야에게서 십 초를 버텼고, 스물다섯에는 오백 초, 서른에는 맞수, 지금은 오히려 노야보다 강할지도 모른다던데. 자네 나이에 그런 절대고수가 어디 있겠나? 그 대단한 무공 하나만으로도 더럽고 추잡하고 못생기고 가난하고 게으르고 못난 단점들은 덮을 수 있다네. 아, 그래도 좀 씻기는 해야 할 거네. 우리 도주님이 더러운 건 조금, 아니 굉장히 싫어하시거든. 첫날밤에 더럽다고 각방 쓰면 꼴이 우습지 않겠나? 아, 아이는 몇이나 낳을 생각인가? 너무 많이 낳으면 도주님 몸매 망가지니까 적당히 낳도록 하게. 허허. 하긴 어련히 잘 알아서 할까. 늙은이가 주제넘었군. 도주님이 젖먹이였던 때가 엊그제 같았는데, 벌써 시집을 간다고 생각하니 조금 들떴네그려."

말을 하며 눈시울까지 붉힌다.

유검호는 어이가 없었다.

"이보쇼. 벌써 첫날밤이야? 나 벌서 그 여자랑 결혼한 거요? 응? 벌써 결정 난 거야? 내 의사는? 내 의사 같은 건 상관없다 이거야?"

"무슨 소린가? 솔직히 자네같이 못난 인간이 어디 가서 그런 고귀한 부인을 얻을 수 있겠는가? 분에 넘치는 소리 그만하고 그냥 받아들이게."

"뭐? 못나? 언제는 잘났다며? 잘나서 너무 어울린다면서?"

"미끼 던질 때는 무슨 말을 못하겠나? 허허허. 그래. 식은 언제 올리겠나?"

"젠장. 나까지 미친 것 같군."

유검호는 머리를 감쌌다. 없던 두통이 생겨나는 것 같다.

'빌어먹을 적 영감. 내게 이런 골칫거리를 안겨주다니. 잊지 않겠다.'

방동한이 처음부터 유검호에게 살가웠던 것은 아니다.

처음엔 오히려 유검호를 경계했다. 본능적으로 유검호의 위험함을 느꼈기 때문이다. 위험천만한 인물이 주변에 있다는 생각에 항상 긴장을 늦추지 않았고, 마주칠 때면 소 닭 보듯 무시하곤 했었다.

방동한의 태도가 변한 것은 적무양 때문이다.

팔선문이 청수장에 들어섰을 때, 멀리서 적무양을 본 방동한은 대경실색하며 달려왔다.

대번에 허리를 숙이며 인사를 하는 것이 사문의 큰 어른이라도 본 것 같은 태도다.

더욱 의아한 것은 방동한을 본 적무양이다.

"어라? 자네 방동한 아닌가? 오호라. 알고 보니 자네가 북마도 출신이었군."

이례 없이 이름까지 거론하며 반가워하는 것이다.

적무양이 남의 이름을 기억하는 경우는 거의 없다. 있다면 기억에 남을 정도의 존재감을 지닌 사람뿐이다.

이름을 기억하고, 반가워할 정도라면 방동한은 적무양에게 강한 인상을 남겨준 인물이다. 이런 구석진 곳의 장원이나 관리하고 있을 만한 사람은 아니라는 뜻이다.

나중에 적무양에게 그에 관한 이야기를 들었다. 한때 살성으로까지 불리면서 혈풍을 일으켰던 유명한 고수라나?

워낙 지루한 이야기라 귀담아 듣지도 않았다.

'왕년에 많이 죽였다는 것이 뭐 그리 자랑이라고.'

중요한 것은 그가 적무양의 말이라면 물고기가 날아다닌다고 해도 곧이곧대로 믿는다는 것이다. 한때 죽이지 못해 안달했던 작자라면서 어째서 그리 신봉하는 건지 물어보았더니 대답이 가관이다.

"내가 노야께 덤볐을 때, 노야가 자비를 베푼 횟수가 수백 번이 넘네. 그 말은 어르신이 내 목숨을 수백 번은 살려줬다는 말이지. 당시엔 사백님의 명령 때문에 어쩔 수 없이 계속 덤볐지만, 이젠 그 제약이 풀렸는데 생명의 은인을 어찌 함부로 대하겠나? 또한 그 모든 것을 제외하더라도 노야는 충분히 존경해야 할 강자라네. 무인으로서 그런 분을 어찌 따르지 않을 수 있겠나?"

한마디로 강하니까 믿는다는 말이다.

그 믿음의 결과가 이거다. 적무양이 무슨 말을 했는지 몰라도, 방동한은 유검호를 최고의 신랑감으로 여기게 되었다.

처음에는 섭부용을 거론하며 살짝 간만 보더니, 나중엔 아예 드러내 놓고 섭부용과 엮어주려 한다. 설득 수준도 점차 변하더니 이제는 강요하는 지경에 이르렀다. 그대로 조금만 놓아두면 곧 애 이름까지 지을 것 같았다.

"이전에도 말했지만, 노인장은 지금 적 영감한테 속고 있는 거요. 적 영감이 노인장한테 무슨 말을 했는지 몰라도, 구 할은 거짓일 거요."

유검호가 적무양의 속셈을 모를 리 없다. 다른 방법으로는 유검호를 움직일 수가 없으니, 여자와 엮이게 만들려는 것이다.

여자가 생기면 욕심이 생기리라 생각했을 터. 적무양으로서는 잘되면 좋고 안 되면 말고였다. 그 간단한 간계가 어처구니없이 유검호를 두 달 가까이 괴롭히고 있었다.

오해라고 설명했지만, 방동한은 결코 포기하지 않았다. 그는 포기라는 단어를 아예 모르는 인간 같았다. 필시 그런 방동한의 끈질김을 익히 알고 그를 부추긴 것이리라.

덕분에 유검호는 때 아닌 새신랑이 될 위기에 처한 것이다.

방동한은 우이독경(牛耳讀經)이란 이런 것임을 보여주듯 유검호의 말을 귓등으로 흘려보내며 자기 할 말만 한다.

"허허. 사내가 부끄러워하는 겐가? 하긴 우리 도주님같이 아리따운 여인을 얻게 되었으니 그럴 만도 하지. 나라도 그랬을 걸세. 아, 이 말은 우리 할멈한텐 하지 말아주게. 껄껄껄."

호탕하게 웃는 방동한을 보며 유검호는 진지하게 고민했다.

'젊었을 때 사람도 많이 죽였다던데. 그냥 이참에 끝장내?'

살기를 느꼈는지 방동한이 움찔한다.

적무양이 유검호에 대해 했던 말 중엔 수틀리면 막나가는 인간이 된다는 말도 있었다. 굳이 그 말이 아니더라도 숨 막히는 압박감이 전신을 쏘아댄다. 살기에 민감한 방동한이 유검호가 무슨 생각을 하는지 모를 리가 없다.

"허… 허허. 아무튼 이런 기회 흔치 않으니 긍정적으로 생각하게. 오늘은 이만 가보겠네."

방동한은 벌떡 일어나더니 한달음에 창문으로 뛰쳐나간다.

유검호로서도 작정하고 쫓지 않으면 잡지 못할 만큼 빠른 속도다.

그 움직임만 봐도 방동한의 무공이 만만치 않음을 알 수 있었다. 북마금제도에서 가장 강한 것은 섭부용이 아니라 방동한일 것이다.

그런 강자가 중매를 위해 체면 불구하고 억지를 부리고 있으니 어이가 없다.

적무양에게 들은 바로는 약속 때문이라고 한다. 사문의 어른과 약속하기를 후계자인 섭부용이 장성하여 혼약을 할 때까지 돌봐주기로 맹세했다고 한다. 섭부용에게 남편이 생기면 방동한이 지닌 책임과 의무를 떠넘기고 자유가 될 수 있다나? 그 남편감의 조건 중 가장 중요한 덕목이 섭부용을 지킬 수 있을 만큼 강한 무공이었다. 다른 조건이야 어떻게든 끼워 맞출 수 있다 해도 무공이 가장 큰 제약이었다.

섭부용은 이미 북마금제도 무공의 진수를 얻었다. 무림에서 그녀보다 강한 인물을 찾기란 하늘의 별 따기. 방동한은 반쯤 포기 상태였다. 그러던 차에 유검호를 발견한 것이다. 유검호를 놓치면 죽기 전까지 다른 기회는 없다는 것이 방동한의 판단이다.

결국 방동한은 자신의 의무를 벗기 위해 유검호와 섭부용을 결혼시키려는 것이다. 아마 섭부용은 방동한이 자신의 결혼 대상을 찾기 위해 이토록 고군분투하고 있다는 것도 모를 것이다.

'결혼이라……'

사실 유검호라고 섭부용의 아름다움을 모를 리가 없다. 굳이 방동한의 찬사를 배제하더라도 그녀는 세상 어떤 여자보다 아름다웠다. 무림에서 활동을 한다면 얼마 가지 않아 천하제일 미녀라는 별칭은 그녀의 차지가 될 것이다. 아마 많은 청장년층 고수들이 그녀에게 목을 맬 것이다.

하지만 유검호는 아니다.

아름다움에 혹했다가 크게 데인 적이 있기 때문이다. 유검호에게 외면의 아름다움은 오히려 독이다.

그런 의미에서 섭부용은 경계 대상이다.

외면의 아름다움과 어울리지 않는 직선적인 성격과 명예에 목숨 거는 성향. 거친 성격과 달리 평상복처럼 입고 다니는 화려한 옷 등으로 미루어 보았을 때, 함께하면 피곤한 인물이라는 직감이 왔기 때문이다.

게다가 듣기로 유검호와 비슷한 나이라고 했으니 서른을 훌쩍 넘겼다. 그런데 외모는 갓 이십 대에 들어선 처녀 같았다. 실로 엄청난 동안이다.

'분명 주과 같은 걸 엄청 먹어대겠지. 아마 주안술도 익혔을 거야.'

미모를 유지하기 위해 들어갈 돈을 생각하는 것만으로도 아찔하다. 모든 면에서 유검호에겐 벅찬 여인이다. 물론 사랑이란 것이 조건 보고 시작되는 것은 아니었지만, 힘든 사랑은 미리 피하고 싶은 것이 솔직한 심정이다.

유검호가 섭부용과의 가능성에 고개를 절레절레 저을 때였다.

간 줄 알았던 방동한이 창문으로 고개를 불쑥 들이민다.

"아참. 자네 손님 왔더군. 어떤 여자던데. 이름이… 묘선옥인가 뭔가던데. 우리 도주님보다 훨씬 뚱뚱하고 못생겼더라고. 자네 혹시 그런 풍만한 여자가 취향은 아니겠지? 하긴 아무리 봐도 우리 도주님이 훨씬… 이크."

방동한은 날아오는 목침을 피해 급히 달아났다.

"조만간 섭 도주를 북마금제도 최강자로 만들어줘야겠어."

유검호는 이를 갈며 목침을 회수했다.

습관적으로 자리에 누우려다 방동한이 한 말이 떠올랐다.

"가만. 묘선옥이면……."

동글동글한 얼굴과 풍만한 몸매, 그리고 성질 더러운 여인이 떠오른다.

"쳇. 귀찮군."

뒷간에 다녀온 지 얼마 되지도 않았는데, 다시 일어나려니 엉덩이가 떨어지질 않는다.

'제길. 하루에 두 번이나 바깥 공기를 쐬어야 하다니.'

유검호는 투덜거리며 일어났다.

그대로 있다간 묘선옥의 침입을 받아야 할지도 모른다. 싱글싱글 웃으면서 살랑살랑 날릴 잔소리는 생각만 해도 머리가 지끈거린다.

차라리 귀찮음을 무릅쓰고라도 나가서 맞이하는 편이 나았다.

그런 생각으로 방을 나갔더니 문 바로 앞에 묘선옥이 기다리고 있다.

"어머. 새신랑께서 일어나셨군요. 못생기고 뚱뚱한 제가 들어가려고 했는데."

반갑다는 듯 환하게 웃으며 건네는 말에 가시가 덕지덕지 달려 있다.

'이 여자… 다 들었군.'

장원 안을 뛰어노는 아이들의 기척을 지우려 기감을 닫아 두었던 것이 실수다.

'아무리 그래도 방 바로 밖에 있는 사람의 기척을 놓치다니.'

살기나 공격 의지 같은 것을 느꼈다면 바로 알아차렸을 텐데, 묘선옥은 예의 그 밝고 따듯한 기운만을 흘리고 있었기에 모를 수밖에 없었다.

유검호는 뭔가 변명을 하려다 멈칫했다.

'가만. 내가 뭘 어쨌다고?'

생각해 보니 자신은 가만히 있었다. 묘선옥에 대해 안 좋은 말을 한 것은 전부 방동한이다. 그가 변명할 것이 있을 리가 없다.

'나는 죄 없잖아?!'

유검호는 스스로 당당하다 생각하며 말했다.

"묘 소저. 오랜만이오. 그간 잘 지냈소?"

"잘 지냈죠. 너무 잘 먹고 잘 자서 돼지처럼 뚱뚱해졌네요. 호호호."

살기 담긴 웃음에 유검호는 더 참지 못하고 버럭 소리쳤다.

"아니, 이 여자가! 내가 한 말도 아닌데, 왜 나한테 그러는 거요?"

묘선옥은 여전히 웃는 얼굴로 대답한다.

"부인하지도 않았잖아요. 침묵은 긍정이라고 하죠."

"내가 왜 당신 외모를 편들어 줘야… 하지. 하하하. 아까 그 영감이 노망이 나서 헛소리한 거요. 마음에 담아두지 마시오. 하하하."

유검호는 어색하게 웃으며 변명했다. 묘선옥이 그제야 들고 있던 바위를 놓는다. 쿵 소리가 유검호의 가슴을 울린다.

"하… 하하. 이러지 말고 들어갑시다. 안에서 차… 라도 마셨으면 싶지만 차가 없구려. 그냥 앉아서 대화나 합시다."

유검호는 말을 하며 방으로 안내했다. 그리고 자신의 침상을 가리킨다.

"이리 앉으시오."

묘선옥의 눈썹이 또 한 번 꿈틀거렸다.

"아직 시집도 안 간 처녀한테 남정네 눕던 침대에 앉으라고 요?"

"방에 의자가 없는데 어쩌라고! 전에 장양촌에선 제멋대로 잘만 앉아 놓고."

"흥. 나 쉬운 여자 아니거든요."

묘선옥은 투덜거리면서도 유검호의 침상에 털썩 앉는다.

"쳇. 어차피 앉을 거면서 투덜거리긴. 내가 여기 있는 건 어떻게 알고 왔소?"

"귀숙께 전해 들었어요. 흑 공자한테 머물고 있는 망령을 통해 알았다더군요."

"망령? 아, 그 개 귀신? 그런데 무슨 일로?"

유검호의 몸이 스르르 가라앉는다. 침상에 엉덩이를 붙이자

눕고 싶어진 것이다. 묘선옥이 자연스럽게 이불을 걷어채 창밖으로 집어던지며 말한다.

"아. 몇 가지 알아낸 것이 있어서 알려드리려고요. 할 말도 있고."

유검호가 손을 까딱이며 말했다.

"알아낸 것이라. 들으나 마나 그 홍수인지 뭔지 하는 작자 이야기겠지?"

유검호의 손짓에 따라 이불이 도로 날아온다. 묘선옥이 들어오는 이불을 걷어차며 대답했다.

"당연히 홍수에 관련된 일이죠. 홍수에 관해 안일하게 생각하는 것 같은데, 우리가 쫓는 홍수는 매우 위험한 자예요. 무슨 짓이든 할 수 있는 힘을 가졌다고요."

유검호가 흑암으로 공중에 뜬 이불을 낚아채며 말을 받았다.

"무슨 짓이든 할 수 있는 거지, 한 건 아니잖아. 하지도 않은 일 때문에 처단한다는 건 이상하지 않아?"

묘선옥이 흑암에 걸린 이불을 손으로 걷어챘다.

"말했잖아요. 이미 팔선도의 전수자들 대다수가 그자에게 살해당했다고. 그 이상 무슨 이유가 더 필요한가요?"

"당신들이 주장하고 있는 홍수가 다른 전수자들을 살해한 범인이라는 증거도 없잖아. 단순히 추측만 가지고 누군가를 죽인다는 것은 굉장히 불합리해 보이는군. 그리고, 이불 좀 줘."

"단순한 추측이 아니에요. 귀숙은 이미 홍수의 정체를 파악했어요. 그자가 혈사교주의 시체에서 금강의 힘을 빼앗는 광경까지 목격했다고요. 그 광경을 목도한 화산의 제자 수십 명을 학살하기까지 했다더군요. 그리고 좀 일어나시죠? 누워서 대화라니. 실례잖아요."

"잘됐네. 화산파를 건드렸다니. 그 사실을 화산파에 알리면 모든 문제가 해결되겠군. 화산파 무공은 무섭거든. 게다가 화산파가 달려들면 다른 정파에서도 가만히 있지 않을 테고, 무림맹에서도 힘을 쓸걸. 그렇게 되면 흉수인지 뭔지 하는 작자도 제거할 수 있지 않겠어? 일어나는 건 이불부터 주면 한번 생각해보지."

"화산파라니. 어처구니가 없군요. 만약 화산파가 유 문주님을 공적으로 선언하고 달려들면 어떻게 하실 건가요? 그리고, 먼저 일어나시죠."

"나? 나라면 적당히 좀 패주고, 계속 귀찮게 굴면 그냥 찾아가서 다시 못 덤비게 혼을 내주겠지. 아, 그냥 좀 줘!"

"유 문주님께서도 만만하게 여기는 화산파를 흉수가 겁낼까요? 팔선의·도를 다섯 가지나 지닌 자예요. 아마 전 무림이 모두 달려들어도 눈 하나 깜빡 안 할걸요. 그리고, 이런 이불 덮고 자면 병 걸려요."

묘선옥은 말을 하며 이불을 바닥에 버리고는 발로 밟아버렸다. 이불만 보고 있던 유검호의 얼굴이 일그러진다.

"흉수가 눈이 없나 보지. 그런 일은 정의감 넘치는 협객들한테나 부탁하라고. 흉수가 무림 정복하려 한다고 소문내면 한 달 안에 흉순지 뭔지 박살 내주겠다는 작자들이 백사장 모래알만큼 모일걸? 쳇. 이불 따위. 안 덮고 만다."

유검호는 완전히 드러누워 등을 돌린다. 잠을 향한 집요한 의사 표현에 묘선옥은 자리에서 일어났다.

"이불이 없어서 추울 것 같네요. 제가 따뜻하게 해드릴게요. 화섭자가 어디 있었는데. 기름은 저걸 쓰면 되겠군요."

말을 하며 유등을 들어 올린다. 그대로 두면 정말로 기름이라도 들이부을 기세다.

"따뜻하겠군. 너무 따뜻해서 가슴이 활활 타오르겠어."

유검호는 결국 몸을 일으켰다. 묘선옥은 유등을 놓고는 다시 말했다.

"흉수는 곧 움직일 거예요. 귀숙이 알아낸 바에 의하면 무림 맹에서부터 움직일 거라더군요."

"무림맹? 황궁이랑 관련된 인물이라고 하지 않았소?"

내내 시큰둥하던 유검호도 그 말에는 뜻밖이라는 표정을 지었다. 무림맹이 관련된 일이라면 완전히 손을 놓을 수 없었다.

아무리 연을 끊었다곤 해도 한때 사부였던 문천기와 사매인 문소영이 있는 곳이다. 흉수가 정말로 악심을 품고 있다면 무림 맹의 전력으로는 당해내지 못할 것이다.

유검호가 반응을 보이자 묘선옥은 흡족해하며 말을 이었다.

"흉수가 무림맹과 직접적으로 연관된 것은 아니에요. 다만 흉수의 조력자가 무림맹을 움직이려 한다더군요."

"조력자?"

"조력자의 정체는 확실히 몰라요. 흉수와 만난 이후 무림맹으로 향했다는 것밖에는. 그 후에 무림맹이 내부적으로 술렁이고 있다더군요. 귀숙의 말로는 조만간 큰 움직임이 있을 분위기래요."

"무림맹을 움직인다라… 이용한다는 말인가?"

"그럴 공산이 커요. 처음엔 무림맹부터 공격하려는 것이 아닐까 했는데, 그런 거였다면 굳이 무림맹을 움직일 필요는 없었겠죠. 궤멸할 생각이었으면 흉수가 직접 찾아가서 모두 죽이면 되는 일이니까요. 뭔가 달리 노리는 것이 있으리라는 것이 귀숙과 저의 판단이에요."

"이해가 안 되는군. 당신 말대로 흉수가 그렇게 강하다면, 뭐하러 무림맹을 이용하지? 그냥 직접 손을 쓰면 될 것을. 아니, 사실은 그렇게 강한데 무림 같은 것에 욕심을 내는 것이 더 이상하군. 그 정도로 강해지면 물질적인 야심 같은 것은 무의미해질 것 같거든. 그런데 목표를 위해 음모를 만들고 계획을 짠다는 것은 납득이 안 가는군."

"글쎄요. 더 큰 것을 노리는 것이 아닐까요?"

"더 큰 것? 무림보다 큰 것이라. 옥좌라도 노린다는 건가?"

누군가 들었다면 당장 신고부터 할 발언이다. 하지만 말하는 유검호도, 듣는 묘선옥도 신경 쓰지 않는다.

"귀숙도 그자의 신분을 보면 그럴 공산이 크다고 하더군요."

"신분? 그러고 보니 아까부터 묻고 싶었어. 대체 그 흉수의 정체가 뭐요?"

유검호의 질문에 묘선옥은 입을 다물었다. 잠시 궁리하는 것이 말을 해줘도 되는지를 생각하는 듯하다. 잠시 후 묘선옥의 입이 다시 열렸다.

"어차피 유 문주님도 아셔야 할 테니, 조금 일찍 말씀드리죠. 흉수의 정체는 바로……."

묘선옥이 이름을 말하려 할 때였다. 문밖에서 섭부용의 목소리가 들려왔다.

"유 문주님. 잠시 뵈었으면 싶군요."

그 목소리에 묘선옥의 눈빛이 날카로워진다.

"어머. 유 문주님을 연모한다던 그 여성 분인가 보군요."

유검호는 절로 머리가 지끈거려 왔다.

"오늘 무슨 날인가? 한 명만 해도 골치 아픈데 두 명이 동시라니."

유검호가 대답이 없자 묘선옥이 일어나 문을 열어준다.

"들어오세요. 전 단지 전할 말이 있어서 여기 있는 것이니 괜한 오해는 하지 마시고……"

묘선옥이 말을 멈춘다. 그녀의 표정이 놀람으로 가득 찼다.

여인의 목소리에 멈칫하던 섭부용 역시 상대를 보고는 눈을 동그랗게 뜬다. 표정 변화가 미미하던 섭부용에게서는 흔히 볼 수 없는 감정 표현이었다.

"선옥 언니?"

섭부용이 먼저 아는 체한다. 거의 동시에 묘선옥 역시 놀라며 소리쳤다.

"부용 동생?"

두 사람의 동시 호명에 유검호는 양손으로 머리를 감쌌다.

'제길. 망했다. 아는 사이였군.'

벌써부터 불길한 예감이 강하게 엄습해 오는 유검호였다.

\*　　　\*　　　\*

유검호의 방 안이 아리따운 여성들의 목소리로 가득 찼다.

퀴퀴하던 남정네 냄새 대신 향긋하고 성숙한 두 여인의 향기가 풍긴다.

일반 남자라면 좋아할 일이다. 하지만 유검호는 귀를 감싸고 싶었다. 두 여인이 마주치는 순간에 느꼈던 불길함은 정확히 들어맞았다.

아는 사이임을 인지한 순간부터. 두 사람은 유검호의 침상에 걸터앉아 쉬지 않고 떠들어댔다.

그토록 과묵하던 섭부용도 어지간한 여자들만큼 말을 했고, 묘선옥은……

"호호호. 그래서 장양촌에서 무공 좀 알려달라고 했더니, 귀찮다는 거야. 아니, 불의를 보고 피하다니. 남자가 어떻게 그럴 수 있지? 정말 이해가 안 간다니까. 그뿐인 줄 아니? 어찌나 게으른지 한 번 자리 깔고 누우면 오줌보가 터질 때까지 안 일어나고, 속옷은 헤어질 때까지 갈아입지도 않는다니까. 아, 물론 내가 속옷을 본 건 아니니까 오해하지는 마. 게다가 더럽기는 얼마나 더러운지……"

아주 신이 났다. 말수로 고수를 꼽는다면 능히 천하제일이다.

그 내용의 대부분은 유검호를 비난하는 것이다.

'나 아직 잠 안 자거든?'

외치고 싶었다. 하지만 입을 여는 순간 비난은 열 배로 돌아올 것이다. 유검호는 음파를 차단해 버릴까 심각하게 고민했다.

그러든 말든 묘선옥은 끊임없이 떠들어댔다. 이야기는 장양촌을 거쳐 어느덧 이곳까지 온 경유에까지 이르렀다.

"그래서 흥수의 정체를 알아내서 결국 여기까지 오게 된 거야. 그런데 기껏 머나먼 길 찾아왔더니 저 작자는 나 몰라라 하면서 드러누워 잘 궁리만 하고 있으니 얼마나 답답하겠어? 나 참. 정말 살다 살다 저렇게 게으르고 이기적인 사람은 처음이라니까. 세상이 망하든 말든 자긴 잠만 자면 된대. 정말 어이없지 않니?"

조금 전까지만 해도 흥수에 관해 비밀인 것처럼 굴던 묘선옥이다. 지금은 알아서 다 떠든다.

그들의 대화를 들으며 유검호는 몇 가지 정보를 알아냈다.

두 사람은 그냥 아는 사이가 아니다. 스스럼없이 언니 동생 할 정도로 친한 사이다. 누가 보면 친자매인 줄 알 것이다.

또한 그들의 인연은 전대부터 이어져 내려왔다. 간혹 각자의 사부에 관해 이야기하는 것을 보면 꽤나 오래된 인연인 모양이다.

마지막으로 그들은 매우 친한 것처럼 보이지만, 서로를 경계하고 있다. 대화 도중 오가는 신경전은 유검호도 느낄 수 있었다.

"대체 어떤 취향 독특한 여자가 유 문주님 같은 남자한테 반한 걸까 했는데 그게 바로 너였다니. 정말 세상 오래 살고 볼 일이다, 애."

"그게 무슨 말이죠? 저 눈 높은 건 언니도 잘 알 텐데요."

"그러니까 의외라는 거지. 눈 높은 네가 유 문주님과 그렇고 그런 사이······."

콰직.

섭부용의 발이 바닥을 움푹 파고 들어간다.

"누가 그런 헛소리를 하고 다니는 거죠?"

"어머. 아니었어? 난 또 네 취향이 워낙 독특해서 진짜인 줄 알았지."

"그러는 언니야말로? 남정네 방에 스스럼없이 들어오시네요."

찌지직.

이번엔 묘선옥이 발에 감긴 유검호의 이불을 찢어발긴다.

"호호호. 그럴 리가 없잖니? 나 미남 좋아하는 거 잘 알면서. 그런데 넌 여전히 예쁘네. 요즘도 피부 관리한답시고 매일 소젖으로 세안하고 아침저녁으로 주안체조 하고 그러니?"

"언니는 아직도 안 하나 봐요? 제가 가르쳐 드릴까요?"

"호호호. 난 워낙 타고난 피부가 좋아서 안 해도 되거든."

"하긴, 언니 피부야 예전부터 삼십 대였으니까. 이제 언니랑 다니면 사람들이 모녀 지간으로 보겠어요. 사실은 두 살밖에 차이 안 나는데."

"모, 모녀?! 호… 호호호. 난 정상이지. 오히려 나이에 안 맞게 어려 보이는 니가 이상한 거지. 하긴, 넌 예전부터 겉하고 속이 완전히 달랐으니까. 요즘도 하고 싶은 말 참으면서 신비한 척하고 다니니? 아직도 니가 공주같이 느껴지고, 남자들이 너만 보면 다 한눈에 반할 것 같아? 조심해라. 얘. 너 그거 병이란다. 약으로도 못 고친대."

이 정도면 언중유골 정도가 아니다. 분위기는 분명 화기애애

할진대, 주고받는 대화는 살기가 흘러넘친다.

'무, 무섭다.'

유검호는 드물게 공포를 느꼈다.

여인들의 신경전은 피가 튀고 살점이 휘날리는 전장보다 더욱 살벌했다. 아름다운 미모를 지닌 여성들과 한공간에 있으면서 공포를 느껴야 하다니. 경험 많다 자부하는 유검호로서도 처음 겪는 일이었다.

그대로 두면 날이 저물 때까지 그의 방을 차지하고 떠들어댈 기세다.

"젠장. 그만! 볼일이 있으면 빨리 말하고, 회포를 풀려거든 다른 데 가서 하시오."

유검호의 중재에 두 여인의 신경전은 겨우 일단락되었다.

섭부용이 한숨을 쉬며 용건을 말했다.

"낮에 미영이의 일로 무례했던 것을 사과하러 왔어요."

"개의치 않소. 그것뿐이라면 그만 가주시오. 아, 가는 길에 친구 분도 같이 데려가 주시고. 난 이만 좀 쉬어야겠소. 갑자기 피곤해지는구려."

그 말에 묘선옥이 얼른 덧붙인다.

"전 유 문주님과 조금 더 나눌 이야기가 있으니, 조금 이따 찾아갈게. 너 먼저 가 있으렴."

섭부용은 잠시 머뭇거리다 이내 발길을 돌린다.

"그럼 조금 있다 봐요."

섭부용은 불안한 시선을 한 차례 던지고는 방을 나갔다.

그녀가 나가자마자 묘선옥은 생글거리는 얼굴로 말했다.

"흥. 여우 같은 계집애. 안 본 사이에 더 요사스러워졌군. 분명 남자 수십 명은 잡아먹었을 거야."

유검호는 황당하여 물었다.

"대체 친한 거요, 안 친한 거요?"

"친하면서도 친하지 않다고 해두죠."

"당신들은 정말 이해할 수 없군."

"여자들의 미묘한 감정을 아둔한 남정네가 어찌 알겠어요?"

"알고 싶지도 않소. 그런데 무슨 용건이 더 남은 거요? 어지간하면 다음에 하고 그냥 섭 도주랑 같이 가지?"

"아직 흥수의 정체를 말하지 못했잖아요. 그리고 부용이에 대해서도 알아두시는 게 좋을 거예요."

"섭 도주에 대해? 북마금제도의 도주라던데? 더 알아야 할 것이 있나?"

"물론이죠. 북마금제도는 우리와 뿌리가 같아요. 그들도 팔선의 맥을 이어받았죠."

유검호도 어느 정도 짐작하고 있었다.

지금은 실전되었지만, 본래 북마금제도의 진수는 상상하기 힘든 거력이라 했다. 현실에 존재할 수 없는 힘. 그런 이능의 힘이 흔할 리가 없다. 팔선의 능력을 떠올리지 않는 것이 이상하다.

유검호의 담담한 표정에 오히려 묘선옥이 놀란다.

"알고 계셨어요?"

"어쩌다 보니."

"그럼 그 부분은 건너뛰어도 되겠군요."

"또 다른 부분도 있소?"

"당연하죠. 사실 부용이에게 말은 안 했지만, 이번 사태의 책임은 북마금제도에 있다고 할 수 있어요."

유검호는 긴장하며 물었다.

"긴 이야기요?"

미리 누울 자세까지 취한다.

"그리 길지 않아요. 중요한 이야기니까 집중해서 들으세요."

"난 누워야 집중이 잘 되… 지만 앉아서 경건하게 듣겠소. 불 좀 끄시오."

묘선옥은 화섭자를 내려놓으며 입을 열었다.

"이야기는 옛날로 거슬러 올라가요. 일전에 팔선에 반하는 북혈마군이라는 마선이 있다는 이야기를 한 적이 있었죠? 북혈마군은 악인이면서도 신선이 되었으리만큼 대단한 인물이었어요. 그의 능력에는 팔선인들도 고전을 했을 정도였죠. 하지만 결국 팔선인을 당하진 못했어요. 팔선인들은 북혈마군의 육체를 소멸시켜 버렸죠. 하지만 북혈마군의 영혼까지 없앨 수는 없었어요. 북혈마군이 혼을 다루는 흡령대법을 익힌 까닭이죠. 그의 혼을 없애기 위해서는 그에게 혼을 빼앗긴 많은 무고한 사람들의 혼까지 소멸시켜야 했거든요. 어쩔 수 없이 팔선인들은 그의 혼을 인적이 닿지 않는 섬에 봉인했어요. 그 섬이 바로 북마금제도죠. 선인들은 누군가 풀어주지 않는다면 영원히 세상에 나올 수 없을 테니, 소멸시킨 것이나 마찬가지라 생각했죠. 그리고 북마금제도의 관리를 팔선 중 한 명의 후예에게 맡겼어요. 바로 대력선인이었죠. 대력선인의 역체술은 익힌 사람에게 무한한 힘과 무너지지 않는 정신력을 주죠. 북마금제도를 관리하기에 적임자라고 할 수 있었죠. 어머. 왜 그런 눈으로 쳐다보죠?"

"길지 않다면서? 벌써 졸리잖아!"

"다 끝나가요. 조금만 참아봐요. 대력선인의 후예들은 대를 이어 우직하게 북마금제도를 지켰어요. 그런데 세월이 지나면서 선인들의 예상과 다른 일이 벌어졌죠. 북마금제도를 지키던 역체술의 전인이 북혈마군의 혼에 침식당하는 일이 생긴 거죠. 역체술이 주는 효능 중, 강인한 정신을 제대로 얻지 못해 생긴 일이었죠. 그 일로 역체술의 전인이 이성을 잃고 섬을 탈출하게 되었어요. 그는 파괴의 본능에 따라 중원을 휘젓고 다녔죠. 다행히 역체술의 전인은 자신의 후예를 만들어놓은 상태였어요. 후대의 전인은 눈물을 머금고 사부의 목숨을 거두었죠. 그리고 다시 북마금제도로 돌아가 사명을 다했어요. 하지만 그 역시 시간이 지나면서 점차 북혈마군의 혼에 오염이 되죠. 선대에 익히지 못한 강인한 정신을 그도 이어받지 못했던 거예요. 파괴의 욕구와 지키려는 이성 사이에서 번뇌하던 그도 결국 중원으로 향하게 되죠. 그리고 그의 목숨은 또다시 후대가 거두어 가면서 제자가 마인이 된 사부에게 최후를 선사하는 안타까운 관습이 생기게 되죠. 그때의 관습은 지금도 이어져서 아직도 북마금제도 사람들은 북마의 혼에 침식당한 마인을 불문곡직하고 처단하곤 한다더군요."

유검호는 의아함에 물었다.

"팔선의 도는 일인전승이라고 하지 않았었나?"

섭부용 등의 말에 의하면 북마금제도에는 많은 사람들이 살고 있었다. 일인전승이었다면 결코 있을 수 없는 일이다.

묘선옥은 고개를 끄덕이며 설명했다.

"원래는 그게 원칙이에요. 하지만 역체술의 전인들은 생각했죠. '자칫하면 전인을 만들지 못한 상태에서 북혈마군에게 침식당하는 경우가 생길지도 모른다. 그것을 미연에 방지할 대비책이 필요하다.' 라고요. 그래서 선택한 방법이 팔선의 도를 얻지 못한 사람들을 불러 모은 거예요."

"팔선의 도를 얻지 못한 사람들?"

"그래요. 팔선의 도를 얻는 것은 굉장히 어려운 일이에요. 전인이 된다 해서 모두가 얻을 수 있는 것이 아니죠. 팔선의 묘리를 얻은 사람보다 얻지 못한 전인이 훨씬 많을 정도예요. 보통 그런 경우엔 후대에 선대의 묘리를 전수한 후, 은퇴하는 것이 관례였어요. 역체술의 전인은 그런 사람들을 섬으로 불러들였죠. 팔선의 묘리를 얻지 못했다곤 하지만, 대단한 능력을 지닌 사람들도 많았죠. 그런 사람들을 섬 주민으로 받아들인 거죠. 그들에겐 터전을 만들어주고, 대신 자신들이 이성을 잃었을 때 견제를 할 수 있게끔 한 것이죠."

"그 사람들은 북혈마군에게 침식당하지 않는 건가?"

"북혈마군의 영혼은 자신의 생전에 기억하고 있던 적수 중에 가장 강한 기운만을 공격한다더군요. 즉, 팔선의 비기를 터득한 사람이죠. 그 조건에 맞는 것은 섬에서 역체술의 전인뿐이었어요. 그래서 다른 사람들은 안전할 수 있었죠. 덕분에 역체술의 전인들은 한시름을 놓게 되죠. 만에 하나 후대를 만들지 못한 상태에서 이성을 잃어도 다른 사람들이 뒤처리를 해줄 수 있었으니까요. 하지만, 거기에도 문제가 생겼어요. 북혈마군에게 침식당한 전인 한 명이 북혈마군의 봉인석을 파괴하고 사라진 것이죠. 파괴된 봉인석을 복구하는 동안 그자는 그대로 자취를 감춰 버렸어요. 북마금제도의 주민들은 황급히 사라진 선대를 찾아 나섰지만, 헛수고였어요. 더 큰 문제는 역체술의 묘리가 후대에게 전수되지 못한 상태였다는 거죠. 일단 힘을 길러야 한다고 생각한 섬 주민들은 자신들이 익힌 미완의 이론을 모아 여러 절기를 만들었어요. 남겨진 후대 역시 미완이나마 역체술을 복구하기 위해 애를 썼죠. 하지만 선인의 절기는 범인이 노력한다고 채울 수 있는 빈칸이 아니었어요. 결국 북마금제도의 진산절기를 잃은 채 반쪽짜리 팔선의 후예가 된 것이죠."

"그럼 사라진 전인이 흉수란 건가?"

묘선옥은 고개를 저었다.

"확실히 다른 팔선의 전인들이 실종되기 시작한 것이 그즈음이에요. 하지만 이미 오래전의 일이라 당사자가 아직 살아 있다고 보긴 어려워요. 그보단 그의 이능을 물려받은 후인이라 생각하는 편이 더 타당성이 있겠죠."

"섭 도주가 나온 것도 그 일 때문인 건가?"

"아마도요. 북마금제도에서는 정기적으로 사라진 선대를 찾기 위해 사람들을 내보내곤 하거든요. 이번에는 도주인 부용이가 직접 나온 모양이군요."

"북마금제도의 사정을 꽤나 자세히 알고 있군."

"말했듯이 팔선의 전인들은 서로 왕래가 잦았거든요. 저도 어렸을 때 북마금제도에 자주 놀러 가곤 했었죠. 그래서 부용이 와는 친자매처럼 지내던 사이예요."

'친자매? 원수겠지.'

두 여인이 신경전을 벌이던 광경이 떠오르자 몸이 부르르 떨린다.

"그래서 흉수로 짐작되는 게 누군데?"

그 한마디를 묻기 위해 많은 시간이 지났다.

묘선옥은 오랜 대화에 침이 마른 듯 입술을 살짝 적신다.

잠시 긴장을 가라앉힌 묘선옥은 떨리는 목소리로 한 자 한 자 또박또박 말했다.

"흉수는 바로 칠왕. 주천학이에요."

"주천학?"

유검호는 흉수의 이름을 되뇌었다.

귀에 익은 것이 어디선가 들어본 이름이다. 묘선옥이 궁금증을 풀어준다.

"무림맹과 마도맹의 정사회담이 벌어진 당시에 황궁에서 파견 나왔던 황족, 기억나요?"

"황족?"

유검호의 머릿속에 화려한 의복을 걸치고 섭선을 흔들던 잘생긴 장년인의 얼굴이 떠오른다. 살벌한 회담 속에서도 홀로 여유롭던 사내. 당시엔 눈여겨보지 않았었다. 그래서인지 기억에 남는 존재감이 없었다. 아마 묘선옥이 말하지 않았다면 다시 본다 해도 모르고 지나쳤을 것이다.

"호오. 대단한 인물이었군."

그가 파악하지 못했다는 것은 스스로를 감추었다는 것.

단순히 기를 숨긴 것이 아니라 존재감 자체를 속였다는 말이다. 무공으로도 최소한 유검호와 대등하거나 그 이상의 실력을 갖추었다는 뜻이다.

"게다가 신분이 황족이라니. 쉽지 않겠어."

"신분에 신경 쓰다니. 유 문주님답지 않군요."

"몸 편히 지내려면 신경 쓰지 않을 수 없지."

유검호가 특별히 상대의 신분 같은 것에 연연하는 성격은 아니다. 하지만 이 나라에 발을 붙이고 살기 위해선 무시할 수도 없다. 자칫하면 팔선문이 역도로 낙인찍힌다.

물론 역도가 된다 하여 위협이 되는 것은 아니다. 현재 팔선문의 전력은 무림 최강이다. 현 무림의 최고수라 할 수 있는 세 사람이 모두 모여 있다.

황실과 전면전을 치른다 해도 밀리지 않는다. 하물며 몸을 보전하는 정도는 일도 아니다.

허나 번거로움만은 피할 수 없다. 끊임없이 싸우고 움직이며 경계해야 한다.

안빈낙도만을 꿈꾸며 돌아온 고향. 유검호는 피곤한 일을 자초해서 만들고 싶지 않았다.

묘선옥은 설득하듯 말했다.

"어차피 홍수는 신분을 내세우진 않을 거예요. 본신의 능력만으로도 하지 못할 일이 없을 텐데, 굳이 신분을 내세울 필요도 없죠. 그자와 싸운다 해서 황실이 나서거나 하진 않을 테니, 염려 놓으세요."

"애초에 내가 왜 그자와 싸워야 하는지부터가 의문이군."

"유 문주님이 나서지 않는다면 무림맹이 위험해질 테고, 무림맹이 위험해지면……."

"사부님과 사매도 위험해진다는 거겠지? 괜찮아. 두 사람을 구해내는 정도는 굳이 싸우지 않아도 할 수 있는 일이니까."

"하지만 세상은……."

묘선옥은 세상이 혼란해진다는 것을 설명하고자 했다.

문득 일전에도 비슷한 대화를 했던 것이 기억난다. 그때도 대화는 평행선을 달렸다. 결코 꺾이지 않는 두 직선. 유검호와 묘선옥이 세상을 보는 관점이었다.

그 사실을 되새긴 묘선옥은 생각을 달리했다.

"유 문주님의 생각이 그렇다면 어쩔 수 없죠. 더 이상 강요하진 않겠어요."

유검호는 눈살을 찌푸렸다. 그녀가 예상외로 너무 순순히 물러난 것이 이상했기 때문이다. 하지만 굳이 캐물을 생각은 하지 않았다. 그의 신념은 확고했다. 선을 넘는 경우엔 움직이고, 그렇지 않다면 목에 칼이 들어와도 버틴다. 그가 정한 선은 묘선옥이 무슨 방법을 사용하든 변하지 않을 것이다.

그렇기에 묘선옥의 의도가 의심스러웠지만, 그냥 넘길 수 있었다.

묘선옥도 유검호의 성격을 알고 있다. 순순히 물러난 것은 그 때문이다. 주천학은 곧 행동을 취할 것이다.

시작은 무림맹을 움직이는 것이지만, 끝은 어디까지 갈지 알 수 없다. 그 과정에 많은 피가 동반할 것은 당연하다.

유검호는 지인만을 구하겠다 말했지만, 막상 그런 상황을 목도하게 되면 결코 그냥 보아 넘길 수 없을 것이다. 유검호가 정한 선을 넘을 것이 분명하기 때문이다.

굳이 지금부터 유검호를 설득하기 위해 노력할 필요가 없는 것이다. 애초에 이곳에 찾아온 이유는 정보를 미리 알리기 위함이다. 소기의 목적을 달성한 셈이다.

유검호 역시 그녀의 생각을 알고 있다.

두 사람 다 서로의 생각을 파악하면서도 해볼 대로 해보라는 식이다.

"할 말 다 했으면 이제 그만 섭 도주한테 가서 회포나 푸시오. 보니까 쌓인 이야기들이 많은 것 같던데."

"쌓인 이야기라고 할 것까지 있나요? 어차피 남자 이야기일 텐데. 앞으로 시간도 많을 텐데 천천히 하죠 뭐."

"그렇군. 앞으로 시간도 많… 다고? 잠깐. 그건 무슨 말이지? 혹시 이 근처로 이사 왔소?"

"호호. 그럴 리가요. 제가 무슨 돈이 있어서 이 비싼 동네에 집을 얻나요? 게다가 집을 얻을 필요도 없잖아요. 여기 이렇게 훌륭한 별장이 있는데."

"뭣? 별장? 여기가 어째서 당신 별장이야? 여긴 내 집이라고."

"에이. 인색하게 그러지 마세요. 장양촌에서 일도 안 하고 빈둥거리던 사람 먹여주고 입혀준 게 누군데."

"그래서 여기 머무시겠다?"

"그럼요. 친한 동생도 있고 아는 얼굴도 많은걸요. 왜요? 쫓아내기라도 하시려고요?"

묘선옥은 가련한 표정으로 묻는다.

"그야 당연하… 젠장. 협박녀! 마음대로 해!"

"어머. 마음씨도 좋으셔라. 그럼 편하게 지낼게요."

묘선옥은 감사하는 표정으로 등유를 내려놓았다.

그렇게 유검호와 묘선옥의 대립은 묘선옥의 승리로 끝이 났다.


묘선옥의 등장에 청수장 사람들은 대부분 기꺼워했다.

강은설과 소린, 흑도비는 장양촌에서부터 그녀와 친했기에 반색을 표했다. 섭부용은 본래부터 친했으니 말할 것 없었고, 섭화란과 철심파파 역시 묘선옥과 친분이 있었는지 반가워했다.

단 두 사람만이 다른 사람과 다른 반응을 보였다. 적무양과 방동한이었다.

적무양은 그녀를 보고 기이하다며 눈빛을 번뜩이며 흥미를 나타냈다. 특별히 싫어하는 기색은 없었지만, 간혹 그녀를 볼 때마다 유심히 관찰하곤 했다. 묘선옥이 지닌 활생술의 기운을 느꼈기 때문이다. 견식이 풍부한 적무양도 활생술의 독특한 기운을 정확히 정의할 수 없었다. 자신이 모르는 기운이 존재한다는 사실이 그의 흥미를 유도했다. 직접 물어보면 될 일이었지만, 오기가 생겼는지 스스로 알아낼 모양이다.

방동한의 경우엔 반응이 조금 더 극명했다.

그는 드러내 놓고 묘선옥을 꺼렸다. 그녀가 말을 걸어도 무시했고, 대화를 할 때도 퉁명스러웠다.

묘선옥은 어렸을 때부터 섬을 자주 왕래했기에 북마금제도의 사람들과는 대부분 안면이 있었지만, 방동한과는 알지 못했다. 방동한이 젊은 시절 대부분을 중원에 나가 있었기 때문이다.

하지만 방동한은 단순히 모르는 사람을 대한다기엔 지나치게 냉랭했다. 철심파파가 무안하여 타박했지만 요지부동이다.

그 이유를 알고 있는 사람은 적무양과 유검호뿐이었다.

방동한은 묘선옥을 섭부용의 연적으로 여겼다.

당사자들은 생각도 않고 있는데, 혼자 삼각관계를 만들며 묘선옥을 적대시하고 있는 것이다.

그에 관해 유검호는 굳이 오해를 풀어주고 싶은 생각이 없었다.

묘선옥, 섭부용, 방동한 세 사람 중 누구에게 말을 꺼내든 좋은 소리 못 들을 것이 뻔했기 때문이다. 방동한에겐 남자답지 않게 내숭뜬다고 핀잔을 들을 테고, 여인네들에겐 감히 주제넘게 자신들을 넘본다고 멸시받지 않으면 다행이다. 아마 그런 이야기를 꺼내는 순간, 유검호는 사실 유무에 관계없이 오르지 못할 나무를 쳐다보는 불한당이 될 것이다.

방동한이 묘선옥과 척을 지든 말든 신경 쓰이지 않는데, 두 사람의 관계 개선을 위해 그런 피곤한 일을 하고 싶지 않았다.

또 한 명 사실을 알고 있는 적무양의 경우엔 아예 나 몰라다.

애초 이런 일이 벌어지게 된 원흉이면서, 신경도 쓰지 않는다.

덕분에 두 사람의 관계는 전혀 개선될 여지가 없었다.

방동한은 퉁명스럽고 묘선옥 역시 살기 흉흉한 방동한을 소
닭 보듯 여겼다.

묘선옥은 그렇게 청수장에 안착했다.

그녀의 말에 의하면 팔선의 전인 중 삼 인이 한곳에 모여 살
게 된 것은 오랜 역사를 뒤져보아도 드문 일이라 했다.

그렇게 기묘한 동거가 시작되었다.

문천기의 망상

　유검호는 부스스한 머리를 긁적이며 방을 나섰다.

　벌써 해가 높이 떠 중천을 향해 가고 있었다. 일반인은 한창 활동을 하고 있을 시간. 유검호에겐 이른 아침이었다.

　"아함!"

　유검호는 늘어지게 하품을 하며 걸었다.

　터벅터벅. 휘적휘적. 걸어가는 모습이 밤새 술 마시고 귀가하는 취객이다.

　"어? 유 아저씨다!"

　처음으로 마주친 것은 소린이었다. 소린은 화미영과 뭔가를 연습하는 중이었다. 소린의 외침에 유검호를 본 화미영이 찌푸린 인상으로 마지못해 꾸벅 인사한다.

　"뭐하냐?"

유검호의 물음에 소린이 반갑게 대답한다.

"어제 할아버지가 새 잡는 기술을 알려주셔서 미영이하고 같이 연습하고 있어요!"

소린이 말하는 할아버지란 적무양이다. 타인에게 냉정한 적무양이지만, 유독 소린에게는 너그러웠다. 소린이 귀여워서인지 아니면 천재성 때문인지는 알 수 없었지만, 마치 친손녀 대하듯 자상했다. 때문에 소린이 무공을 가르쳐 달라 할 때마다 아끼지 않고 절기를 가르쳐 주곤 했다.

덕분에 득을 본 것은 화미영이었다.

소린은 자신이 배운 절기를 화미영과 함께 익혔다.

화미영은 적무양과는 좋은 관계라 할 수 없는 북마금제도의 후계자. 그럼에도 적무양은 화미영이 자신의 무공을 익히는 것을 막지 않았다.

재능이 있다면 배울 자격이 있다는 것이 그의 지론이었다.

화미영의 실력이 섭부용 모르게 급증하게 된 원인이었다.

소린이 주로 배우는 절기는 근접전 위주의 무공들. 육체적 한계를 요구하는 무공을 연습하다 보니 화미영에겐 엄청난 도움이 되었던 것이다.

북마금제도의 장기는 신공과 병기.

완전히 다른 무공을 연습하자 화미영의 결점이 메워지고 있었다.

기이한 것은 화미영의 실력이 급증하고 있는데, 소린 역시 그에 뒤지지 않는다는 것이다. 본래 실력은 화미영이 조금 위였는데, 이제는 우열을 가릴 수 없었다.

적무양은 그런 두 소녀를 볼 때마다 그답지 않게 흐뭇하게 웃곤 했다.

실력과 재능을 모든 것에 우선하는 적무양다운 사고방식이었다.

"어제 할아버지한테 배울 때는 잘되었던 것 같은데, 이상하게 잘 안 돼서 미영이하고 고민하고 있었어요. 아저씨가 한번 봐주세요."

소린은 말과 함께 바닥에서 손톱만 한 돌맹이를 하나 줍더니 멀리 떨어진 나무 과녁을 향해 튕긴다.

쐐액.

쏜살같이 날아간 돌맹이는 검은 기운을 머금고 날아가더니 과녁을 살짝 빗나간다.

쿠웅!

과녁을 빗겨간 돌맹이가 뒤편의 고목나무에 꽂힌다. 묵직한 소리와 함께 거대한 고목나무가 휘청한다.

도저히 어린아이가 쏘아 보낸 것이라고는 생각하기 힘든 위력. 위력만 보면 지풍 수준을 넘어섰다. 그런데도 소린은 마음에 들지 않는다는 듯 볼멘소리를 했다.

"이게 자꾸 안 맞아요. 분명 할아버지가 알려준 구결대로 했는데. 거기다 중간에는 힘도 빠져나가요. 어떻게 해야 돼요?"

소린의 질문에 유검호는 머리를 매만졌다. 벌써부터 골치가 아파왔다.

'애들한테 마혼지를 가르치다니. 그 영감 대체 무슨 생각인 거야?'

마혼지는 몇 세대 전, 일지혈마라 불리던 개세고수의 독문마공이다. 일지혈마는 마혼지라는 지풍 하나로 무림을 피로 물들였다. 마혼지의 살상력은 단순한 지풍과는 비할 수 없이 위력적이었다. 일지혈마가 전성기 때, 한 번 펼친 마혼지로 서른두 명의 가슴에 구멍을 낸 일화는 유명했다.

그런 살상력 높은 무공을 아이들에게 새 잡는 법이라면서 가르쳐 준 것이다.

아이들은 그것이 마음대로 안 된다며 유검호에게 요령을 묻고 있었다.

한숨이 절로 나온다. 그렇다고 초롱초롱한 눈망울로 올려다보는 아이들을 외면할 수도 없는 노릇. 유검호는 훌륭한 조언을 해주기로 했다.

"그거 새 잡는 기술 아냐. 쥐 잡는 기술이야."

그 말에 소린은 무덤덤했지만, 화미영이 기겁한다.

"으엑! 쥐? 나 이거 안 배울래!"

쥐라는 말에 자지러지는 화미영이다.

소린은 그런 화미영을 보고 고개를 갸웃거린다. 화미영의 반응을 이해할 수 없다는 표정이다. 어렵게 살았던 소린에게 쥐는 그리 유별난 동물이 아니다. 하지만 귀하게 자란 화미영에게 쥐는 뱀과 함께 징그러운 동물 최상위권에 속했다.

아이들의 연상법은 단순하다. 쥐가 징그러우면 쥐를 잡는 무공도 징그러워진다. 쥐와 관련되었다는 것만으로도 싫어하는 것이다.

화미영이 아무리 되바라지고 똑똑한 척한다지만, 아직 열 살도 채 안 된 어린아이. 무공과 쥐의 상관관계를 냉철하게 생각할 만큼 논리적이지 못하다.

그리고 또 하나. 아이들은 유대감을 무엇보다 중요시한다.

화미영이 손을 떼자 소린은 쥐에 대해 별다른 감정도 없으면서 말한다.

"그럼 나도 안 배울래! 우리 그냥 다른 거 배우자."

"그래. 어제 도비 아저씨가 가르쳐 준 거나 하자."

순식간에 의견을 일치하여 다른 무공을 연습한다.

물론 다른 무공이란 것 역시 그리 평범한 것은 아니었지만, 마혼지처럼 유해한 무공은 아니었다.

유검호는 아이들을 선도했다는 마음에 뿌듯한 미소를 지으며 발길을 옮겼다.

마당으로 나가자 시커먼 얼굴이 그를 반긴다.

"오오. 대장. 이 시간에 웬일이에요?"

유검호는 인상을 찌푸리며 되물었다.

"그러는 넌 이 시간에 뭐하는 짓거리냐?"

"아침 운동 중이죠."

흑도비는 두 손을 머리 위에 들어 올리고 있었다. 그 앞에는 거구의 여인이 흑도비의 손을 마주 잡고 있다. 섭부용의 동생이자 사매인 섭화란이었다. 두 사람은 양손을 잡고 서로 얼굴이 맞닿을 듯 붙어 있었다. 백주대낮에 애정 행각이라도 벌이는 것 같다. 하지만 조금 더 자세히 보면 그런 생각이 쏙 들어간다.

두 사람의 이마에 튀어나와 있는 혈관. 흘러내리는 땀방울.

걷어 부친 팔뚝 위에 덕지덕지 붙어 있는 근육은 힘을 줄 때마다 뱀처럼 꿈틀거린다.

그 상태로 깍지 낀 상대의 손을 꺾으려 오만상을 쓴다.

실로 무식하기 짝이 없는 힘자랑이다.

흑도비가 청수장에 온 이후로 수도 없이 반복한 대결이다.

섭화란은 항상 이번에야말로 이기겠다며 도전을 하곤 했지만, 매번 미세한 차이로 흑도비가 이기곤 했다.

그러면 섭화란은 씩씩거리며 근력 수련을 하곤 한다.

그녀는 흑도비 역시 매일 피나는 수련을 하고 있다는 사실을 짐작도 못했다. 그저 자신이 조금만 더 수련하면 언젠간 이길 수 있을 거라는 낙관적인 생각만 할 뿐이다.

이를 박박 갈며 힘을 주는 섭화란을 보자 비난할 마음도 들지 않는다.

'참 잘 어울리는 한 쌍이다.'

유검호는 혀를 차며 그들을 지나쳤다.

대문 앞에 이르자 또 다른 두 사람이 그를 맞는다.

"게으른 놈. 이제야 나타나는 게냐?"

"허허허. 노야와 나는 진작 기다리고 있었다네. 내가 나서려 했는데 노야께서 자네에게 맡기라더군."

적무양과 방동한의 말에 유검호는 한숨을 쉬었다.

"역적 안 되게 해줘서 고맙소."

유검호는 두 사람을 지나쳤다. 대문을 열자 오래된 나무문 특유의 삐그덕 소리가 울린다. 활짝 열린 대문 밖으로 나섰다. 청수장에 들어온 이후 처음으로 밖에 나간다.

오랜만의 외출이었건만 유검호의 표정이 좋지 않다.

귀찮음과 짜증이 반씩 뒤섞인 표정. 단순히 외출 때문에 귀찮기 때문은 아니다.

신경을 거스르는 광경 때문이다.

청수장의 담벼락을 둘러싼 공간. 그 공간을 가득 채우고 있는 인원들. 평범한 인원이 아니다. 제각각 휘황찬란한 무장을 갖춘 병사들이다.

그들이 바로 유검호가 방을 나서서 대문 밖까지 나오게 만든 이유였다.


유검호가 처음 눈을 떴을 때 느꼈던 것은 의문이었다.

'뭐지?'

자신이 잠을 자다 말고 눈을 떴다는 사실이 의아했다.

충분히 자서 눈을 뜬 것이 아니다. 정체를 알 수 없는 묘한 느낌이 그의 신경을 건드렸다.

유검호는 잠을 잘 때, 기의 장벽을 만들어 자신의 방을 바깥과 완전히 차단시켜 버린다. 기로 벽을 만드는 것은 여간한 고수는 꿈도 꾸지 못할 일이다. 더욱이 그것을 하루 종일 유지한다는 것은 불가능에 가까운 일이었다.

일반적인 고수와는 비할 수 없는 유검호지만, 그에게도 쉽지 않은 일이다. 그럼에도 감행할 수밖에 없었다. 수시로 찾아와 살벌한 기운을 흘리며 압박을 가하는 방동한과 신경 긁기의 달인이라 할 수 있는 묘선옥 때문이었다.

기의 장막 덕분에 지금은 집 바로 앞에서 큰 소리로 노래를 해도 평온하게 잠을 청할 수 있었다.

그런 기의 장막 너머로 위화감이 느껴졌다.

등을 간질거리는 묘한 느낌. 익숙했지만 최근에는 그다지 느껴보지 못했던 분위기. 바로 전장의 냄새였다.

직접적으로 피 냄새가 나는 것은 아니었지만, 곧 피가 뿌려질 것 같은 긴장감과 뚜렷한 대상 없는 적의. 그것은 전투에 나서기 직전의 병사들이 가지는 전의였다.

전쟁이라도 벌어지지 않았다면, 도성에 전운이 드리워질 리가 없다. 혹여 분쟁이 벌어진다 할지라도 청수장이 휘말릴 이유는 없다.

'적 영감이 만든 그것 때문인가?'

청수장에 온 지 얼마 되지 않았을 때, 적무양이 반 장난삼아 땅을 뒤집어엎은 적이 있었다. 그 일로 청수장 주변의 지형이 완전히 변했다. 청수장 주변만 미로처럼 복잡한 길이 만들어져 버린 것이다. 그 일로 많은 관원이 들렸었다.

인간의 힘으로는 그런 거대한 미로진을 하루아침에 만들 수 없다며 결국 천재지변이라 결론 내려졌던 일이다.

유검호는 그 일이 발각된 것이 아닐까 생각했다.

그렇지 않으면 딱히 병사들이 청수장을 노릴 이유가 없었다.

원인을 알 수 없었기에 움직이지 않을 수가 없었다.

이런 전운은 무공과는 별개. 전장 경험이 풍부하지 않으면 알 수 없다. 아마 청수장에서는 적무양과 흑도비, 방동한 정도만이 알 수 있을 것이다. 섭부용은 무공은 높았으나 경험이 부족하다.

그중 적극적으로 나설 만한 인물은 방동한뿐이다.

하지만 유검호에게 일을 떠맡기는 것을 낙으로 여기는 적무양이 있는 한, 방동한은 쉽사리 움직이지 않을 것이다.

결국 유검호가 나서야만 하는 상황이다.

거기까지 생각하는 데 반각이 걸렸다.

조금만 더 뒹굴거리다 보면 그냥 가지 않을까 고민하는 데 다시 반각이 흘렀다. 신경을 거스르는 기운은 사라지지 않았다.

결국 원치 않는 외출(?)을 감행하게 된 것이다.

그렇게 나온 문밖에는 예상한대로 무장 병력이 늘어서 있었다.

유검호의 등장에 그들은 한 걸음 물러서며 포위망을 넓힌다.

물러난 병사들 사이로 두 명의 사내가 나타났다.

한 명은 정식 관복에 관모까지 차려 입은 노인이고, 다른 한명은 화려한 비단옷을 입은 중년인이다.

그중 중년인의 인상이 눈에 익는다.

"부자 문주?"

중년인은 바로 금룡무주 위대치였다. 무림 최고의 성세를 누리고 있는 거대문파의 주인이었지만, 안타깝게도 유검호에겐 돈 많은 문주로 불리고 있는 인물이었다.

위대치는 어색한 표정으로 아는 체를 해왔다.

"유 문주. 오랜만이외다."

유검호는 그를 보며 퉁명스레 물었다.

"뭐요?"

주변을 둘러싼 군사들을 가리키는 말이다.

그 말에 위대치가 움찔한다. 병사들을 데려오면서도 내내 불안했다. 이곳에 동행한 병사들은 금의위에서도 손꼽히는 정예 병력. 최고의 군사전력이라고 할 수 있다. 무인들은 아니었지만, 지난 무공이나 군사력은 어지간한 거대 문파 정도는 하루 반나절이면 쓸어버릴 정도다. 하지만 그런 대단한 병력으로도 팔선문을 어찌할 수는 없다. 위대치는 만약 유검호가 독하게 마음먹을 경우, 한 명도 살아 돌아가지 못할 것임을 잘 알고 있다.

절대무적 적무양을 꺾은 인물이 아닌가?

위대치가 판단한 유검호는 감히 무력으로 상대할 수 없는 인물이었다.

그럼에도 불구하고 병력을 이끌고 온 것은 그의 옆에 있는 인물과 연관이 있었다.

"그대가 팔선문주 유검호인가?"

거만하게 턱짓하는 인물. 관모를 쓴 노인이었다.

그는 자신의 신분을 과시하듯 거침없이 하대를 했다.

유검호는 그의 질문에 성의껏 대답해 주었다.

"그렇다면?"

"본관은 남경 도찰원 우도어사 서문현이다. 그대에게 하문할 것이 있으니 자리를 마련하라."

쩌렁쩌렁한 목소리가 위엄이 넘친다. 실로 이야기 속에 나오는 권위주의 가득한 관인의 표상이다. 그의 기품 어린 호령에 유검호는 더벅머리를 벅벅 긁으며 대답했다.

"자리 없는데?"

위엄 넘치는 우도어사, 서문현의 얼굴이 일그러진다.

"무엄하다! 천한 야인 따위가 어찌 고개를 빳빳이 들고 함부로 말을 하는가?"

"그러게 귀한 관인께서 왜 천한 야인 따위를 찾아왔소?"

오는 말이 곱지 않은데 가는 말이 고울 리가 없다.

유검호의 퉁명스런 말에 서문현의 얼굴이 붉으락푸르락 달아오른다.

일반인들은 관인이라 하면 허리부터 숙인다. 서문현은 그냥 관인도 아니다. 관인 중에도 끗발 세기로 유명한 도찰원의 수장이다. 벼슬아치들조차 무서워하는 감찰기관의 수장. 일반 백성 정도는 가벼운 변덕만으로 인생을 망칠 수 있는 위치다.

유검호는 그런 서문현을 지나가는 똥개 대하듯 한다.

서문현과 같은 인물은 자신의 권위가 무시당하는 것을 참지 못한다. 그의 입에서 당장이라도 진격 명령이 떨어지기 직전.

위대치가 나선다.

"도어사님. 참으십시오. 큰일을 앞두고 있지 않습니까?"

그 말에 서문현은 마음에 들지 않는다는 듯 인상을 썼다.

그러면서도 입 밖까지 나오려던 공격 명령을 도로 삼킨다.

평인을 하찮게 여기는 그였지만, 금룡문의 위세를 무시할 수는 없었다.

위대치는 이어 유검호에게도 말한다.

"도어사께서는 정이품의 고관이시오. 유 문주도 조금은 예의를 차려주길 바라오."

정이품 우도어사라 함은 나라 전체를 통틀어 열 손가락 안에 드는 권력자다. 그 정도 되는 고관을 무시했다간 제아무리 거칠 것 없는 무림인이라도 무사할 수 없다.

그러나 유검호는 시큰둥하게 되받는다.

"병사들 우르르 끌고 와서 남의 집 둘러싸고 위협 분위기나 조성하는 작자들한테 예의는 무슨. 당장 때려잡지 않고 있는 걸 다행으로 알라고."

유검호의 말이 끝나자마자 서문현의 입에서 노성이 터졌다.

"이놈! 제아무리 무식천민이라지만, 황실의 법도를 이리 무시하다니. 이는 황제폐하를 능멸하려는 것이 아니더냐? 네놈이 무릎 꿇려 대체 무엇을 믿고 이토록 방자한지 보아야겠다."

서문현은 노발대발하며 길길이 날뛰었다. 그 옆에 선 위대치는 죽을 맛이었다. 그는 아까부터 유검호의 눈치만 살피고 있었다. 혹여 유검호가 살수를 쓸 기세가 보이면 뒤도 돌아보지 않고 도망갈 생각이다. 다행히 유검호는 딱히 손을 쓸 생각은 없어 보였다.

위대치는 서문현에게로 시선을 돌렸다.

서문현은 문관 출신이다. 그가 보는 세상은 학문과 지식으로 돌아간다. 법도를 어기면 병사를 보내어 처벌하면 그만이다.

서문현에게 무공은 그저 무인의 칼질에 지나지 않는다.

무공이 뛰어나다 하면 조금 더 많은 병사를 보내면 그뿐.

그가 생각하는 논리로 한 손이 열 손을 당할 수 없다.

이번에도 같은 생각일 것이다. 금의위를 잔뜩 끌고 왔으니 명령만 내리면 유검호를 꿇릴 수 있다고 생각하는 모양이다.

위대치는 한숨을 쉬었다.

'함부로 대하지 말라고 그토록 말했건만.'

오기 전에 미리 몇 차례나 유검호의 강함을 설파했다. 서문현이 생각하는 일반적인 무인과는 차원이 다르다고 귀가 닳도록 이야기했다.

하지만 서문현은 그 말을 귀담아 듣지 않은 모양이다.

그렇지 않아도 꼬장꼬장하기로 유명한 서문현이다. 분개한 그를 설득할 생각을 하자 벌써부터 눈앞이 까마득했다.

'하필 저런 자가 감찰을 맡고 있다니.'

위대치가 암울한 생각을 하고 있을 때였다.

묵직한 목소리가 들려왔다.

"도어사께서는 진정하시오."

착착.

금의위 병사들이 절도 넘치는 동작으로 길을 만든다.

그들을 가르고 앞으로 나서는 자는 휘황찬란한 갑주를 걸친 오십 대 노인이었다. 노인은 부리부리한 눈과 툭 튀어나온 광대뼈, 사각형의 얼굴이 어우러져 매우 강렬한 인상을 남기는 인물이었다.

당당하게 가슴을 펴고 큰 걸음으로 걸어오는데, 사내다운 기상이 하늘을 찌른다.

거침없던 서문현도 그를 보더니 움찔하며 입을 다문다. 얼굴에는 꺼려하는 기색이 역력하다.

노인을 본 위대치가 반색을 표했다.

"숙부님! 기다리고 있었습니다."

"허허. 도독께 보고를 하고 오느라 조금 늦었네."

자연스럽게 위대치의 앞에 선 노인은 유검호에게 고개를 돌렸다.

번쩍.

강렬한 눈빛이 벼락처럼 유검호를 쏘아본다.

무공이 높아서 나오는 안광이 아니다. 수많은 전선을 노니며 셀 수 없는 죽음을 목격하다 보니 자연스레 만들어진 눈빛이다.

백전노장의 압박감은 무공이 훨씬 높은 사람이라도 시선을 피하게끔 만든다.

유검호는 그 눈빛을 가볍게 흘렸다.

맞받는 것도 아니고 피한 것도 아니다. 그저 흘깃 한 번 보고는 관심 없다는 듯 고개를 돌렸을 뿐이다.

노인의 눈에 이채가 뜬다.

"자네가 무림을 떠들썩하게 만들고 있다는 팔선문주로군. 반갑네. 위소만이라 하네. 금의위 도독동지를 맡고 있지. 조카에게 자네 이야기는 많이 들었네만, 실제로 보니 더욱 대단하군."

"금의위? 거긴 반역자들 잡는 곳 아뇨?"

세상일에 무지한 유검호였지만, 금의위에 관해서는 알고 있었다. 황제 직속 특무 기관으로 본래 호위에 중점을 두고 만들어진 조직이지만 시간이 지날수록 주요 범죄자를 체포, 심문하는 일에 집중하게 되었다. 체포와 심문 과정이 지나치게 잔인하고 혹독하여 많은 지탄을 받고 있었다. 작금에 이르러선 최악의 집단이라 불리는 동창과 함께 악명이 자자했다. 세간에 동창과 금의위의 창위가 함께 뜨면 그 거리의 백성은 한 명도 남아나질 않는다는 소문이 떠돌고 있을 정도다.

위소만은 그런 금의위에서도 가장 상위층에 있는 부도독이다. 근래 금의위의 도독직은 주로 사례감이 맡게 마련이다. 환관들의 권력을 상징하기 위함이다. 그런 점을 감안한다면 전체적인 실무와 지휘는 부도독의 것일 수밖에 없다.

실질적인 금의위의 총책임자. 실로 막강한 권력자였다.

그런 권력자가 유검호를 찾아온 것이다.

'귀찮게 됐군.'

금의위의 악명은 몇 차례 들은 적 있다. 일단 지목되면 없는 죄도 만들어서 처단한다고 했다.

정예 금위군까지 이끌고 찾아온 것을 보면 심심해서 찾아오진 않았을 터. 쉽게 빠져나가긴 힘들 것 같다.

유검호는 고민했다.

금의위가 아무리 무섭다 한들, 유검호를 겁먹게 만들진 못한다.

수틀리면 다 때려눕히고 숨어버리면 된다. 최악의 상황에는 그냥 중원을 떠나버리면 그만.

그럼에도 고민을 하는 것은 힘들게 찾아온 고향을 다시 떠나야 한다는 아쉬움과 번거로움을 피하고자 하는 욕구 때문이다.

'손을 써? 말아?'

유검호가 어떻게 할까 고민하고 있을 때. 유검호의 속내를 눈치챘는지 위소만이 다시 말을 걸어왔다.

"경계하지 말게. 자네를 어찌하러 온 것이 아닐세. 아, 물론 어떻게 할 수도 없겠지만. 우린 단지 대화를 하러 온 것뿐일세."

"대화? 귀한 나리들께서 나 같은 놈과 무슨 대화를?"

유검호는 퉁명스레 대꾸했다.

"허허. 대화거리야 많지. 자넨 당금 무림 제일의 풍운아가 아닌가? 자네 이야기만 들어도 열흘 밤낮은 걸리겠네."

기분이 나쁠 법도 하건만, 위소만은 미소를 잃지 않았다.

그의 언행에는 유검호에 대한 호의가 묻어 있었다.

서문현과 달리 위소만은 무인이다. 금룡문에 있을 때, 형제들 중에서 가장 무재에 특출했던 것이 그였다. 상재를 타고난 형의 위광에 가려 후계자 자리에서 물러나긴 했지만, 무공만으로 가주를 선출했다면 그 자리는 위소만의 것이었다.

하지만 위소만은 아쉬워하지 않았다.

그는 무인. 당시의 금룡문은 무보다 상에 치중했다. 그는 금룡문주라는 자리가 자신의 것이 아니라 생각했다. 그래서 군부에 투신했다. 무림에서 활동하기엔 금룡문의 그늘에서 벗어날 수 없다고 생각한 탓이다.

의외로 그의 무재는 군부에서 빛을 발했다.

젊어서부터 전장을 떠돌며 수많은 전공을 세운 끝에 황궁까지 오게 되었다. 황궁이 지닌 최정예 군부집단이자 황제의 최측근이라 할 수 있는 금의위의 실세가 된 것이다.

금의위의 이인자인 도독동지가 되어 본가인 금룡문에 돌아갔을 때. 금룡문에서는 열흘 밤낮으로 축하연을 펼쳤다. 아무도 생각지 않았던 군인으로 성공하여 금의환향한 것이다.

오직 일신의 무예만으로 성공을 거머쥔 사내. 그것이 세간에 알려진 위소만이었다. 살아온 인생이 그렇다 보니 위소만은 뼛속까지 무인이다. 오히려 무림인들보다 더욱 명예를 중시했다. 그가 내세우는 무인의 덕목 중 가장 중요한 것은 단 하나. 강함이다.

위소만이 유검호에게 호의적인 이유다.

그는 유검호에 대해 많은 정보를 알고 있다.

금룡문과 금의위 모두 뛰어난 정보력을 지니고 있었다. 군부와 무림, 양측의 정보를 모두 전해 들을 수 있었으니, 지인을 제외하면 유검호에 대해 그보다 많이 알고 있는 사람은 드물 것이다.

모든 보고서에 결론지어진 유검호의 무력 수위는 단 하나.

'측정 불가.'

사족으로 달려 있는 보고가 적무양을 이겼다는 말이다.

위소만은 그 한 줄의 보고만으로 유검호를 인정했다.

그 정도의 강자는 충분히 거만해도 되고, 존중받을 자격이 있다는 것이 그의 지론이다.

위소만의 호의 섞인 웃음에 유검호는 눈살을 찌푸렸다.

'상대하기 까다로운 작자로군.'

차라리 서문현처럼 화를 내고 덤벼드는 자가 수월하다.

그런 자는 힘으로 눌러주면 뒤끝이 없다. 하지만 위소만과 같은 인물은 빌미를 주지 않는다. 저자세를 고수하며 대화를 이끌어 어떻게든 교섭을 이루어낸다. 그런 인물은 상대가 이용당하는지도 모르게 이용한다. 뛰어난 상인들에게서 볼 수 있는 처세다.

위소만은 자신의 성향이 철저한 무인이라 생각하며 살아왔지만, 사실은 그도 금룡문의 상인 핏줄임을 속일 수 없었던 것이다.

덕분에 유검호는 골치가 아파왔다.

위소만과 같은·인물은 끈질기다. 뜻을 이루지 못하면, 이룰 때까지 달라붙는다. 끝까지 한편이 되지 않으면 어떻게든 상대를 파멸시켜 버린다.

유검호는 그런 인물들을 많이 보아왔다. 모두 자기 분야에서 특출한 성과를 이루는 자들이다. 유검호가 본 위소만도 그런 인물이다.

'위로 오르기 위해 피를 많이 봤겠군.'

적군뿐만 아니라 아군의 피를 말함이다.

실제로 위소만은 약하다는 명목으로 많은 상관과 부하들을 처단했다. 전장에서 이루어진 살인은 문제가 생기지 않는다. 변방의 병사가 삼십 년 만에 금의위의 이인자가 될 수 있었던 이유다.

유검호는 보지 않아도 알 것 같았다.

더불어 위소만과 대화를 나누어야 할 필요성을 느꼈다.

그의 잔혹함이 두려워서가 아니다. 번거로움을 피하기 위한 최적의 대응일 뿐이다. 아마 주도권을 계속해서 서문현이 쥐고 있었다면 달랐을 것이다. 힘으로 누르고 협박으로 마무리하면 끝이다.

'훨씬 간단했을 일을.'

아쉽게도 서문현은 주도권이 없는 모양이다.

그의 직위 때문에 이 자리까지 불려나오긴 했지만, 이곳의 주도권은 위소만과 그의 조카인 위대치에게 있었다.

도찰원의 권력이 약한 것은 아니다. 주 업무가 감찰이니만큼 많은 관인들이 직분 이상으로 두려워한다. 하지만 상대는 금의

위다. 동창과 함께 최고의 권한을 지닌 집단. 그곳의 부도독이면 종일품의 고관이다. 품계로도 서문현보다 높았고, 지닌 권력도 비교할 바가 안 된다.

위소만이 나타난 이후 서문현이 줄곧 입을 다물고 있었던 이유다.

유검호는 쓴 입맛을 다시며 길을 터주었다.

"앞에 있는 세 명만 들어오시오."

그 말에 서문현이 발끈한다.

"당치도 않은 말을!"

그가 본 유검호는 법도를 모르는 무식한 야인. 그런 자의 소굴에 호위병력도 없이 맨몸으로 들어서고 싶은 생각은 없었다.

하지만 위소만은 당연하다는 듯 무장까지 벗는다.

"벗을 필요는 없는데."

유검호의 말에 위소만은 껄껄 웃었다.

"어차피 자네한텐 있으나마나 아닌가? 무용지물인데 무겁기까지 한데 뭣 하러 입고 다니겠나?"

"애초에 안 입고 왔으면 될 일 아니오?"

"병사들을 지휘하기 위해선 위엄을 보일 필요도 있다네."

"그럼 병사들도 놓고 오지 그랬소?"

병사들로 다짜고짜 장원을 포위한 것을 말함이다.

유검호의 심사가 뒤틀린 이유가 그 때문이다. 만약 그들이 정상적으로 방문했다면 이토록 불퉁스럽게 굴진 않았을 것이다.

병사들을 잔뜩 데려왔다는 것부터가 이미 자신들의 힘을 과시하여 우위를 점하려는 속셈이 있기 때문이다.

우위를 점하겠다는 것은 유검호에게 원하는 것이 있다는 뜻.

부탁을 해도 들어줄까 말까 할진데, 무력시위부터 했으니 말이 곱게 나올 리가 없다.

그 말에 위소만이 움찔하며 변명했다.

"팔선문을 위협하기 위함이 아니네. 이곳에 천하제일마가 있다는 정보 때문이네. 우린 자네를 만나러 왔지만, 그를 보고 싶진 않다네. 혹시 모를 사태를 대비하기 위해 피치 못할 선택이었지."

천하제일마란 물론 적무양이다.

적무양은 상대를 가리지 않는다. 황궁 병력이라 해서 꺼리거나 양보할 리가 없었다. 예전에도 황실의 병력이 적무양에게 몇 번이나 궤멸당한 적이 있었다. 대역 죄인이 되었어도 열두 번은 더 되었어야 할 사건이다. 하지만 그 사건은 조용히 묻혔다. 다섯 번에 걸친 토벌대가 모두 전멸했다. 또한 토벌을 진행했던 관리들이 전원 하루아침에 시체가 되었다. 뿐만 아니라 그들을 부렸던 고관들은 하나 빠짐없이 적무양의 방문을 받아야만 했다. 다음 날 고관들은 새하얗게 질린 얼굴로 입을 모아 적무양 사건을 덮자고 주장했다.

관인들이 흔히 무림인을 얕잡아 야인이라 부른다. 일개 야인이 나라 최고의 권력자들을 굴복시킨 사건이었다.

그 후로 황실에서는 적무양이라는 이름 석 자를 거론하는 것이 금지되다시피 했다.

위소만 역시 그 일을 알고 있었다.

그래서 적무양을 칭함에 있어 극히 조심스러웠다. 적무양은 규격 외의 인물이다. 그런 인물의 눈에 띄었다간 앞날을 예측할 수 없다.

최악의 사태에 대한 대비책으로 병력을 끌고 왔다는 말이다.

그의 말에 유검호는 어이없이 웃었다.

"고작 그 정도 병력으로 적 영감을 견제하겠다고?"

위소만은 고개를 저었다.

"견제가 아니네. 우리 세 명이 도망갈 시간을 벌기 위함이었지. 우리처럼 높은 위치에 있는 사람들이 죽으면 일이 매우 복잡해질 테니 말이네."

"도주도 힘들었을걸?"

위소만은 인정한다는 듯 고개를 끄덕였다.

"그때는 자네에게 의지하려 했지."

위소만이 필요 이상으로 유검호를 존중하는 이유다.

천하에서 유일하게 적무양을 제지할 수 있는 인물! 달리 무슨 설명이 필요할까?

유검호는 퉁명스레 쏘아붙였다.

"장군이 아니라 정치가 아니오? 말 돌리는 본새가 딱 정치간데?"

위소만의 말은 병사들을 적무양 때문에 데려왔지만, 최후의 순간엔 유검호에게 기대겠다는 말이다. 애초에 병사들을 데려올 필요가 없다는 것을 자인한 것이나 마찬가지. 결국 병사들을 데려왔다는 변명을 위한 교활한 말 돌리기다.

위소만은 무안함에 얼굴을 붉혔지만 당황하지 않고 말을 받는다.

"허허. 황궁에 오래 몸담고 있다 보니 이렇게 되더군."

능청스럽게 말하고는 터벅터벅 청수장으로 들어간다. 그를 쫓아 위대치와 서문현이 따라 들어온다.

숙부 못지않게 능글맞은 웃음을 짓는 위대치와 이 와중에도 위엄을 부린답시고 뒷짐 진 채 어슬렁어슬렁 들어오는 서문현.

유검호는 나직이 한숨을 쉬었다.

'쉽지 않겠어.'

*　　　*　　　*

유검호는 그들을 응접실로 데려갔다. 응접실이라 봐야 탁자 하나와 의자 몇 개가 있을 뿐이다. 그나마도 기루에서 사용하다 놓고 간 가구들이다.

"대체 여기가 사람 사는 곳이더냐?"

서문현은 혀를 내두르며 쉽사리 들어서질 못한다.

문을 열자마자 피어오르는 먼지와 구석구석 쳐져 있는 거미줄. 폐가를 방불케 한다. 기루가 옮겨가고 난 후 청소를 한 번도 하지 않은 탓이다.

그런 지저분한 곳을 유검호는 아무 거리낌 없이 들어서더니 손을 까딱거린다.

들어오라는 손짓. 위소만과 위대치는 눈살을 찌푸렸지만, 불평 없이 따라간다.

서문현은 도저히 들어갈 엄두가 나지 않는다는 듯 방문 앞에서만 서성거렸다.

"시비를 불러 청소를 시키거라. 난 그렇지 않으면 들어가지 않겠다."

유검호는 귀찮다는 듯 손을 내젓는다.

"시비 같은 거 없으니 댁이 좀 하쇼. 들어오지 않으려거든 그냥 거기 있든가."

유검호는 아쉬울 것 없다는 듯 문을 닫으려 했다.

서문현은 어쩔 수 없다는 듯 소매로 입과 코를 가리고 들어온다.

유검호는 그들이 자리에 앉기를 기다려 물었다.

"자리를 만들었으니 말해보시오. 병사들까지 동원해서 찾아온 이유가 무엇이지."

그의 말에 서문현은 위소만을 보았다. 위소만은 위대치를 흘깃 본다. 조카이지만 금룡문의 가주이다. 또한 이 자리를 만든 당사자이기도 했다. 말문을 열기엔 자신보다 적합하다 판단했다.

숙부의 양보에 위대치는 겸연쩍은 표정으로 입을 열었다.

"우선 본의 아니게 유 문주의 청정을 방해하게 된 것에 사의를 표하오. 본래 이런 거창한 방문을 하려 했던 것은 아니나……."

"서론은 건너뛰고, 본론만 간단하게 해주쇼. 밀린 잠도 자야 하니까."

"험험. 그럽시다."

위대치는 말이 잘리자 헛기침을 하며 무안함을 감추고 말을 이었다.

"본문에는 열두 명의 뛰어난 정보원이 있소. 중원의 대부분 정보가 그들을 통해 본문으로 들어오고 있다 해도 과언이 아니오. 혹시 들어봤을지도 모르겠소. 금룡십이영이라고. 워낙 실력 좋은 이들이라 무림에서도 꽤나 유명한……."

"저번에 무림맹에서 우리 감시하다 도비한테 걸려서 혼쭐났다던 녀석 말하는 거요?"

"그, 그랬던 적이 있었지. 험험."

위대치는 다시 무안함에 헛기침을 했다.

그가 자랑하는 금룡십이영. 그중에서도 가장 실력 좋은 밀영이 흑도비한테 발각되었던 일이 있었다.

"어찌되었든 십이영에게서 들어온 정보 중에 무림맹에 관련된 것이 있었소."

"당연히 있겠지. 무림맹주 자리를 탐내고 있다면서? 그럼 무림맹에서 일어나는 일은 놓치지 않는 게 정상이지."

유검호의 말에 위대치는 솔직하게 고개를 끄덕였다.

"그렇소. 물론 저번 정사회담 때 귀문의 흑사자 덕분에 상당히 멀어지긴 했지만."

"흑사자?"

"그 곤륜노… 흑인에게 붙은 별호요."

"아! 도비?! 그 녀석이 흑사자라니. 색깔 빼곤 하나도 안 어울리잖아."

위대치의 얼굴에 씁쓸함이 떠오른다. 흑도비에게 무참하게 깨졌던 기억이 떠오른 탓이다. 유검호의 말과는 달리 흑사자라는 별호는 흑도비에게 매우 잘 어울린다는 것이 세인들의 평이다.

무림에서 난다 긴다 하는 고수들을 일방적으로 몰아붙인 용맹한 전사. 그것이 무림에서 흑도비를 보는 시선이었다.

그리고 그런 별호와 평가를 만들어준 공로자는 다름 아닌 위대치다. 듣기로는 문천기와 백유량 역시 곤혹스러운 상황을 겪은 듯했지만, 일합에 나가떨어진 그보다는 사정이 훨씬 좋았다.

그 일 이후로 위대치를 고수라고 부르는 사람은 아무도 없었으니까. 금룡문이라는 배경 때문에 차마 드러내 놓고 놀리지 못할 뿐이다.

위대치는 그런 사실을 속속들이 알고 있다.

흑도비를 떠올리는 것만으로도 인상이 절로 찌푸려지는 이유다. 위대치는 창백해진 얼굴로 욱신거리는 가슴을 부여잡았다.

흑도비를 떠올리자 그에게 당한 상처가 쑤셔온다.

아직 완쾌되지 않은 탓도 있지만 그보다 정신적인 상처다.

그의 반응에 유검호도 약간은 미안함을 느꼈다.

어찌되었든 흑도비 역시 팔선문. 흑도비는 상관도 없는 일에 끼어들어 위대치에게 망신을 주었다. 문주인 유검호에게도 책임이 없을 순 없다.

"몸은 좀 괜찮소? 거 도비 녀석. 살살 좀 할 것이지. 그 녀석이 원래 좀 쓸데없이 뜨거워지는 성격이라 그렇소. 이해하시오. 뭐 부자 양반인데 설마 치료비나 보상 같은 것을 바라진 않겠지? 가진 건 이 장원뿐이라 주고 싶어도 줄 수 없다오. 하하하. 그렇다고 장원을 넘보진 마시고."

유검호는 미안한 표정으로 위로한다. 그러면서도 장원을 지키겠다는 의지를 빼놓지 않는다.

위로랍시고 몇 마디 던져놓고는 이내 속 시원한 표정을 짓는다.

그것으로 책임을 벗었다고 생각한 것이다.

위대치는 씁쓸하게 웃으며 대답했다.

"염려해 주신 덕에 지금은 괜찮소. 그 일은⋯ 좋은 경험을 했다고 생각하고 있소."

어차피 유검호에게 책임을 묻고 싶은 생각도, 능력도 없다.

말을 꺼낸 것은 이야기를 이어가기 위함이다.

"무림맹의 정보를 조사하던 중, 심상치 않은 동향을 발견했소."

몇 마디 꺼내기도 전에 유검호는 관심 없다는 듯 딴전을 피운다.

"나한텐 심상치 않은 게 아닐 텐데?"

무림의 일에 무관함을 역력히 피력한다.

위대치는 그럴 줄 알았다는 듯 실망치 않고 말을 이어갔다.

"처음 눈에 띈 것은 청룡단주 백유량이었소. 문천기 맹주의 수제자이자 한때 유 문주의 사제였던 자 말이오. 삼룡쟁투가 끝난 지 얼마 안 되었을 때였소. 당시 맹 내에는 백 단주에 관련해 좋지 않은 소문이 돌고 있었소."

백유량이 주화입마에 걸렸을 당시다.

유검호가 아니었다면 소문으로 그치지 않았을 것이다.

그 사정을 알 리 없는 위대치는 계속해서 말했다.

"그의 동향을 살피던 중에 백 단주가 황궁과 은밀한 접촉을 갖는 것을 알게 되었소."

"황궁?"

유검호는 인상을 썼다.

그와 같은 평민에게 생소해야 할 단어이거늘, 근래 들어 유독 자주 들린다.

"그렇소. 무림맹은 황궁과 우호적이긴 하지만, 맹주의 제자가 따로 접촉을 가질 만한 관계는 아니오. 설사 접견을 한다 할지라도 공식적으로 하지, 은밀하게 할 이유가 없기도 하고. 이상하다는 생각에 조금 더 조사를 해봤소. 그랬더니 놀랍게도 한 번의 접촉이 아니었소. 황궁에서 파견된 자와 정기적으로 만나더란 말이오. 심지어는 황궁 측의 인물을 따라 일정 기간 사라지기도 했소. 워낙 은밀하게 접촉하고 이동을 했기에 그 이상의 정보를 알 수는 없었지만, 백 단주는 외출부터 접선, 귀가까지의 행보가 매우 수상했소. 혹시 몰라 인선을 통하여 황궁 측에 알아보았지만, 공식적으로 무림맹과 회견을 가진 기록은 전혀 없었소. 더욱 이해할 수 없는 것은 백 단주의 행동이오. 그는 황궁과의 접촉을 스승인 문 맹주에게까지 숨기더란 말이오. 마치 그것이 약점이라도 되는 것처럼."

위대치는 잠시 말을 쉬며 유검호를 보았다. 유검호의 반응을 살피기 위함이다.

유검호는 별반 변화 없는 표정으로 말했다.

"벼슬이라도 얻으려나 보지."

시큰둥한 반응에 위대치는 실망했다. 한때 사제였던 백유량의 이야기라면 반응을 이끌어낼 수 있으리라 생각했었다.

위대치는 다소 기운 빠진 목소리로 말을 이었다.

"어쨌든 백 단주에 관해 이상하다는 생각은 했지만, 정확한 정보가 없었기에 그냥 넘어갔소. 그런데 얼마 전. 문 맹주에게서도 이상한 동향을 발견하게 되었소. 발단은 조범효라고, 전대 맹주의 방문이었소. 조 대협은 문 맹주와는 오랜 친우 사이로, 무명소졸이었던 문 맹주를 무림맹주로 추대한 장본인이기도 하오."

"조범효라. 본 적이 있군."

화산파에서 봤던 노인이다. 문천기의 처소를 나오며 마주쳤는데, 이상하게 신경이 쓰여서 돌아보았었다. 그 이름을 다시 듣게 된 것이다.

유검호의 반응에 위대치는 당연하다는 듯 말했다.

"그럴 것이오. 문 맹주 이전에 가장 존경받는 맹주였으니. 지금도 문 맹주보다 조 대협을 따르는 이들이 더 많소. 이번 일만 아니었으면 나 역시 그를 존경했을 것이오."

"이번 일?"

"조 대협이 문 맹주에게 무슨 제안을 했는지 정확히는 알 수 없소. 하지만, 조 대협의 방문 이후 문 맹주는 원로회에 한 가지 건의를 했소."

"좋지 않은 건의겠지?"

"그렇소. 그는 내달 중원에 도착하는 북원의 병력을 궤멸시키자고 했소."

"북원의 병력? 전쟁이라도 벌어졌소?"

"대규모 병력은 아니오. 북원에서 보내는 사절단을 보호하기 위한 호위군 같은 거라 들었소."

유검호는 어이가 없었다.

"사부가 사절단을 공격하자고 했다고? 아직 노망나실 때는 아닐 텐데."

사절단을 공격한다는 것은 전쟁의 도화선을 당기는 것과 마찬가지다. 그런 일을 황실의 정규군도 아니고, 일개 무인 집단에 불과한 무림맹에서 한다는 것은 터무니없는 일이다. 문천기가 아무리 고지식하고 세상 물정을 모른다 하더라도 난데없이 그런 일을 건의할 리가 없었다.

"원로들도 당연히 같은 생각을 했소. 처음엔 문 맹주를 비난하는 목소리가 대부분이었지. 그런데 문 맹주가 이렇게 말하더군."

"황실에서는 지금 북원을 토벌하자는 분위기가 조성되어 있소. 지난 십수 년간 북원의 잔당들에 의해 약탈당한 국토와 백성의 폐해가 이루 말할 수 없이 크기 때문이오. 북원에서는 이번 사절을 평화협정을 위함이라 하지만, 실상은 자신들의 약탈을 합리화하고 더욱 많은 이권을 누리기 위함에 불과하오. 황실의 대신들은 물론이고 황제폐하께서도 북원 오랑캐라 하면 이를 갈고 있다는 정보요. 생각 같아서는 사절단을 잡아다 대도에서 참수시키고자 하지만, 황실의 체면상 직접 손을 대진 못하고 있는 실정이오. 이때 우리 무림맹에서 황실을 대신하여 나서준다면, 그 공로를 인정받을 수 있소. 황실은 체면을 상하지 않아 좋고, 우린 황실과의 관계가 더욱 돈독해지니 좋으며, 백성들은 오랑캐에게서 재산을 지킬 수 있어 좋소. 이보다 좋은 제안이 어디 있겠소?"

문천기의 말을 전해 듣던 유검호가 황당하여 물었다.

"대체 무림맹이 황실에 공로를 인정받아서 뭐하려고?"

"당연히 원로들도 같은 질문을 했소."

"황실과의 연계를 더욱 두텁게 하고 무림맹의 명예를 드높여 황제폐하께서 가지고 계신 무림인에 대한 불신을 종식시키는 것이 일차적 목표요. 무림의 정의를 지키는 것은 물론이고 오랑캐의 침략에서 백성을 지켰음을 보여주어 무림맹의 치외법권을 인정받는 것이 두 번째 목표요. 그리하여 종내에는 무림맹의 독립을 인정받는 것이 마지막 목표요. 생각해 보시오. 지금까지 무림맹은 행사나 출동이 있을 때마다 지방 관청과 중앙 관청에 일일이 공문을 보내며 눈치를 살펴야 했소. 이제는 그리하지 않아도 되오. 그저 우리가 판단하고 행동할 수가 있다는 말이오. 이 어찌 좋지 않겠소?"

문천기가 했다는 말을 전해 들은 유검호는 헛웃음을 흘렸다.

"불가능한 이야기군."

문천기의 말대로만 되면 무림맹 입장에서 더할 나위 없이 좋은 조건이다. 국가에서 인정해 주는 권력. 중원에 또 다른 황실이 나타난 것이나 마찬가지다.

그래서 더욱 실현 가능성이 없다.

세상 어느 나라의 군주가 자기 영토에 치외법권을 가진 조직을 만들어 주겠는가? 더욱이 강력한 힘을 지녀 언제든지 황실에 칼을 겨눌 수 있는 무인 집단을.

개방적이고 군주의 생각이 깨어 있다는 나라들을 많이 돌아다녀 봤지만, 그런 일은 단 한 번도 보지 못했다.

헌데 군주의 위상이 하늘보다 높은 중원에서 황제가 한낱 야인 집단에 치외법권을 주고 독립성을 인정해 준다?

차라리 황제가 금욕하길 바라는 편이 빠르다.

치외법권이라는 말부터가 너무도 뜬금없다. 그런 이야기를 아무렇지도 않게 꺼냈다는 것부터가 문천기는 세상 물정을 전혀 모른다는 말이 된다.

유검호의 말에 위대치는 동감한다는 듯 고개를 끄덕였다.

그러나 그의 입에서 나온 말은 그와 달랐다.

"그런데 그 불가능한 말에 원로들이 설득당해 버렸소."

"설득?"

"그렇소. 문 맹주는 아무 근거 없는 이야기를 했던 것이 아니었소."

원로들이 모두 불신에 차 있을 때 나타난 인물이 바로 조범효였다. 조범효는 회의장에 나타나자마자 문천기의 발언에 힘을 보탰다.


"문 맹주의 말에 적극 동의하는 바이오. 이번에 북경에 다녀온 바에 의하면 황실은 지금 폭풍전야와도 같은 상황이오. 대신들 모두가 북원에 대한 적의를 드러내면서도 막상 나서는 이는 아무도 없소. 오죽하면 황상께서 어전회의에서 '북원의 잔당들에게 따끔한 맛을 보여줄 수만 있다면 성이라도 하사할 텐데.' 하며 탄식을 하였겠소?"

"조 대협의 말은 원로들의 마음을 흔들었소. 현 원로들은 조 대협이 맹주를 하고 있을 때부터 그를 흠모하던 이들이 대부분이오. 다른 일이었다면 조 대협이 증언한 순간 이미 결정을 내렸을 것이오. 하지만 이번 일은 사안이 사안인 만큼 다들 쉽게 결정을 내리진 못했소. 그때 문 맹주가 다시 설득했소."

"확신 없는 일에 모험을 하자는 말이 아니오. 주작단을 통해 황궁 내부의 정보를 수집해 본 결과, 황실 전체가 북원의 잔당 문제로 골치 아파하는 분위기임을 확인했소. 그래서 다수의 궁내 대신들과 사전 협약까지 맺었소. 그들은 북원의 잔당들을 토벌해 주기만 한다면 우리에게 힘을 실어줄 것을 약속했소. 그 약속은 황실의 왕야 한 분이 공증을 서주셨소. 이 정도면 더 이상 걱정할 필요 없다고 생각하오."

"문 맹주의 말에 원로들이 하나둘씩 동조하기 시작했소. 나와 몇몇 원로들만이 반대를 했지만, 이미 추는 기운 뒤였소. 결국 무림맹의 참전이 결정된 것이오."

"겨우 그런 말 몇 마디로?"

외교문제는 작은 일이 아니다. 북원이 중원에서 몰려 쫓겨났다고는 하지만, 군세는 아직도 강대하다. 그들이 공공연히 약탈을 하고 다닌 지 십 년이 넘었는데도 아직 단 한 차례도 토벌에 성공한 적이 없다는 것만 보아도 알 수 있는 사실이다.

그런 세력과 전쟁을 일으킬 수 있는 빌미를 만드는 것.

계획대로 정말 잘 풀린다면 좋은 일이지만, 혹여 일이 잘못되기라도 하면 그대로 대역 죄인이 된다.

당사자는 물론이고, 그 친인척들까지 이 땅에서 발붙이고 살수 없다. 실로 위험천만한 모험이 아닐 수 없다. 그런 일을 확신도 없이 벌이려 한다.

상식을 지녔다면 결코 이행할 수 없는 일이다. 위대치는 씁쓸하게 웃으며 말했다.

"치외법권이라는 유혹이 너무 컸소."

유검호는 고개를 끄덕이며 수긍했다.

본래 사람은 단순한 유혹에도 쉽게 흔들린다. 잃을 것보다 얻는 것을 먼저 생각하기 때문이다.

원로들 역시 마찬가지다. 처음에는 사안이 너무 컸기에 지레겁부터 먹었다. 그러나 얻을 과실을 제시하자 생각이 달라졌다. 궁내 대신들과 황족까지 함께한다고 하자 성공을 확신하게 됐다.

유검호가 봤을 때, 궁내 대신들과 황족의 공증 같은 것은 아무런 의미 없는 일이다.

일이 잘못되었을 때, 그들이 모른 척한다 해서 무림맹에서 어찌할 수 있을 리가 없기 때문이다. 그때쯤 되면 무림맹의 상부층 전원이 대역 죄인이 되어 있을 것이고, 대신들과 황족은 모르는 일이라고 딱 잡아 뗄 것이다. 아니, 오히려 그들이 더욱 앞장서서 무림맹의 무도함을 성토하고 잔혹하게 굴 가능성이 높다. 뒤가 구린 자들은 자신이 책잡히지 않기 위해 무슨 짓이든 하게 마련이다.

결국 그들은 나라의 공인된 명령도 없이 고작 소문과 분위기만으로 추측하여 결정했다는 결론이다.

무림맹의 원로들은 대부분 인생의 황혼을 넘긴 노련한 인물들. 그런 사실을 모를 리가 없다. 그럼에도 설득당했다는 것은 그들이 이성적인 생각을 하지 못했다는 말이다. 성공했을 때 얻을 이득이 그들의 위기의식을 마비시킨 것이다.

"쯧쯧. 어리석군."

유검호는 혀를 찼다. 방외자인 그도 뻔히 보이는 전개다. 일이 잘되든 못되든 무림맹이 득 볼 가능성은 전무하다. 잘해야 본전이고, 잘못되면 대역죄인. 절대 하지 말아야 할 선택이었다.

위대치는 유검호의 말에 동조하며 말을 이었다.

"사정이야 어찌 되었든, 일이 그렇게 결정됐으니 나도 가만히 있을 수가 없었소. 일단 황궁에 계신 숙부님께 연락을 해봤소."

위대치의 시선이 위소만에게로 향한다. 뒷이야기를 그에게 넘긴다는 뜻. 위소만은 자연스럽게 말을 받았다.

"조카의 전언을 듣고 처음에는 어이가 없었지. 궁에서 벌어진 일이라면 내가 모를 리가 없는데, 무림맹의 북원 잔당 토벌이라는 말은 금시초문이었다네. 그래서 긴급히 조사를 해보았지. 일단 공공연하게 북원을 토벌해야 한다고 주장하던 강경파측 대신들을 조사했다네. 확실히 그들 중 일부의 움직임에 이상한 점이 있더군. 겉으로는 북원을 토벌해야 한다고 주장하면서, 은밀히 몽고로 전령을 보내더군. 물론 그 정도야 큰일은 아닐

세. 고관들이 세외로 귀한 물건을 구하러 사람을 보내는 일은 흔했으니까 말이야. 하지만, 그들이 보내는 자들은 하나같이 무력이 범상치 않았다네. 뒷조사를 해보았더니 금방 나오더군. 모두 첩보 훈련을 받은 자들이었네. 워낙 은밀히 움직여서 직접 미행할 수는 없었지만, 그들의 행적을 종합하여 그려보았더니 북원의 지배자 알탄칸에게 모아지더군. 이 정보가 뜻하는 것은 하나였네."

"북원의 사절단을 부른 것은 대신들이었군."

"그렇다네. 과거 북원은 지속적으로 통상협정을 맺기를 요청해 왔었네. 황상께서 몽고인들에 대한 백성들의 증오심을 헤아려 받아들이지 않았었지. 알탄칸은 그에 대한 보복으로 일체의 대화를 거부하고 군사를 일으켜 약탈을 자행해 왔었네. 그런데 갑자기 사절단을 보낸 점이 이상하다고 생각했었는데, 그 뒤에는 여러 대신들이 손을 쓰고 있었던 거지. 납득이 가지 않는 점은 알탄칸을 설득하여 사절단을 보내게끔 한 자들이 대체 무엇 때문에 무림맹을 지지하느냐는 것이었네. 무림맹에서 북원의 사절단을 친다면 그들의 뒷공작이 허사가 될 텐데 말이야."

"사절단이 공격받을 것까지 계산한 것 아니겠소?"

"그게 이해가 되지 않는다는 걸세. 그럴 경우 전쟁이 벌어질 것은 당연지사. 전쟁까지 일으킬 정도면 그들에게 큰 이득이 있어야 한다는 말인데 그런 게 없다네. 전쟁이 발생하면 가장 손해를 볼 이들이 그들, 문관이네. 당장 어전회의에서부터 발언권이 줄어들 테니. 정치에 달통한 그들이 어째서 스스로 입지가 좁아질 일을 벌이겠나?"

"그도 그렇군."

전쟁이 발생하면 무관들의 목소리가 높아진다. 문관들이 좋아하지 않을 상황이 벌어지는 것이다.

지난 수십 년간 황실은 문관들이 정권을 쥐락펴락해 왔다.

무관들은 그들의 수족이 되어 아랫자리만을 차지할 수밖에 없었다. 심지어 군사를 지휘하는 제독 자리조차 문관들의 것이었다. 군사를 어떻게 운용하는지조차 모르는 자들이 높은 직위만 가져가 버리는 것이다.

그렇게 된 가장 큰 이유는 바로 환관의 득세였다.

정치활동 성향상 환관들과 친할 수밖에 없는 것이 문관들이다. 반면에 무관들은 은연중 환관들을 무시하고 경시해 왔다.

그 결과가 당금의 정세다. 환관들이 득세하자 문관들도 함께 권세를 누렸다. 반대로 무관들은 한직으로 밀려날 수밖에 없었다.

그런 정황을 단번에 뒤집을 수 있는 것이 전쟁이다.

무관들이 전공을 세우고 권력을 쥘 수 있는 유일한 기회인 것이다.

문관들이 그런 상황을 자초할 리가 없다.

그럼에도 일을 벌였다는 것. 또한 무림맹을 부추겼다는 점은 분명 이상한 일이었다.

"이상한 점은 그뿐만이 아니었네. 북원과 연락을 취한 대신들 사이에 중심축 역할을 하는 인물이 있었네."

"중심축?"

"그렇다네. 조카의 이야기에도 한 번 거론이 되었지. 대신들과 무림맹 사이의 협약을 공증해 주었다는 황족을 말하는 것이네. 대신들 간의 연결점을 찾다 보니 자연스럽게 한 인물에게 향하게 되더군."

그의 말에 유검호의 머릿속에 떠오르는 인물이 있었다. 얼마 전에 들었던 이름이다. 위소만의 이야기를 듣다 보니 한 귀로 흘렸던 이름이 다시금 떠오른다.

"혹시 그게 칠왕야 주천학은 아니겠지?"

유검호의 말에 위소만이 깜짝 놀라며 되물었다.

"그걸 어떻게 알았나?"

위소만과 같은 백전노장이 표정을 감추지 못한 것을 보면 진심으로 놀란 모양이다.

그의 반응에 유검호는 자신의 짐작이 들어맞았음을 알았다.

위소만의 부릅뜬 눈이 대답을 촉구해 왔다. 유검호는 별거 아니라는 듯 말했다.

"누가 알려줬소. 최근 황실에서 무림 쪽에 관심을 가진 자가 있는데, 그게 칠왕야라고. 내가 알고 있는 게 놀랄 일인가?"

"칠왕야는 황궁 사람들도 모르는 사람들이 태반일세. 인물 성향 자체가 나서는 것을 싫어해서 평생 자중하며 살았기 때문이지. 아마 그의 평생에 대외적으로 모습을 드러낸 것은 얼마 전 무림맹과 마도맹의 정사회담 때뿐이었을 걸세. 듣기로는 그때도 눈에 띄는 행동은 일절 하지 않았다고 하더군. 나 역시 보고서에서 처음 칠왕야의 이름을 봤을 때, 정보가 잘못되었는지 알고 몇 번이나 재확인했다네. 그런데 자네가 한 번에 그 이름을 입에 담았으니 어찌 놀라지 않겠나?"

유검호는 그의 놀람을 가볍게 흘리며 생각을 말했다.

"달리 말하면 베일에 싸여진 신비인이란 말이군."

"맞네. 신비인. 칠왕야에 대해서는 알려진 것이 거의 없지. 우리는 물론이고 동창에서도 그의 정보는 많지 않았다네."

황실에 있으면서도 금의위와 동창의 정보망을 벗어난 인물.

여간 수상쩍은 것이 아니다.

"알려진 것은 전 황상의 후궁 예귀비의 소생이고, 아직 미혼이며 젊었을 때는 여행을 자주 다녔다는 것 정도네. 황족 서열은 높은 편이지만, 워낙 존재감이 없어서인지 변변한 궁도 없었고, 왕호조차 없더군. 어지간한 권문세가의 자제들보다도 입지가 약하다 할 수 있지. 그 정도 인물이 어떻게 아쉬울 것 없는 권세가들을 설득했는지 도무지 알 수 없더군. 또, 대신들을 포섭하여 전쟁을 벌이려는 이유도 쉽게 짐작이 가질 않았네."

유검호는 위소만이 하는 이야기들을 조합하여 큰 그림을 그려보았다. 북원의 사절단을 불러들여 그들을 척살하고, 북원은 그것을 빌미로 전쟁을 일으킨다. 정작 전쟁 상황을 만든 당사자들은 전쟁으로 이득을 보지 못한다.

거기까지 생각하자 답은 간단히 나왔다.

"전쟁 자체에 목적이 있는 것이 아니군. 혼란이 필요한 다른 목적이 있어."

유검호의 말에 위소만은 고개를 끄덕이며 동의했다.

"맞네. 칠왕야가 존재감 없는 인물이라는 편견에 빠져서 그도 옥좌를 노릴 수 있는 황족임을 간과하고 있었지. 한참 후에 조카의 말을 듣고서야 그의 목적이 역도의 길임을 깨달았네."

끝에 이르러선 위소만의 목소리가 작아진다.

역도의 길. 옥좌를 노린다는 말이다. 황제를 모시는 관인의 입장에서 쉽사리 입 밖에 낼 수 없는 말이었다.

"그것까지 알게 되었다면 해결법은 간단한 것 아니오? 무림맹에 황궁의 공문을 보내면 되지 않소?"

"왜 안 했겠나? 수차례나 공문과 전언을 보냈다네. 하지만 돌아오는 대답은 하나도 없었다네."

"이해가 안 되는군."

제아무리 대신들과 협의가 되어 있다 할지라도 무림맹이 황명을 거역한다는 것은 말이 되지 않는다.

유검호의 의문에 위소만은 깊은 한숨을 쉬었다.

"무림맹이 무시한 것이 아닐세. 전령의 신상에 문제가 생긴 탓이네."

"전령의 신상?"

"그렇다네. 최고의 대원들을 보냈지만, 무림맹까지 무사히 도착한 전령이 한 명도 없었네."

황궁에서 무림맹까지는 먼 길이 아니었다.

그런데도 전령이 하나 빠짐없이 실종되었다는 것은 한 가지를 뜻한다.

"감시하고 있었던 것은 당신들뿐이 아니었군."

"그렇다네. 그들 역시 우리를 감시하고 있었던 걸세. 심지어 금의위 내부에도 그들의 간자가 침투해 있었을 정도네."

말하는 위소만의 얼굴에 자괴감이 떠오른다.

자신이 관리하는 조직의 허술함을 밝히는 것이 괴로운 듯했다. 그 대신 위대치가 말을 이었다.

"그들은 숙부의 일거수일투족을 모두 감시하고 있었소. 무림맹에 통보하기에 앞서 일신의 안위조차 장담할 수 없었다고 하오. 마침 황실의 정보를 얻기 위해 파견했던 밀영과 접선이 되지 않았다면 큰 위기를 겪으셨을 것이오. 다행히 밀영과 끈이 닿아 내게 연락을 하실 수 있었소. 난 숙부께서 조사하신 자료를 들고 곧장 문 맹주를 찾아갔소. 하지만 맹주는 그 자료를 믿지 않았소. 금의위 부도독의 인장과 숙부께서 직접 쓰신 서신까지 보여주었지만, 문 맹주는 듣지 않았소. 그는 황상과 여러 고관대신, 그리고 칠왕야가 모두 자신들에 힘을 실어주고 있다면서 오히려 내가 맹주를 음해하기 위해 일을 꾸미고 있다고 의심했소. 내 말이 정말이라면 황상의 어지를 받아오라더군."

위대치는 씁쓸한 표정을 지었다.

평소 맹주를 음해하기 위한 공작을 펼쳤던 것은 사실이다.

하지만 이번만큼은 진정으로 무림맹의 안위를 위한 일이었다. 진심을 믿어주지 않는 문천기가 증오스러우면서도 한편으로는 자신의 신뢰도가 그 정도임에 회의가 생긴 것이다.

그를 보며 유검호는 혀를 찼다.

'쯧. 사부님. 너무 멀리 가시는군.'

유검호는 문천기가 위대치의 말을 듣지 않은 이유를 알고 있었다. 문천기의 짐작대로 그를 믿지 못해서이기도 했지만, 그보단 불안해진 맹주로서의 입지 때문일 것이다.

정사회담 이후 문천기의 체면은 크게 손상되었다.

그나마 유검호의 명성에 기대어 맹주직에서 물러나진 않았지만, 상황이 좋지 못했다.

무림에서는 벌써부터 문천기와 그의 제자인 백유량에 대한 자격을 논하는 소문이 돌고 있었다.

맹주직과 명예에 목을 거는 문천기로서는 그야말로 백척간두와 같은 위기감을 느꼈을 것이다.

그런 와중에 찾아온 기회다. 성공하면 자신에 대한 평가를 일거에 뒤집을 수 있다. 맹주로서의 입지도 더 이상 걱정하지 않아도 된다. 잘만 되면 무림맹이 결성된 이후로 가장 위대한 맹주로 칭송받을 수도 있다. 문천기로서는 성공 과실에 눈이 멀수밖에 없었다. 그런 와중에 위대치가 찾아와 찬물을 끼얹는 소리를 했으니 문천기의 귀에 들어올 리가 없다.

정말로 황제의 어지라도 가져오지 않는 이상 문천기는 절대 멈추지 않을 것이다.

황제의 어지라는 말에 위소만은 고개를 저었다.

"불가능하네. 현재 황상을 알현하는 것은 최소한 사례감 이상 급의 환관이나 가능하네. 혹여 알현을 청한다면 청이 올라가기도 전에 적에게 포섭된 대신들에 의해 가로막힐 걸세."

위소만을 말을 하며 서문현을 흘깃 보았다.

도찰원의 수장은 황제가 직접 권한을 내린다. 황제와 만날 수있는 기회가 위소만보다 훨씬 많다. 하지만 서문현도 고개를 절레 젓는다.

"본관도 황상의 용안을 뵌 지 십 년이 넘었소."

당금 황제의 태만함은 유명하다. 정치는 환관들의 손에 넘기고 정작 본인은 매일 신선놀음에 빠져 살았다. 그나마 유일하게 신경 쓰는 문제가 외적, 특히 그중에서도 북원의 세력이었다. 황궁의 난정(亂政) 속에서도 북원에 대한 적대 분위기가 조성된 이유이기도 했다.

"금의위 도독 역시 직위 높은 환관 아니오? 그에게 부탁해 보시지?"

유검호의 물음에 위소만은 다시 한 번 씁쓸한 표정을 지었다.

"부끄럽지만 도독 역시 적에게 포섭된 대신 중 한 명이라네. 이곳에도 역도를 처단하기 위함이라는 거짓 보고를 올리고서야 올 수 있었다네. 도어사께 도움을 청한 것도 그 때문이었지. 도어사께서 선뜻 동행을 해주셨기에 의심을 받지 않을 수 있었네. 뭐, 역도를 처단하기 위한 병력이 덤으로 붙긴 했지만."

많은 병력을 끌고 온 이유였다. 역도 무리를 처단하기 위한 발길에 병력이 없는 것도 이상한 일. 그들의 입장이 이해가 되기도 한다.

그 말에 유검호는 기운을 풀었다.

세 사람의 안색이 금세 편안해진다.

사실 방에 들어선 이래 그들은 숨조차 제대로 쉴 수 없었다.

압박감 때문이었다. 유검호는 그들이 병사들로 팔선문을 핍박했던 것이 마음에 들지 않았다. 힘으로 억누르는 자들에겐 똑같이 힘으로 대응을 해주는 것이 유검호의 지론. 그는 온 방 안을 자신의 기운으로 휘감았다. 적무양이 흔히 쓰는 수법이었는데 효과는 만점이었다.

세 사람은 대번에 진땀을 흘리며 전전긍긍했다.

이유도 몰랐다. 그저 식은땀이 나고 함부로 입을 열 수도 없었다. 머릿속이 하얗게 되고 입술이 바싹바싹 타들어갔다.

특히 서문현의 경우엔 정도가 심했다. 그는 온몸이 경직된 채로 눈만 끔뻑이는 것이 할 수 있는 전부였다. 유검호가 한 번씩 기운을 풀어주지 않았다면 진작 거품을 물고 기절했을 것이다.

이런 수법의 무서운 점은 당사자들도 자신들이 뭐에 당했는지를 모른다는 점이었다. 그들은 단지 유검호의 존재감에 눌렸다고만 생각할 것이다.

유검호가 기운을 풀고 나서야 뭔가 이상함을 깨달았지만, 그것이 무엇인지는 알지 못한다. 세 사람은 영문 모를 기분에 잠시 멍하니 있었다.

유검호가 그들의 정신을 일깨웠다.

"무림맹을 향한 음모가 황실의 칠왕야로부터 시작된 것이고, 칠왕야의 목적은 반란이다. 거기까진 알겠소. 그럼 가장 중요한 질문을 하도록 하지. 날 찾아온 목적이 뭐요?"

위대치가 가장 먼저 정신을 차리고 대답한다.

"유 문주가 무림맹의 전력을 막아주었으면 하오."

절실함이 깃든 진지한 표정과 말투다. 위대치의 간곡한 부탁에 유검호는 망설임 없이 대답했다.

"싫은데?"

"무림을 대신하여 감사… 헛. 어째서요?"

당연히 수락할 줄 알았던 위대치다. 지금껏 풀어놓았던 이야기의 반만 들어도 무림과 황실이 큰 위기에 처했음을 알 수 있다. 그쯤 되면 협의지심이 어지간히 없는 자라도 나설 것이다.

그런데 유검호는 시큰둥하다.

위소만이 가라앉은 목소리로 물었다.

"세상이 혼란에 처하는 것을 구경만 하겠다는 건가?"

그의 얼굴에는 적잖이 불쾌함이 떠올라 있다.

유검호에게 내내 호의적이었지만, 이번만큼은 참을 수 없었던 모양이다. 군부에 속하긴 했지만 위소만은 무림세가 출신이다. 모든 행동에 협의가 바탕이 되어야 한다고 배웠고, 그렇게 믿어왔다. 그는 협의가 없는 무인은 경멸받아 마땅하다고 생각했다.

위대치 역시 분개한 표정으로 물었다.

"다른 일은 몰라도 무림맹에는 유 문주의 지인들이 있지 않소? 아무리 파문을 시켰다지만 한때나마 사부이고 사제였던 이들이 있는데도 그냥 지켜만 보겠다는 말이오?"

"사부님이나 사매 일은 내가 알아서 할 일이고. 부자 문주께서 그들의 안위를 걱정해 줄 만큼 친밀한 관계는 아니잖소?"

이번엔 서문현이 일갈했다.

"이놈. 국가의 안위가 걸려 있다 했거늘. 어찌 소인배처럼 일신의 안위만을 생각한단 말이더냐? 당장 일어나 역도들을 물리치러 가지 못하겠느냐?"

유검호는 시큰둥하게 귀를 후비며 대꾸했다.

"나 소인배 맞소. 무림이나 황실이 혼란스러운 것보다 귀찮은 일이 더 무섭거든."

위소만이 분노한 목소리로 쏘아붙였다.

"무고한 사람들이 피해를 볼 것이다."

"무고? 어차피 피 볼 사람들은 다 정해져 있지 않소? 황실의 병사들과 무림맹의 무사들 외에 피 볼 사람들이 또 있소?"

위소만은 이를 갈며 소리쳤다.

"그들의 생명은 귀하지 않단 말인가?"

"생명이야 당연히 귀하지. 하지만 그들은 무인 아니오? 무인이란 딱지를 붙이고 칼을 휘두르는 자들 중에 정말로 무고하다고 말할 수 있는 사람이 누가 있겠소? 그들이 무림에서 활동하는 것부터 이미 위험을 감수하고 나선 것 아니겠소? 스스로 칼들고 나섰으면 자기 앞가림은 알아서 해야지. 당신들 역시 평소엔 그들을 신경도 쓰지 않다가, 위급한 상황이 되니까 명분으로 삼기 위해 무고한 사람 운운하는 것 아니오?"

위소만은 일순 말문이 막혀 입을 닫았다. 서문현이 그를 대신하여 소리친다.

"황실이 흔들리면 백성들이 통탄할 것이다."

그 말에 유검호는 피식 웃었다.

"황실의 주인이 바뀐다 해서 백성들이 정말로 슬퍼할 것 같소? 백성들이 통탄할 일은 어린 자식을 마음껏 먹이고 입히지 못하는 것이겠지. 무림맹이 어떻고 황실이 어떻든 평범한 사람들에겐 하등 상관없는 일이오. 또 모르지. 칠왕야인지 조범효인지가 새로 황실의 주인이 되어 선정을 베풀면 오히려 기뻐할지도. 하긴 누가 되도 지금 황제보단 낫지 않겠소? 듣자 하니 지금 황제는 사나운 호랑이보다 무섭다던데. 가정맹어호(苛政猛於虎)라는 말에 딱 맞지 않겠소?"

유검호의 거침없는 발언에 세 사람은 할 말을 잃었다.

어지간해야 반박을 하고 설득을 할 것 아닌가?

말끝마다 황제를 모욕하는 발언을 내뱉는다. 황제의 귀에 들어가기라도 하면 당장 역도가 되어 참수형이다.

아니, 사실 황제의 귀에까지 들어갈 필요도 없다.

서문현과 위소만이 하는 일이 바로 이런 자를 잡아다 처형하는 것 아닌가?

그러나 두 사람은 아무 행동도 취할 수 없었다.

너무도 직설적이고 당당하여 머릿속이 혼란스러운 것이다.

유검호의 말이 진실과 그리 다르지 않음을 인지하기 때문에 찾아온 혼란이다. 속으로 그 말이 옳다는 생각이 떠오름과 동시에 신하로서 주군의 욕됨을 그냥 넘길 수 없다는 충성심이 격돌한다.

두 사람이 혼란에 잠겨 있을 때 위대치가 침중한 목소리로 물었다.

"원하는 것이 무엇이오?"

위대치는 생각을 달리했다.

'이자는 명분으로 움직일 수 없다.'

유검호에게 무림이나 황실의 평화 같은 명분은 이웃집에 기거하는 개미 한 마리만큼이나 무의미하다. 위대치는 그 사실을 깨달았다. 접근 방식을 바꿔야 할 필요가 있다.

위대치는 사람인 이상 원하는 것이 없을 리 없다고 생각했다. 재물이든 여자든 금룡문의 자금력이면 주지 못할 것이 없다.

위대치의 질문에 유검호는 곧바로 대답한다.

"원하는 것? 당연히 나를 찾아오지 않는 것이지. 생각해 보시오. 번잡한 세상사에 지쳐 피신해 온 곳이 여기요. 안빈낙도만을 바라고 이곳까지 왔는데 다시 번잡한 일에 끼어들라고 말하고 있으니, 내가 무슨 말을 할 것 같소? 머리 복잡한 일을 끌고 온 당신들을 내치지 않은 것만으로도 대단한 인내심을 발휘하고 있는 것 같지 않소?"

위대치의 안색이 급격히 어두워졌다.

유검호의 말에서 타협할 여지가 없음을 느낀 것이다.

위대치가 위소만과 함께 이곳에 온 이유는 절실함 때문이다.

무림맹의 행사를 목전에 둔 지금. 그들이 할 수 있는 일은 아무것도 없었다.

자금력으로는 둘째가라면 서러운 위대치도, 고관대신들을 벌벌 떨게 만들 수 있는 위소만도 돌아가고 있는 상황을 막을 수가 없었다.

물론 시간적인 여유가 있었다면 이야기가 달랐을 것이다.

금룡문과 금의위의 힘을 모으면 어떤 난제라도 해결할 수 있다. 문제는 시간이다. 재력도 권력도 충분한 그들이었지만 단하나. 그들에겐 시간이 없었다.

무림맹의 움직임을 당장 멈추지 못한다면 주체할 수 없게 된다. 비탈길을 구르는 수레바퀴처럼 끝에 도달할 때까지 멈출 수가 없는 것이다.

이리저리 궁리하다 떠올린 것이 유검호였다.

현 무림에서 무림맹의 행사를 막을 수 있을 만한 힘을 가진 것은 세 사람뿐이다. 마도맹주 혁련월과 적무양, 그리고 유검호다. 혁련월은 마도맹이라는 세력을 등에 업고 있었으니 가능하다. 하지만 그가 위대치의 말을 듣고 나서 줄 가능성은 전무하다. 설령 들어준다 할지라도 마도맹이 무림맹을 막기엔 시간이 부족하다.

　적무양은 더욱 가능성이 없다. 대화하려다 맞아 죽지나 않으면 다행이다. 그렇다면 남은 것은 유검호뿐.

　다행히 유검호와는 안면이 있다. 또한 성정이 적무양처럼 흉악하지도 않았고, 마도맹처럼 무림맹과 적대적이지도 않다.

　맹주인 문천기와는 한때 사제지연까지 맺었다.

　유검호를 생각했을 때 위대치는 절로 손뼉을 쳤다. 그야말로 묘수다.

　물론 유검호에게 부탁하러 오는 것이 수월하지만은 않았다.

　팔선문의 흑도비에게 당한 굴욕감과 고통이 뼈에 사무쳤기 때문이다. 그러나 자존심은 나중 문제다. 지금은 급한 불부터 꺼야만 했다.

　그런 생각으로 찾아왔다. 그런데 단박에 거절당한 것이다.

　위대치는 눈앞이 깜깜했다. 유검호는 그에게 있어 마지막 보루와도 같았다.

　유검호가 나서지 않는다면 더 이상 남은 방법이 없다.

　'무림맹을 버려야 한단 말인가?'

　위대치는 최악의 사태를 생각했다.

　무림맹이 반역도로 낙인찍혔을 경우다. 금룡문이 운용하는 상단만 수십 개. 나라에서 금룡문을 제재하기 시작하면 상단부터 타격을 받게 된다. 상단들이 망하기 시작하면 자금이 마를 것은 불 보듯 빤한 일이다. 일이십 년은 어떻게 버틸 수 있다 하더라도 재고는 결국 바닥을 드러낼 터. 그렇게 되면 금룡문은 무림에서도 상계에서도 살아남지 못한다.

결국 살기 위해선 무림맹에서 발을 빼는 수밖에 없다.

무림맹과의 연결점 때문에 한동안 곤혹스러워지겠지만, 금룡문의 인맥과 자금력이면 충분히 극복할 수 있는 수준이다.

그것이 현실적으로 가장 이상적인 선택이다.

하지만 위대치는 결단을 내릴 수가 없었다.

그간 무림맹의 요직을 차지하기 위해 쏟아부은 돈이 천문학적인 액수였다. 단순히 돈만 걸려 있다면 미련을 버릴 수 있다.

위대치가 쏟아부은 열정과 노력, 그리고 시간은 돈으로 환산할 수 있는 것이 아니다. 그는 젊음을 모두 무림맹에 바쳤다고 해도 과언이 아니다.

그런 무림맹을 포기한다는 것은 친자식을 버리는 것과 같이 어려운 일이다.

위대치는 착잡한 심정으로 고개를 숙였다.

'역도라······.'

유검호는 생각에 잠겼다.

관심 없다고는 말했지만, 위대치의 말이 절반만 사실이라도 보통 일이 아니다. 물론 무림이나 황실에 관해서는 위대치에게 한 말 그대로다. 그에게 무림이 어떻게 되고, 황실이 어떻게 되고는 관심 밖이다.

그러나 위대치도 말했듯이 무림맹에는 문천기와 문소영이 있다. 사실 그들이 위기에 처할 것은 묘선옥에게 들어 알고 있었다. 그럼에도 마음을 놓고 있었던 것은 일이 어떻게 되던 두 사람을 구해오는 것은 문제없으리라 생각했기 때문이다.

그런데 예상외로 규모가 큰 사건에 휘말렸다.

단순히 그들을 구해오는 것만이 문제가 아니다. 자칫하면 문천기는 역도의 수장이 된다. 현 황권이 유지되는 한, 중원 땅에서는 살 수 없게 되는 것이다.

문천기에게 중원은 세상의 전부다. 그 외의 땅은 상상해 본 적도 없을 것이다. 그런 문천기가 모든 것을 버리고 중원을 떠날 것 같진 않았다. 그것도 반역자라는 오명을 뒤집어쓴 채로는. 명예를 무엇보다 중시하는 문천기가 취할 행동은 단 한 가지일 것이다.

'아마 다음 생애를 노리시겠지.'

유검호는 문소영을 고아로 만들고 싶지 않았다.

게다가 문천기와 문소영만이 문제가 아니다.

백유량은 아예 주천학과 직접 통하고 있는 모양이다. 사실상 반역의 주동자인 것이다.

그대로 놓아두면 정말 돌이킬 수 없는 곳까지 가게 된다.

그렇게 해서 원하는 것이라도 얻을 수 있다면 다행이다.

묘선옥의 말대로 주천학이 그토록 강하다면 백유량에게 자신의 것을 나누어 줄 이유가 없다. 백유량이 없어도 충분히 원하는 것을 얻을 수 있을 테니까.

결국 백유량의 운명은 비극뿐이다. 미운 일곱 살 같은 백유량이지만, 한때나마 사형제의 연을 맺었다. 비참한 최후를 맞는 것을 지켜만 봤다간 마음이 편치 않을 것이다.

이래저래 신경이 쓰이지 않을 수 없는 것이다.

유검호는 위대치를 흘깃 보았다.

그늘이 얼굴 가득 뒤덮고 있었다. 얼굴에 포기라는 글자가 쓰여 있는 것 같다. 무림맹에서 발을 뺄지 말지를 심각하게 고민하고 있을 것이다.

'이득과 손실을 계산하고 있겠군.'

유검호가 내내 시큰둥했던 것은 바로 이 때문이다. 위대치의 상인 기질.

아무리 봐도 위대치는 절박한 입장이 아니다.

무림맹이 황실에 버림받고 역도가 되든 말든 그의 일신에는 큰 지장이 없다. 손해 볼 것 없는 일에 이토록 적극적으로 나설 만한 이유는 두 부류 중 하나다.

첫 번째 부류는 위대치나 위소만이 거론했던 것처럼 협의지심이 가득 차올라 좋은 일을 이행하지 않으면 도저히 견딜 수 없는 사람들. 그런 이들을 무림에서는 협객이라 부른다.

'부자 문주와 협객이라……'

전혀 어울리지 않는다.

몇 번 말을 섞어보지 않았지만, 한눈에 알 수 있다. 위대치는 무인보다 상인에 어울리는 사람이다. 협의지심에 넘치는 협객은 결코 될 수 없다.

두 번째 부류는 이득을 탐하는 자들이다. 계략에 빠진 무림맹을 구해낸다면 위대치의 입지는 단번에 급상승이다. 특히 정파 무림 전체를 위기에 빠뜨린 문천기와 비교될 것은 당연지사. 위대치의 명성은 하늘을 찌를 것이 분명하다. 어차피 이번 일이 끝나면 문천기가 설 자리는 없다. 공석이 되는 맹주 자리는 두말할 것 없이 위대치의 차지다.

단순히 맹주직뿐만이 아니다.

황실이 흔들릴 뻔한 사건을 해결했다는 공로 역시 무시할 수 없다.

금룡문 산하의 모든 상단에 이득이 생길 것이다.

그로 인한 이득은 상상을 불허한다.

실리와 명예. 두 마리 토끼를 모두 잡을 수 있는 것이다.

상인으로서도, 무인으로서도 위대치는 목숨을 걸 만한 일이었다. 마치 문천기가 반역의 오명을 무릅쓰고 무리한 모험을 감행한 것처럼.

유검호는 그런 위대치의 속셈을 훤히 꿰뚫어 보고 있었다.

위대치가 정의와 협의를 내세우며 자극할 때도 무덤덤했던 이유다. 움직이게 되는 것은 어쩔 수 없지만, 위대치에게 이용당할 생각은 없었다. 재주는 유검호가 부리고 이득은 위대치가 가지는 꼴은 볼 수 없다.

위대치를 더욱 절박하게 만들 필요가 있었다. 자신의 이득을 어느 정도 버려서라도 일이 성공하길 바랄 정도로.

이제 위대치가 모험을 포기하려는 기색이 보인다. 유검호가 생각하던 때가 된 것이다.

유검호는 은근한 목소리로 말했다.

"만약, 내가 힘을 빌려주었다고 칩시다."

위대치의 고개가 번쩍 들려진다. 만약이라는 가정을 한다는 것은 타협의 여지가 있다는 뜻. 상인으로서의 재능도 훌륭한 위대치였기에 단번에 알아차렸다. 그는 혹여 유검호의 말을 끊으면 마음이 바뀔까 열심히 고개만 끄덕이며 경청한다.

"그래서 무림맹의 계획이 실패하게 된다면, 무림맹은 어떻게 되는 것이오?"

무림맹의 처분에 관한 질문이다. 결과가 좋게 끝났다 해서 황실을 음해하려 했던 전력이 없어지는 것이 아니다.

당금 황제는 무능하지만 포악하다. 진상이 밝혀지면 피바람이 불 것이다.

유검호의 질문에 위대치는 고개를 돌렸다. 그 문제는 자신이 대답할 수 있는 문제가 아니었다.

질문에 답을 할 당사자는 위소만과 서문현이었다.

"일이 잘 해결된다면 황상께 모든 것을 고할 필요는 없겠지. 대략적인 상황만 축약하여 보고할 거네. 물론 황상의 심중에 달려 있지만, 무림맹이라는 조직 자체에 큰 처벌은 없을 것이라고 장담하지."

위소만은 말을 하며 서문현을 흘깃 보았다. 그의 의중을 묻는 것이다.

"본관이 감찰해야 할 대상은 관인들이지 무림인이 아니오. 무림맹이라는 조직이 괘심하긴 하지만, 이번 일만큼은 그냥 넘어가도록 하겠소."

두 사람의 약조에 위대치의 표정이 밝아졌다. 유검호가 원하는 대답이라고 생각한 것이다.

유검호는 잠시 생각하다 다시 물었다.

"그럼 책임은 누가 지는 거요?"

그의 물음에 세 사람은 선뜻 대답을 하지 못했다.

일이 벌어졌을 때, 상부에 보고를 하기 위해서는 책임질 사람이 필요하다.

반역이라는 큰일이라면 더욱 책임자가 없을 수 없다.

잘못이 있으면 죄인은 반드시 생겨야 한다.

위소만은 큰 처벌이 없을 것이라고 했지만, 그것은 무림맹이라는 단체에 대한 입장일 뿐. 무림맹 내에서도 책임을 짊어질 죄인은 생길 수밖에 없다.

그리고 이런 경우, 대부분의 책임은 수장이 지게 된다.

무림맹의 수장은 문천기. 유검호의 사부였던 인물이다.

그것은 세 사람이 일을 계획했을 때부터 정해진 사실이다.

말을 꺼내지 않고 넘어가려 했는데, 유검호가 먼저 거론한 것이다.

물론 유검호가 말을 꺼낸 이유는 분명하다.

힘을 빌려준다면 문천기 등의 안전을 책임질 것이냐는 뜻.

위대치는 대답을 하지 못했다.

그의 계획이 완성되기 위해선 문천기가 맹주 자리에서 물러날 필요가 있다.

기껏 힘들게 무림맹을 구해놓았는데 문천기가 여전히 맹주직을 맡는다면 그만큼 맥 빠지는 일도 없을 것이다.

문천기가 맹주직에서 물러나고 위대치의 공로가 무림에 알려지기 위해선 이번 일을 공론화할 필요가 있었다. 가장 이상적인 방법은 문천기를 반역자로 만드는 것이다. 그만큼 확실한 방법이 없다.

그런데 유검호가 그 점을 찔러온 것이다.

위대치가 대답을 하지 못하자 유검호는 흥미를 잃은 듯 다시 몸을 의자에 묻는다.

"대답하기 싫으면 하지 마쇼. 나야 귀찮은 일 줄어드니 좋지 뭐."

유검호는 배짱을 부렸다.

어차피 칼자루를 쥐고 있는 것은 그다.

그는 혼자서도 문천기 등을 구할 수 있지만, 위대치는 유검호가 없으면 아무 계획도 세울 수가 없다. 위대치가 내세울 수 있는 유일한 무기는 사후 조치뿐이다.

유검호는 위대치에게 무기를 내려놓으라고 말하고 있었다.

위대치는 초조한 표정을 감추지 못했다.

처음처럼 확실히 거절을 해버리면 차라리 미련을 버렸을 것이다. 유검호는 마치 대답만 잘하면 생각을 바꿀 용의가 있다는 뜻을 내비춘다. 희망고문이 따로 없다. 그렇다고 포기할 수도 없다. 잡을 끈만 있다면 끌려가더라도 계속 잡아보고 싶은 것이 위대치의 심정이다.

상인으로서의 기본 소양에 어긋나지만 어쩔 수 없다.

걸려 있는 이권을 생각하면, 바짓가랑이라도 붙잡아야 했다.

위대치는 한참을 고심하다 대답했다.

"문 대협에게 아무 일도 없을 것이라 약조하겠소."

맹주가 아니라 대협이라 칭한다. 그를 맹주로 인정하지 않겠다는 뜻. 역도로 치죄하여 공론화하진 않겠지만, 맹주 자리는 양보할 수 없다는 말이다.

위대치로서는 많은 것을 포기한 것이라 할 수 있다.

공론화하지 않고 문천기를 맹주 자리에서 밀어내려면 그 또한 여간 어려운 일이 아니기 때문이다. 아마 일이 끝난 후에도 많은 뒷공작을 벌여야 할 것이다. 그 과정에 문천기에게 직접적으로 해를 끼칠 수도 없으니 오히려 이전보다 더욱 맹주 자리에서 멀어졌다고 할 수 있다.

그럼에도 위대치는 그 길을 선택했다. 유검호가 파악했듯 위대치는 상인으로서의 재능이 뛰어나다. 계산이 빠른 그가 그런 선택을 했다는 것은 이미 맹주가 되기까지의 방법까지 모두 생각해 두었다는 뜻이다.

유검호가 무림맹을 막아낸다면 문천기가 맹주 자리에서 물러나게 될 가능성이 매우 높다는 말.

맹주 자리에 목을 매는 문천기에겐 청천벽력 같은 일이다.

하지만 유검호는 상관치 않았다.

'맹주 자리는 엉덩이 짓무를 정도로 오래 앉아계셨잖아?'

유검호가 보기에도 문천기는 무림맹을 이끌 만한 재목으로 보이지 않는다. 이제 그만 다른 사람에게 양도하는 것이 모두를 위해 좋을 것이다.

유검호는 확인하듯 물었다.

"아무 일도 일어나지 않을 것이다? 부자 문주 혼자서 그런 약속을 지킬 수 있소?"

말을 하며 위소만과 서문현을 보았다.

황실과 관련된 문제는 위대치가 아니라 그들 두 사람에게 달려 있다. 그러나 대답은 이번에도 그들이 아닌 위대치에게서 나왔다.

"금룡문의 자금력으로 할 수 있는 일은 유 문주가 생각하는 것보다 훨씬 많소. 게다가 숙부님과 도어사께서는 어느 정도 은폐는 할 수 있을지언정 거짓을 고할 수 있는 입장은 못 되오."

유검호는 그 말을 이해했다.

그들에게 맡기면 최소한의 처벌만큼은 어쩔 수 없다. 하지만 위대치가 나선다면 그 최소한의 처벌조차 모면할 수 있음을 말하는 것이다.

세상은 돈으로 할 수 없는 일이 거의 없다. 그 일들 중엔 금의위의 실세와 도찰원의 수장도 할 수 없는 일도 있을 것이다.

유검호 역시 돈의 위력을 알고 있다.

"금룡문주의 신용을 믿어보지. 그럼 난 무림맹의 움직임만 막으면 되는 거요?"

유검호의 승낙에 위대치의 얼굴이 금세 환해졌다. 마침내 그가 원하던 대답을 듣게 된 것이다.

"혼자서 막으라고는 하지 않겠소. 금의위의 병력들이 뒤를 받쳐줄 것이오. 유 문주는 그들을 등에 업고 무림맹의 수뇌부를 설득하면서 시간만 끌어주시오. 난 그동안 본문의 정예들과 함께 북원의 사절단을 호위할 것이오."

"금의위의 도독도 적과 한패라 하지 않았소? 금의위 병력을 동원할 수 있소?"

잠자코 있던 위소만이 대신 대답한다.

"금의위의 하위소속인 진무사의 병력이라면 도독의 눈을 피해 부릴 수 있을 걸게. 금의위의 위사들만큼 무공이 뛰어나진 않지만, 급한 대로 머릿수는 채울 수 있을 걸세."

"머릿수라."

유검호는 웃음이 나왔다.

무림인들은 자신들의 무공 하나 믿고 살아가는 자들이다.

머릿수를 고려해 가며 싸우는 족속이 아니라는 말이다.

무림맹의 정예라면 더욱 그럴 것이다. 상대가 자신들의 몇 배가 되어도 이길 수 있다는 자신감에 차 있을 것이 분명하다.

'망설이게는 만들 수 있으려나?'

아무리 무인이라도 관군을 함부로 다치게 하는 것은 부담될 터. 자신들을 막아서는 것이 관군이라는 것을 안다면 부담감은 줄 수 있을 것이다.

하지만 결국은 임무를 선택할 것이다.

관과의 마찰은 수뇌부에서 해결할 일. 그들은 맡은 바 소임을 다하는 것이 우선이다.

결국 무림인들과도 능히 견줄 수 있을 정도로 무공에 능하다는 금의위 정예가 아니라면, 다른 관군들은 유명무실한 존재들이다.

위소만이 금룡문에 계속 있었다면 모를 리가 없는 사실이다.

무가 출신이라곤 하지만 군부에 오래 몸을 담고 있다 보니, 전세를 병력의 수로 파악하는 습관이 생긴 탓이다.

위소만은 유검호가 웃는 이유를 알지 못해 고개를 갸웃거리며 말했다.

"두 사람이 무림맹과 사절단을 막는 동안 도어사와 나는 황실에 반기를 든 신하들을 처리할 걸세."

"쉽지 않을 텐데?"

그것은 무림맹을 막는 것만큼이나 중요하고도 어려운 일이었다. 주천학과 내통하고 있는 자들을 가려내는 것도 힘든 일이었지만, 황실 곳곳에 존재하는 간세의 눈을 피해 움직이는 것은 더욱 어려운 일이었다.

금의위 병력을 마음대로 움직일 수 있다면 모르되, 도독조차 간세인 지금 상황은 차포 떼고 장기를 두라는 말과 같다.

유검호의 물음에 위소만은 고개를 끄덕였다.

"어렵겠지. 하지만 이번 기회에 그들을 잘라내지 못하면 두고두고 후환이 생길 것이네. 무슨 수를 써서라도 간신들을 박멸할 걸세. 다행히 오군도독부에 친인들이 꽤 있네. 그들에게 병력을 빌리고, 금의위에서도 나를 따르는 수하들을 모두 동원한다면 가능할 걸세."

오랜 세월 전장의 땅을 밟아 온 노장의 말이다.

충분한 계산이 섰을 것이다. 유검호는 다른 이야기를 꺼냈다.

"칠왕야라는 자는 어떻게 할 거요?"

"그는 반역의 주모자. 아무리 황족이라곤 하나 그냥 넘길 수는 없지. 아마 대신들을 소탕했을 때즈음엔 황상께서도 모습을 드러낼 터. 황상께서 처분을 결정할 걸세. 아마도 이번 일에 관련된 자들 중에선 마지막 참수자가 되지 않을까 싶군."

그 말에 유검호는 고개를 저었다.

"별로 좋은 생각은 아니군. 내 생각엔 그를 섣불리 건드리지 않는 편이 좋을 것 같은데."

"그게 무슨 소린가?"

위소만이 의아하여 묻는다.

"신경 쓰진 마시오. 그냥 그런 생각이 들어서 한 말이오."

"알 수 없는 소리를 하는군."

위소만은 찜찜한 표정이었지만 더 이상 묻지 않았다.

아마 그가 물어보아도 유검호는 대답하지 않았을 것이다.

주천학의 무공 배경을 설명하자면 팔선문의 시조부터 거슬러 올라가야 한다. 그 긴 이야기를 별 상관도 없는 이들에게 해주고 싶은 생각은 없었다.

또한 주천학이 그토록 흉악무도한 자인지도 확실치 않았다.

한 가지 분명한 것은 주천학이 정말로 묘선옥이 이야기했던 그대로의 능력을 지녔다면 황실의 병력이 통째로 달려들어도 어찌할 수 없을 거라는 점이다.

유검호는 그에 대한 경고를 한 것이다. 위소만은 유검호의 말을 잠시 생각해 보더니 떠오르는 것이 있는 듯 말했다.

"어차피 병력이 충분했어도 황족을 처벌하기 위해선 황상께서 직접 명을 내리셔야 하네. 그전엔 아무리 나라도 어찌할 수 없지."

아마도 유검호의 말을 주천학이 준비한 군사를 조심하라는 듯으로 받아들인 듯하다. 그가 그렇게 생각할 만도 하다. 황실의 고관대신들을 포섭하고, 반란을 꾸밀 정도라면 병사를 준비하지 않았을 리가 없다. 왕부를 가지지 못한 주천학에게 드러난 사병이 있을 리가 만무한 일. 필시 숨겨진 병력이 있다는 것이 위소만의 추측이다.

그는 유검호 역시 그 점을 지적한 것이라 여겼다.

굳이 그의 착각을 바로잡아 줄 필요는 없다고 여겼다.

위소만의 생각도 전력이라는 측면에서만 본다면 틀린 생각은 아니다. 병사든 능력이든 사람을 상하게 할 수 있는 힘이라는 점에서는 똑같으니까. 오히려 위소만과 같은 군인에게는 주천학 개인의 능력을 언급하기보다 많은 병사를 준비해 두었다고 경고하는 편이 훨씬 경각심을 일깨울 수 있을 것이다.

원하는 것을 얻었다는 생각인지 위대치는 밝은 표정으로 말했다.

"우린 유 문주만 믿고 일을 진행하겠소. 그림자 한 명을 두고 갈 테니 변고가 생기면 바로 연락을 주시오."

"멀리 안 나갈 테니 살펴가시오. 아, 바깥에 병사들 물릴 때 소란 안 생기도록 해줬으면 좋겠군. 이 집엔 시빗거리 찾아 헤매는 늙은이가 둘이나 있거든."

"조심하겠소."

위대치는 가볍게 포권을 하고는 방을 나갔다.

위소만과 서문현이 그 뒤를 따르며 한마디씩을 남긴다.

"일이 끝난 후에 혹여 군부에 뜻이 있다면 날 찾아오게. 좋은 자리 하나 마련해 주지."

"네놈. 일을 제대로 처리하지 못하면 각오하는 것이 좋을 게야!"

유검호는 그들의 말을 한 귀로 흘리며 의자에 등을 묻었다.

"황실의 전복이라……."

생각지도 못했던 일에 휘말리게 되었다.

묘선옥이 찾아왔을 때부터 발을 빼기는 힘들다고 느꼈는데, 막상 닥친 일이 생각보다 크다. 본의 아니게 현 황권과 무림을 지켜주는 역할이 된 것이다.

그뿐만이 아니다. 운명(묘선옥의 표현에 의하면) 때문에 얼굴도 모르는 자와 싸우게 생겼다. 그것도 상대가 세상에서 가장 강할지도 모른단다.

'적 영감한테나 소개시켜 줄 것이지.'

세상에서 가장 강해지고 싶은 적무양과 세상에서 가장 강하다는 주천학. 더없이 어울리는 한 쌍이 아닌가?

'대체 그런 인간들을 내가 왜 상대해야 하는 거야?'

될 수 있으면 그들 사이에서 빠지고 싶었다.

하지만 적무양은 유검호를 놓아주지 않고, 주천학은 운명인지 뭔지 모르지만 점점 더 부딪치는 관계가 되어가고 있다.

"확 그냥 다시 배타고 떠나버려?"

세상에 중원만 있는 것도 아니다. 주천학이 무림을 잡아먹든 중원을 집어삼키든 유검호가 신경 쓸 일은 아니다. 그런 인물들 몇 명 있다고 세상이 망할 리도 없다. 귀찮은 일이 끝날 때까지만 해외로 도피할까 하는 유혹이 강하게 치민다.

유검호는 방 한편을 흘깃 보며 물었다.

"어떻게 생각하시오?"

그의 물음에 방구석에서 움찔하는 기척이 난다.

허름하게 세워진 낡은 병풍 뒤에서였다. 워낙 오래되어 색이 누렇게 변색되어 벽지와 구분하기도 힘든 병풍이다.

그 뒤에서 나직한 한숨 소리가 흘러나왔다.

"어떻게 알았어요?"

걸어 나오는 것은 묘선옥이었다. 그녀는 방문자가 있다는 것을 알게 되자 미리 숨어 있었던 것이다. 청수장에서 손님을 맞이할 수 있을 만한 곳은 이곳뿐이었기 때문에 예상하긴 쉬웠다.

그녀의 질문에 유검호는 가소롭다는 듯 대답했다.

"집채만 한 몸이 숨긴다고 숨겨지겠… 내가 무공이 워낙 뛰어나잖소. 기감. 그래. 기감을 느낀 거요. 그러니 좀 내려놓으시지? 그걸로 누굴 잡으려고?"

"호호호. 날이 잘 드는지 보려 했죠."

묘선옥은 낑낑거리며 들어 올리던 장군검을 내린다. 그녀 키만 한 검이다. 병풍과 함께 장식용으로 세워져 있었던 모양이다.

"쯧. 뭐 좋은 대화라고 숨어서까지 엿듣는 거요?"

유검호의 물음에 묘선옥은 살짝 얼굴을 붉힌다.

"엿듣다니요. 전 그냥 이 방이 너무 더러워서 청소를 하러 들어왔다가 깜빡 졸았던 것뿐이에요."

"졸아? 저 뒤에서? 그걸 들고?"

묘선옥은 장군검을 툭 내던지고는 천연덕스럽게 대답한다.

"그렇다니까요."

"그럼 조느라 하나도 못 들었겠네?"

"뭘요? 누가 왔었나요?"

묘선옥은 순박한 눈을 깜빡거리며 물어온다.

마치 무슨 이야기인지 전혀 모른다는 듯이. 하지만 그녀의 입가에는 득의양양한 미소가 맺혀 있다. 그 미소를 보자 그녀의 목소리가 들리는 듯하다.

'그것 봐요. 결국 나서게 된다니까.'

무시하려던 유검호는 참지 못하고 버럭 소리쳤다.

"못 들었다며!"

"뭘요?"

묘선옥은 여전히 아무것도 모른다는 반응이다.

그녀의 입가에 맺힌 미소는 더욱 짙어진다. 유검호는 결국 한숨을 내쉬며 시인했다.

"젠장. 그래. 당신 말대로 됐어. 운명인지 나발인지 모르겠지만 결국 움직이게 됐다고."

"어머. 잘됐네요."

깜짝 놀라며 반기는 모습이 정말로 처음 듣는 이야기인 것 같다.

"당신… 경극 배우 한번 해보는 게 어때? 정말 잘할 것 같은데."

"무슨 뜻인지 모르겠지만, 칭찬으로 받아들일게요. 그런데 언제 출발하실 거예요? 내달 말까지 무림맹에 도착하려면 시간이 별로 없을 텐데."

"몰라. 일단 잠부터 좀 자고 생각… 음? 내가 무림맹 가는 건 어떻게 알았소? 하나도 못 들었다며?"

"어머. 시간이 벌써 이렇게 되었네. 전 부용이하고 약속이 있어서. 호호호. 출발할 때 말해요. 제가 만두라도 싸드릴게요."

"이런 거짓말쟁이 여편네! 말 돌리지 마! 게다가 만두는 또 뭔데?"

"뭐긴요. 먹고 힘내서 순진한 사람들 이용해 세상 혼란스럽게 만들려는 주천학 때려잡으라는 거죠. 혹시 알아요? 황제가 상이라도 줄지."

"다 들었잖아!"

"호호호. 선인의 비기가 세상을 어지럽히면 시선의 후인이 나타나 그를 벌한다네."

묘선옥은 유검호의 말을 무시하고 콧노래를 흥얼거리며 방을 나가 버린다.

다시 혼자가 된 유검호는 천장을 보며 중얼거렸다.

"이번엔 영감 차례요?"

그의 말에 천장 대들보에서 날렵한 인영 하나가 뛰어내린다.

"크큭. 네놈 취향은 보면 볼수록 독특하구나. 어떻게 저런 계집들만 골라서 사귄단 말이더냐?"

비웃으며 내려선 것은 적무양이었다.

그 역시 미리 이곳에 자리를 잡고 대화를 엿듣고 있었던 것이다.

"사겨? 누가 누구랑? 말만 들어도 끔찍하군."

"주변에 모이는 계집들이 전부 이상한 걸 보면 그게 네 녀석 취향이 아니겠느냐?"

"됐소. 차라리 평생 독수공방하겠소. 그건 그렇고 영감은 왜 치졸하게 남의 대화를 엿듣고 있었던 거요?"

유검호의 타박에 적무양은 아무렇지도 않게 대답한다.

"벼슬아치들이 무슨 이야기를 하러 왔는지 궁금해서 들어봤다."

묘선옥은 남의 대화를 엿듣는 것을 창피하게라도 여긴다.

적무양은 그런 것도 없다. 궁금해서 엿들었다고 당당히 말해 버린다. 그쯤 되면 잘잘못을 따지는 것이 무의미해진다.

"영감은 얼굴이 점점 더 두꺼워지는 것 같소."

적무양은 신경도 쓰지 않고 자기 할 말을 한다.

"재미있는 일에 휘말린 것 같더구나."

"재미없소."

"크큭. 숨 쉬는 것 빼고 아무것도 안 할 것같이 굴더니, 결국 움직이는군. 아예 이참에 무림을 정복해 보는 건 어떠냐?"

"정복은 개뿔. 무슨 땅따먹기 하쇼? 정복을 왜 해? 정복해서 어디다 써먹으라고?"

"남들은 못해서 안달인 일이거늘."

"그럼 안달인 사람들 찾아가시든가."

"쯧. 갑갑한 놈."

적무양은 못마땅한 듯 혀를 찼지만, 그리 실망하는 기색은 아니다. 십 년 넘게 수도 없이 반복해 온 대화였다. 이젠 심심할 때마다 한 번씩 찔러보고 간을 본다. 바뀌면 좋고 아니면 말고다.

적무양은 화제를 돌렸다.

"언제 출발할 것이냐?"

적무양의 물음에 유검호는 경계의 빛을 띠었다.

"그건 왜 묻는 거요?"

"왜 묻긴? 네 녀석이 언제 떠날지 나도 알아야지."

"그걸 영감이 알아서 뭐하려고?"

"그래야 나도 준비를 할 것 아니냐?"

"잠깐 갔다 오는데 준비할 게 뭐가 있… 잠깐. 준비? 가는 건 난데 영감이 준비를 왜 해?"

적무양은 어리둥절한 표정으로 되물었다.

"정말 몰라서 묻는 거냐?"

유검호의 인상이 와락 일그러진다.

"젠장. 몰라. 모른다고. 그러니까 혹여 따라오겠다는 따위의 말은 꺼내지도 마쇼."

"누가 네 녀석을 따라가겠다더냐? 난 무림맹에 미리 가서 명당자리를 찾아놓을 거다."

"명당자리? 무슨 구경거리 났소?"

"구경거리지. 제자가 자신을 파문시킨 사부의 길을 막으려 하는데 어찌 구경거리가 아니겠느냐? 구경거리도 아주 큰 구경거리지."

유검호는 한숨을 쉬었다. 적무양은 애써 간과하려 했던 점을 지적했다.

문천기와 맞서게 된다는 것. 유검호에게 부담이 되지 않을 수 없다.

결과적으로만 본다면 문천기 등을 구하는 일이다. 하지만 그 과정에서 싹트게 될 감정의 골은 아무리 유검호라도 쉽게 매우기 힘들 것이다.

'사부는 하필 이런 일에 휘말려서는.'

돌아가는 일을 유추해 볼 때, 문천기에게는 선택의 여지가 없었을 것이다. 아마 문천기 아닌 다른 누구라도 그런 입장이 된다면 빠져나오지 못했을 일이다.

그럼에도 원망스러운 감정이 드는 것은 어쩔 수 없다.

적무양이 의미심장한 미소를 띠며 물었다.

"왜? 곤란하냐? 내가 나서줄까? 네 녀석 부탁이라면 특별히 힘을 써줄 요량도 있다만. 물론 약소한 대가 정도는 받아야겠지만, 일에 비하면 공짜나 다름없지."

"됐소. 차라리 진짜 악마와 계약을 맺고 말지."

"나처럼 약소한 대가로 그 정도 일을 해주는 악마가 어디 있겠느냐? 생각이 바뀌면 언제든 말거라."

"세상 끝나기 전에는 그럴 일이 없을 거요. 그보다 주천학이라는 자는 어떻소? 듣자 하니 세상에서 가장 강할 거라던데. 영감이라면 구미가 당길 법도 할 텐데?"

이번에는 유검호가 은근한 투로 물어본다. 가장 귀찮은 일을 떠넘길 셈이다.

적무양은 피식 웃으며 말을 받았다.

"세상에서 가장 강하다고? 그 말을 어찌 믿는단 말이냐? 네 녀석이 먼저 싸워보거라. 네가 패한다면 그때 가서 내가 꺾어도 충분하겠지."

"피하는 거요? 하긴 무섭기도 하겠지. 세상에서 제일 강하다고 자랑하고 다녔는데, 정말로 제일 강한 자가 나타났으니."

어린아이에게나 먹힐 만한 유치한 도발. 적무양의 검미가 꿈틀거린다. 그 유치한 도발이 자존심을 건드린 것이다.

그러나 애써 담담한 척 받아 넘긴다.

"네 녀석이 할 일을 가로채지 않으려는 것이지."

유검호는 히죽대며 말했다.

"무림맹 일은 가로채도 되고?"

적무양의 이마에 혈관이 돋아났다. 붉으락푸르락한 안색이 금방이라도 주천학을 때려잡으러 달려 나갈 기세다. 유검호의 속셈에 거의 넘어가기 직전. 적무양은 갑자기 무슨 생각이 떠올랐는지 여유를 되찾았다.

그는 잠시 묘한 표정을 짓더니 유검호에게 말한다.

"무림맹 일은 운명이 아니잖으냐?"

적무양은 놀리듯 히죽거린다.

그나 유검호는 운명이라는 말을 믿지 않는 부류다.

두 사람 다 자신의 길은 스스로 개척해 왔기 때문이다.

그런데 유검호가 고향에 와서 운명이라는 단어에 덜미가 잡혀 버렸다. 실제로 운명인지 아닌지는 알 길 없지만, 묘선옥이 주장하는 대로 일이 진행되어 가고 있다는 점이 중요하다.

적무양에겐 그 자체가 조롱거리로 충분하다.

유검호가 생각해도 운명이라는 말에 휘둘리는 것이 우스꽝스럽다. 어쩔 수 없이 해야 하는 일을 군이 운명이라는 초월적인 명분을 붙여 위안 삼는 것은 그와 어울리지 않는 행위다. 묘선옥 때문에 그런 모양새가 되었다.

"쳇. 마음대로 생각하쇼."

결국 가장 귀찮은 일을 떠넘기려는 유검호의 속셈은 실패했다. 적무양에게 놀림거리 하나를 제공했을 뿐이다.

적무양은 득의만면하며 언제든 부탁하라며 나갔다.

그의 뒷모습을 보며 유검호는 고민했다.

'언제 출발하면 저 영감 눈을 피할 수 있을까?'


『팔선문』 9권에 계속…

이제부터 전자책은

# 이젠북

## www.ezenbook.co.kr

❀ 새로운 세계가 열린다! ❀

한백림 『천잠비룡포』　　천중화 『그레이트 원』
좌백 『천마군림』　　　송진용 『몽검마도』
현대백수 『간웅』　　　김석진 『더블』
김정률 『아나크레온』　　백연 『생사결−영정호우』
임준후 『켈베로스』　　　예가음 『신병이기』
진산 『화분, 용의 나라』　남운 『개방학사』

**이름만 들어도 황홀할 정도의 별들의 향연!**

이들의 "유료연재"가 시작됩니다!

검색창에 **이젠북** 을 쳐보세요! ▼ 🔍

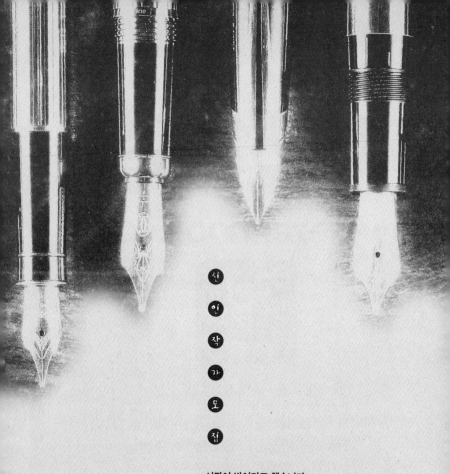

신
인
작
가
모
집

**시작이 반이라고 했습니다.**
**작가의 길에 대한 보이지 않는 벽을 과감히 깨뜨리십시오!**
**청어람은 작가 지망생 여러분들의**
**멋진 방향타가 되어드리겠습니다.**

저희 도서출판 청어람에서는
소설 신인 작가분들을 모집합니다.
판타지와 무협을 사랑하시는 분들의 많은 참여를 바랍니다.
소정의 원고(A4용지 150매)를 메일이나 우편으로 보내주시면
검토 후 출판 여부를 알려드리겠습니다.

**주소**: 경기도 부천시 원미구 심곡2동 163-2 서경B/D 2F 우편번호 420-822
**TEL**: 032-656-4452 · **FAX**: 032-656-4453
http://**www.chungeoram.com**
**e-mail**: chungeoram@chungeoram.com

FUSION FANTASTIC STORY
천성민 장편 소설

# 짐승의 규칙

『무결도왕』 『다크로드 블리츠』
천성민 작가의 신간!

짐승의 규칙

살아야만 했다.
나를 위해 희생당한 부모님을 위해.
복수를 위해.

죽여야만 했다.
내가 살기 위해 타인의 목숨을.

그렇게……
나는 짐승이 되었다.

Book Publishing CHUNGEORAM

유행이 아닌 자유추구 -
WWW.chungeoram.com